Gerechtigkeit auf den Hügeln

Eine Geschichte menschlicher Bindungen, Zähigkeit und Widerstandsfähigkeit

Translated to German from the English version of
Justice on the Hills

Sanjai Banerji

Ukiyoto Publishing

Alle globalen Veröffentlichungsrechte liegen bei

Ukiyoto Publishing

Veröffentlicht im Jahr 2024

Inhalt Copyright ©Sanjai Banerji

ISBN 9789360493127

Alle Rechte vorbehalten.
Kein Teil dieser Veröffentlichung darf ohne vorherige Genehmigung des Herausgebers in irgendeiner Form auf elektronischem, mechanischem, Fotokopier-, Aufnahme- oder anderem Wege reproduziert, übertragen oder in einem Abrufsystem gespeichert werden.

Die Urheberpersönlichkeitsrechte des Urhebers wurden geltend gemacht.

Dies ist ein Werk der Fiktion. Namen, Charaktere, Unternehmen, Orte, Ereignisse, Schauplätze und Vorfälle sind entweder das Produkt der Phantasie des Autors oder werden auf fiktive Weise verwendet. Jede Ähnlichkeit mit tatsächlichen Personen, lebenden oder toten, oder tatsächlichen Ereignissen ist rein zufällig.

Dieses Buch wird unter der Bedingung verkauft, dass es ohne vorherige Zustimmung des Verlegers in keiner anderen Form als der, in der es veröffentlicht wird, verliehen, weiterverkauft, vermietet oder anderweitig in Umlauf gebracht wird.

www.ukiyoto.com

Widmung

Mein ganzes Leben lang war ich gesegnet, von einem Kreis lebendiger und außergewöhnlicher Frauen umgeben zu sein, sowohl in meinem persönlichen und beruflichen Bereich als auch in den abenteuerlichen Bereichen der Sportgemeinschaft. In diesem Roman bildet eine Feier des unbeugsamen Geistes der Frauen den Kern. Die Figuren auf diesen Seiten finden Inspiration in den bemerkenswerten Frauen, die meine Reise unauslöschlich geprägt haben. Ich widme mich von Herzen den starken, widerstandsfähigen und außergewöhnlichen Frauen, die mein Leben mit ihrer Anwesenheit und ihrem Einfluss bereichert haben. Möge diese fiktive Erzählung als bescheidene Hommage an die Stärke, Weisheit und Anmut dienen, die das Wesen der Weiblichkeit definieren.

Danksagungen

In diesem besonderen literarischen Bestreben bin ich gezwungen, meine Dankbarkeit auszudrücken, indem ich den Einfluss zweier Frauen hervorhebe, die wesentlich zum Wesen dieses Romans beigetragen haben.

Zunächst möchte ich einer außergewöhnlichen Gorkha-Frau, die aus persönlichen Gründen ungenannt bleiben möchte, meine herzliche Wertschätzung aussprechen. Ihr Einfluss auf die Erzählung ist tiefgreifend, und ich respektiere ihre Entscheidung, anonym zu bleiben, zutiefst. Wenn die Welt von Individuen ihres Kalibers geschmückt wird, wäre es zweifellos ein harmonischer und fröhlicher Ort.

Zweitens muss ich den außergewöhnlichen Beitrag von Anuradha Paul anerkennen. Trotz ihres anspruchsvollen Zeitplans widmete Anuradha ihre wertvolle Zeit großzügig, um jede Zeile meines Romans sorgfältig zu überprüfen. Ihre Einsichten, präsentiert mit einer perfekten Mischung aus konstruktiver Kritik und unschätzbaren Ratschlägen, haben die Tiefe und Qualität dieser Arbeit unbestreitbar bereichert.

Diesen beiden bemerkenswerten Frauen gilt mein herzlicher Dank. Ihr Einfluss war ausschlaggebend für die Gestaltung dieses Romans, und ich bin Ihnen aufrichtig dankbar für die Inspiration, Anleitung und Unterstützung, die Sie uns gegeben haben. Vielen Dank an euch beide.

Anmerkung des Autors

Die Reise zur Konzeption und Herstellung dieses Romans erstreckte sich über vier Jahre, von 2019 bis 2023.

Die Erkundung des leidenschaftlichen Strebens der Bergleute nach Staatlichkeit erforderte mehr als die Perspektive eines entfernten Beobachters. Diese Reise begann 2019, als die Autorin inmitten des Trubels eines 10-km-Rennens in Bangalore eine Freundin einer Gorkha-Läuferin zum Mittagessen einlud. Wenig wussten sie, dass diese Begegnung die Bühne für ein bemerkenswertes Abenteuer bereiten würde?

Bei der Wahl des Themas Gorkhaland für diesen Roman war ich von der krassen Realität gezwungen, dass die Bergleute in der Region, darunter Darjeeling, Kalimpong und Jalpaiguri, oft vom Mainstream marginalisiert werden. Durch den Mangel an angemessenen Bildungs- und anderen wesentlichen Einrichtungen behindert, werden ihre Stimmen und Geschichten oft übersehen. Der Kampf um Staatlichkeit, wie er sich in der Erzählung widerspiegelt, ist nicht nur eine politische Suche, sondern ein leidenschaftliches Streben nach Anerkennung, Vertretung und den Grundrechten, die zu lange schwer fassbar waren. Durch die Charaktere von Mobius Mukherjee, der Sechserbande, Manisha und Junali zielt dieser Roman darauf ab, die Herausforderungen der Gorkha-Gemeinschaft und die umfassenderen Probleme der Vernachlässigung und Ungleichheit, die in bestimmten Regionen Nordwestbengalens bestehen, zu beleuchten. Ich hoffe, dass ich durch die Einbindung ihrer Geschichten in das Gewebe der Fiktion zu einem besseren Verständnis ihrer Kämpfe und Bestrebungen beitragen und Empathie und Bewusstsein bei den Lesern fördern kann.

Dieser Roman erstreckt sich über drei Jahrzehnte und verbindet das Zeitgenössische mit dem Historischen. Der Protagonist Mobius Mukherjee verkörpert die Erzählung, durch die die komplexe Geschichte des Kampfes des Bergvolkes um Staatlichkeit gewoben wird. Mobius ist nicht allein; er wird von seinen Schulkameraden und ihren Partnern unterstützt und bildet eine belastbare und eng verbundene Gruppe.

Die Charaktere in dieser Geschichte stammen aus verschiedenen ethnischen Hintergründen und repräsentieren das reiche kulturelle Medley unseres Landes. Bengalis, Punjabis, Maharashtrier, UPites, MPites, Gorkhas und Ladakhis spielen alle eine entscheidende Rolle. Die Reise von Mobius und seinen Kameraden, die zusammen als Gang of Six bekannt sind, entfaltet sich vor einer dynamischen Kulisse und führt von einer öffentlichen Wohnschule in Dehradun ins Kernland von Satna und Bhopal in Madhya Pradesh zu den zerklüfteten Gebieten von Ladakh, einer Lawine in Nathu La in Sikkim und den pulsierenden Straßen von Mumbai und Kalkutta. Die Reise gipfelt inmitten globaler Konflikte in den ruhigen Bergstationen von Darjeeling und Kalimpong.

Bei unserer Erkundung des reichen Wandteppichs einer vielfältigen Nation wurden historische Fakten über das Bergvolk in die Erzählung eingewoben, um Authentizität zu verleihen, ohne die fiktive Essenz zu beeinträchtigen. Es ist wichtig zu betonen, dass dieser Roman eine Fiktion ist und jede Ähnlichkeit mit tatsächlichen Ereignissen oder Personen rein zufällig ist. Die Absicht ist, eine überzeugende Geschichte zu präsentieren, ohne sich in Kontroversen zu vertiefen.

Während die Charaktere und die Handlung ausschließlich Produkte der Phantasie sind, haben einige der fesselndsten Aspekte dieser Arbeit ihre Wurzeln in der Realität und bieten eine Mischung aus Wahrheit und kreativer Interpretation, die sowohl der Autor als auch die Leser erkunden können.

Sanjai Banerji

Dezember 2023

Inhalt

Die Pahadi-Prinzessin und die Gorkha-Chroniken (2016)	1
Die Lawine von Nathu La und die Prophezeiung (1995)	22
Das Rennen, die Festnahme und die Rettung (2018)	35
Der Aufstieg des Berges in der Schule und ein tragisches Ereignis (1986)	52
Das opulente Mittagessen, der Aufruhr eines Vaters und die Hochzeitsglocken (1999)	62
The Stark Realities and Rising Stardom (2005)	80
Havildar Gurungs Tapferkeit und eine neue Morgendämmerung (2010)	87
Das Hill Council Meeting in Leh und die Khardung La Challenge (2018)	100
Die Unterstützung des nationalen Gesetzgebers (2019)	118
Der nationale Lockdown, Covid und der Tod eines Schauspielers (2020)	120
Der Showdown und eine übersehene Aktion (2021)	133
Der Kalimpong-Plan, Adresse und Flucht (2022)	151
Die Sechserbande und ein Treffen mit dem MD (2023)	165
The Masterstroke and Escape (2023)	181
Rückkehr aus dem Exil (2023)	194
Gerechtigkeit auf den Hügeln (2024)	200
Über den Autor	*206*

Die Pahadi-Prinzessin und die Gorkha-Chroniken (2016)

Mobius wusste instinktiv, dass etwas schrecklich falsch war. Warum hat Ayushi vor einer halben Stunde ein chirurgisches Messer von der Apotheke neben ihrer Wohnkolonie gekauft? Mobius rannte auf ihr Duplex-Haus innerhalb der Kolonie zu. Die beiden Sicherheitsleute am Tor schauten verwirrt zu. Mobius rief Sumitras Namen, als er die unverschlossene Haustür öffnete.

"Sumi, wo zum Teufel ist Pahadi?"

"Muss in ihrem Zimmer sein", antwortete Sumitra verwirrt.

Mobius nahm die Treppe zu dritt und schob das Schlafzimmer seiner Tochter Ayushi im ersten Stock auf. Sie war nirgendwo in Sicht. Das Badezimmerlicht strömte unter der Tür heraus.

"Pahadi, bist du drinnen?", schrie Mobius. Hinter der Tür herrschte eine unheimliche Stille. In der Zwischenzeit war Sumitra aufgestiegen und stand hinter Mobius.

„Mobsy, du bist verrückt geworden oder was?", sagte Sumitra und atmete schwer.

"Sumi, etwas stimmt schrecklich nicht", erwiderte Mobius, während er an die Badezimmertür hämmerte. Es gab keine Antwort.

Mobius lief in die Küche, fand, was er suchte; die leere Gasflasche, und schleppte sie mit einem Heben auf seine Schulter. Das tägliche Hanteltraining erwies sich als hilfreich. Er kehrte schnell in das Zimmer seiner Tochter zurück.

„Kannst du mir bitte sagen, was los ist?", schrie Sumitra zu ihrem Mann.

"Du wirst es bald herausfinden", antwortete Mobius leise, als er den Schweiß abwischte, der durch seine Stirn tropfte.

"Pahadi, ein letztes Mal. Öffnest du die Tür oder nicht?"

Mobius wartete nicht auf eine Antwort und schlug den leeren, aber schweren Zylinder mit aller Kraft gegen die schwache Sperrholztür, zerschmetterte die obere Hälfte und schuf ein beträchtliches, unförmiges

Loch. Mobius steckte seine Hand vorsichtig durch den zersplitterten Spalt, entriegelte die Tür von innen und schob sie dann auf.

Der Anblick vor ihm fror Mobius 'Blut augenblicklich ein, und die Haare an seinen Armen und hinter seinem Hals sträubten sich vor Angst. Ayushi lag in einer Blutlache in der Badewanne. Das chirurgische Skalpell lag sorglos neben der Wanne verstreut.

"Pahadi schlitzte sich Sumi das Handgelenk auf", bestätigte Mobius und packte das Handtuch von seinem Ständer. "Wir müssen die Blutung stoppen. Pahadi ist kreideweiß."

"Mobsy, benutze das Handtuch; es ist kleiner. Ich bekomme das chirurgische Band ", antwortete Sumitra.

"Okay, Sumi", antwortete Mobius und war leicht erleichtert, dass seine Frau nicht in Panik geriet.

Zwischen den beiden stoppten sie zuerst den Blutfluss an Ayushis linkem Handgelenk und wickelten dann das Handtuch sicher mit chirurgischem Klebeband ein. Mobius hob seine Tochter aus der Badewanne, die Arme um ihre Brust gelegt und Sumitra hob beide Beine, und sie schafften es, ihre Tochter zu Boden zu bringen. Mobius rieb mit seinen Händen kräftig die Fußsohlen von Ayushi, während Sumitra ihre Tochter trocken wischte. Ayushis Mund war leicht geöffnet, und ihr Gesicht war grauenhaft weiß. Sie hatte viel Blut verloren. Sie trug ihr Lieblings-T-Shirt, das Airtel Delhi Half Marathon Finisher-T-Shirt des Vorjahres für die 10 km, das sie mit ihrem Vater auf und ab gemacht hatte.

"Wirst du in der Lage sein, sie Mobsy anzuheben?" Sumitra flüsterte und atmete schwer, während sie zwischen ihnen Ayushi sanft zur Schlafzimmertür gezogen hatten.

"Ja, das werde ich. Sumi rennt voraus und holt den Autoschlüssel. Wir müssen es schnell ins Birla-Krankenhaus schaffen ", antwortete Mobius. Mobius betrachtete das Birla Hospital als den Höhepunkt der Gesundheitsversorgung in der Stadt Satna. Er spürte die Belastung, seine Tochter trotz seines täglichen Trainings im Fitnessstudio zu heben, und war erstaunt über ihre Gewichtszunahme, die in den letzten drei Monaten nach dem medizinischen Bericht von Birla stattgefunden haben muss. Dann war die Diagnose richtig. Es handelte sich in der Tat um ein polyzystisches Ovarialsyndrom (PCOS). Irgendwie muss Ayushi den Bericht letzte Woche gesehen haben. Deshalb war sie in den letzten

Tagen so mürrisch. Trotz seiner besten Bemühungen nach dem Abendessen am Samstag hatte sich Ayushi geweigert, zu offenbaren, was sie beunruhigte. Er und Sumitra hatten gestern in ihrem Schlafzimmer einen unangenehmen Streit, in dem sie sich gegenseitig anbrüllten. Mobius besteht darauf, dass Ayushi die Wahrheit gesagt wird und Sumitra das Gegenteil behauptet.

Als Frau wusste Sumitra, dass es ihre Tochter brechen würde, wenn sie wüsste, dass sie niemals schwanger werden würde, und Ayushi liebte kleine Kinder. Es gab eine Zeit und einen Ort für Enthüllungen der schrecklichen Art. Besonders mit süßen Sechzehn gab es für ihre Tochter noch einen langen Weg, um den Knoten zu knüpfen und sich danach der Mutterschaft zu stellen.

Die Bande der Sechs

Mobius saß um 8 Uhr morgens mit seinen Kindheitsfreunden in der Kantine des Birla-Krankenhauses, doch er fühlte sich allein, weil er wusste, was kommen würde. Sumitra befand sich im dritten Stock im VIP Deluxe Room, wo Ayushi aufgenommen wurde. Gestern war ein hektischer Tag mit einer Bluttransfusion von drei Flaschen gewesen. Ayushi hatte eine B-negative Blutgruppe, was selten vorkam. Zum Glück hatte das Krankenhaus zwei Flaschen, und Mandira, der eine B-negative Blutgruppe hatte, und Milind, die eine Rampenshow in Bhopal machte, waren beide in einem Skorpion heruntergerast, nachdem sie die Nachricht gehört hatten. Da das Krankenhaus die Polizei über jeden Patienten informieren musste, der mit einer äußeren Verletzung ankam, hatte Mobius den obersten Polizeibeamten in Satna, den stellvertretenden Kommissar Prakash Tripathi, angerufen, um ihn aufzufordern, den Kriminalberichterstatter von Dainik Bhaskar, der sein Büro besuchte, nicht zu informieren. Prakash, der viele Halbmarathons mit Mobius gelaufen war, hatte ihm versichert, dass die Medien es nicht erfahren würden und schlug Mobius vor, zu berichten, dass Ayushi sich beim Schärfen eines Bleistifts mit dem Operationsmesser versehentlich das Handgelenk geschnitten habe.

"Mobsy, du verdienst einen Tritt auf deinen Hintern", reagierte Shiv.

"Könnten Sie bitte ein wenig sanft zu Mobsy sein", sagte Mandira sympathisch und saß Mobius mit einem Teller knusprig gebratener

Vadas und einer Tasse Filterkaffee gegenüber. "Er macht eine harte Zeit durch."

"Mobsy ist so hart wie ein Pferd. Je mehr er seinen Bizeps entwickelt, desto schwächer wird sein Gehirn ", antwortete Shiv. Mandira zuckte verzweifelt mit den Schultern.

„Ist Sumi Didi bei Pahadi?", fragte Milind, die neben Mobius saß.

Mobius nickte mit dem Kopf.

"Danke, Mandy, dass du meinen Pahadi gerettet hast", bemerkte Mobius in einem offensichtlichen Versuch, das Thema zu ändern, von dem er dachte, dass es gegen ihn verstoßen würde.

"Sie ist auch meine Pahadi-Prinzessin, und jetzt, da sie mein Blut in sich hat, habe ich die gleichen Rechte auf ihr Wohlergehen", lächelte Mandira.

Es war eine sehr enge Rasur ", sagte Mobius zu seinen Schulkameraden. "Dr. Maheshwari hatte gesagt, dass wir mit Pahadi rechtzeitig ankamen." Mobius 'Augen waren feucht. Mandira ging instinktiv um den Tisch und legte ihren Arm zärtlich auf Mobius 'Schultern.

"Alles wird in Ordnung sein. Bleib jetzt cool ", sagte Mandira. In diesem Moment betrat Sumitra das Café. Unter ihren Augen waren dunkle Ringe. Sie warf einen Blick auf Mandira mit gefurchten Augenbrauen, was dazu führte, dass Mandira ihren Arm von Mobius entfernte.

"Pahadi schläft fest, also dachte ich, ich würde herunterkommen und euch alle treffen", sagte Sumitra mit müder Stimme. Sie hatte die ganze Nacht nicht geschlafen und wachte ständig über ihre Tochter. Es gab ein weiteres Bett und ein großes Sofa, das als Bett im Zimmer dienen konnte, aber Sumitra wollte kein Risiko eingehen. Sie wusste, dass Mobius sehr müde war, und es hatte keinen Sinn, dass beide wach blieben. Tatsächlich könnte Mobius inmitten des Chaos tief und fest einschlafen. Sumitra hatte sich immer über die Geschicklichkeit ihres Mannes gewundert, schnell zu handeln; das beste Beispiel war das, was sie gestern gesehen hatte. Mandira, Milind und Shiv hatten aufmerksam zugehört, als sie ihnen vom Einbruch der Badezimmertür erzählte. Sumitra wunderte sich über die unheimliche Ähnlichkeit zwischen Tochter und Vater. Beide hatten die gleiche Nase, helle, durchdringende Augen, die leicht geneigt waren; ein genetischer Rückschlag von Mobius 'Mutter, einer stolzen Gorkha.

Das Zimmer, das ihnen im Krankenhaus zugewiesen wurde, war ein besonderes, sehr geräumig und ordentlich, mit zwei Betten, einem Sofa und einem kleinen runden Esstisch mit drei Stühlen und einem Kühlschrank an einer Ecke des Raumes, mit einem separaten Arbeitstisch mit einer Lampe daneben. Das Zimmer war laut Dr. Maheshwari, der sich gestern persönlich um ihn gekümmert hatte, für besondere Freunde reserviert. Ayushi erhielt innerhalb von fünf Minuten nach Eintreffen im Krankenhaus eine Bluttransfusion.

Milind stand von seinem Stuhl auf und umarmte Sumitra, hielt dann für einen Moment beide Hände Sumitras, bevor er sie drückte und sein Millionen-Dollar-Lächeln gab, das laut Shiv Frauen in den Knien schwach machte.

"Danke, Mil, dass du dir die Mühe gemacht hast, hier zu sein", antwortete Sumitra lächelnd und enthüllte gleichzeitig die Grübchen auf beiden Seiten ihrer Wangen.

„Was sind Freunde für Sumi Didi?", antwortete Milind, bevor er zu seinem Platz zurückkehrte. Es klang seltsam, dass eine Berühmtheit mit dem Status von Milind Sumitra immer als Sumi Didi bezeichnete. Obwohl die Bande der Sechs; Milind, Mandira, Shiv, Chandrika und Mobius alle ungefähr gleich alt waren, mit Ausnahme von Sumitra, das sechs Jahre älter war als sie und von ihnen als "Wiegenräuber" bezeichnet wurde. Dies hatte keinen Einfluss auf ihre Beziehung zur Bande, aber es gelang ihnen, Mobius manchmal zu irritieren. Mandira war jedoch in solchen Zeiten eine gute Unterstützung für Mobius.

Shiv sagte: „Ich habe mich vor einiger Zeit mit Dr. Maheshwari getroffen. Er hat eine saubere Klappe bekommen. Sagte, Pahadi habe sich gut erholt, wolle aber, dass sie für einen weiteren Tag bleibe. Zwei Flaschen Plasma würden ihr heute Abend als Vorsichtsmaßnahme gegeben werden." Shiv wartete ein paar Sekunden, bevor er Sumitra und Mobius streng ansah: "Ihr seid gescheiterte Eltern."

„Und dürfen wir wissen, warum?", wandte Sumitra sichtlich genervt ein.

Ich bin sicher, dass Pahadi diesen extremen Schritt wegen Ihrer Argumentation vor zwei Tagen gemacht hat. Pahadi erzählte mir davon, kurz bevor sie letzte Nacht schlafen ging. Wenn es das polyzystische Ovarialsyndrom ist, warum sollte man es vor ihr verstecken? Nur eine einfache Beratung war erforderlich. All das wäre nicht passiert ", gestikulierte Shiv mit seinen Armen. In der Kantine drehten sich die Leute um. Mandira signalisierte Shiv, seine Stimme zu senken.

„Muss ich für alles die Verantwortung übernehmen?", widerlegte Sumitra.

„In diesem Fall ja. Du hast Mobsy daran gehindert."

"Woher weißt du das?"

"Mobsys Gesicht sagt alles", war Shivs knappe Antwort.

Sumitra erwiderte: „Seit Pahadi geboren wurde, wurde ich als der Bösewicht und Mobsy als der Held bezeichnet. Er hat Pahadi bis heute nie gescholten. Es war immer meine Pahadi-Prinzessin, die nichts falsch machen konnte. Selbst als sie erwischt wurde, wie sie Guaven vom Baum ihres Nachbarn stahl."

"Der Ast hing über die Grenze hinaus. Es war ein Streich aus der Kindheit ", verteidigte Mobius.

"Mobsy zog ein paar Fäden, um Pahadi zu schützen", bestätigte Shiv zur Unterstützung von Mobius.

„Im Leben geht es nicht darum, Fäden zu ziehen, Shivvy. Du musst einen Spaten einen Spaten nennen. Ich hatte immer einen Streit mit Pahadi, weil ihr Vater mich nicht unterstützte. Sogar meine Verwandten und Schwester sagen, Sir Mobius ist der perfekte Gentleman auf diesem Planeten. All dies mit zahlreichen Segnungen von Baba Loknath!"

Mandira, Milind und Shiv lächelten über die Vermutung. Mobius schlug bestürzt mit der Hand auf den Kopf. Heute war sein schlechter Tag.

"Wo ist Chandrika? Ist sie mit dir gekommen?«, sagte Mobius zu Shiv und versuchte verzweifelt, das Thema zu wechseln.

"Nein, sie besucht Founders", antwortete Shiv. "Dipesh erhält die Best All-Rounders Trophy vom Hauptgast Arundhati Roy."

"Wow! Herzlichen Glückwunsch an Dipesh ", sagten Sumitra, Mandira, Milind und Mobius aufgeregt.

"Ihr hättet auch daran denken sollen, zu gehen. Man trifft Arundhati Roy nur auf Buchausstellungen ", fügte Sumitra zu Shiv, Milind, Mandira und Mobius hinzu.

"Die einzigen Gründer, an denen ich teilnehmen werde, sind, wenn Mandy der Hauptgast ist", antwortete Mobius und zwinkerte Mandira schelmisch zu, was Sumitra aus dem Augenwinkel beobachtete.

Shiv war ein Experte darin, die Richtung eines Gesprächs zu bestimmen. Diesmal richtete er seinen Zorn auf Mobius. "Du kennst Mobsy, du solltest das Gorkhaland-Problem nicht mit Manisha Rai pushen. Du trittst auf dünnes Eis. Manisha wird wahrscheinlich von der Westbengalenischen Polizei in Kalimpong verhaftet, wo sie als Anwältin vor Gericht praktiziert. Sie wird der Volksverhetzung und des Pöbels beschuldigt."

"Gut, solche treuen Freunde zu haben", rief Mobius sarkastisch und sah Shiv streng an.

"Versuche, Mobsy zu verstehen. Es ist zu deinem Besten. Denke an Pahadis Zukunft. Würde es gut für sie aussehen, ihren Vater im Gefängnis zu sehen?"

"Shivvy, versuche nicht, mich emotional zu erpressen", reagiert Mobius.

"Nur weil deine Mutter eine Gorkha ist, musst du nicht über Bord gehen", wiederholt Shiv.

"Shivvy, lass Mobsy sein Ding machen", sagte Milind und kam Mobius zu Hilfe, nachdem sie sich die Diskussion einige Zeit angehört hatte. "Er bittet nicht um unsere Hilfe."

"Das wird er, wenn er im Klinker ist", antwortete Sumitra. "Ich habe Mobsys Hintern gerettet, seit er im Kindergarten war. Lass mich in Ruhe. Ich habe auch andere Pflichten im Leben."

"Du bist der Wiegenräuber, Sumi Didi. Du hast Mobsy mit deiner mütterlichen Fürsorge dazu gebracht, sich in dich zu verlieben ", kicherte Milind. Shiv schnaubte laut, und jeder in der Kantine begann, die Gruppe anzuschauen. Shiv komponierte sich schnell.

Sumitra schaute unverfroren weg: "Nur sechs Jahre älter."

"Du hast ihm seine Männlichkeit geraubt." Jetzt war Shiv an der Reihe, sich lustig zu machen. "Mobsy ist noch in einer jugendlichen Phase."

"Einen Moment, Leute. Schluss mit dem Mist. Erinnern Sie sich an einen relevanten Punkt. Als Mil, Shivvy und ich während der Gründerzeit in Doon in C-Form waren und nicht berechtigt waren, ohne Vormund in die Stadt zu gehen, rief ich Sumi an, die in Delhi ihren

Postgrad im Miranda House machte, und sie nahm uns mit, um einen Film zu sehen, und verwöhnte uns mit einem Mittagessen im Moti Mahal. Läutet das?", schnippte Mobius und zeigte mit dem Finger auf Shiv. "Sumi war unser Hüter für den Tag."

Milind sprach feierlich und kontrollierte das Lachen, das sich allmählich von seinem Bauchnabel aufbaute: „Ja, ich erinnere mich an diesen Tag. Sumi Didi war so freundlich, uns während des Ausflugs in der Hand zu halten. Deshalb nenne ich sie bis heute nicht nur bei ihrem Vornamen."

Shiv hob seine Hand zur Unterstützung.

"Gut, ihr Penner merkt das", bemerkte Mobius. "Und ich komme zur Gorkhaland-Frage. Es ist wichtig."

"Ja, es ist für Manisha. Nicht für dich ", erwiderte Shiv. "Du musst dich um eine Familie kümmern."

"Jemand muss dieses Problem lösen", antwortete Mobius und begann, die Geduld zu verlieren.

„Aber musst du es sein, Mobsy?", rief Sumitra.

"Meine Damen und Herren, gibt es noch etwas zum Frühstück", erkundigte sich der Kantinenleiter höflich, der sich plötzlich aus dem Nichts eingeschlichen zu haben schien.

Mobius betrachtete seinen makellosen G-Shock, den ihm Sumitra an seinem 45. Geburtstag geschenkt hatte. Jedes Mal, wenn er einen Blick darauf warf, hatte die Uhr eine nahtlose Qualität und erkannte, dass sie fast zwei Stunden in der Kantine gewesen waren. In diesem Moment wollte er vor allem Shivvy und Mil an ihren Kragen fassen und etwas Verstand in sie hämmern. Jemand musste für Manishas Traum für ihre Gemeinschaft kämpfen. Eine neue Staatlichkeit. Sie brauchte die gewünschte Unterstützung.

„Shivvy, stellst du die gesamte Literatur über die Gorkhas so zusammen, wie ich es wollte?", fragte Mobius von Shiv.

"Ja, Sie Lordschaft, Sir Mobius", sinnierte Shiv. "Es ist jedoch nicht vollständig. Ich arbeite daran."

"Schande über dich, Mobsy, dass du solche Informationen von deinem Kumpel verlangst. Shivvy hat andere wichtige Angelegenheiten zu erledigen. Du könntest auch bitte sagen ", antwortete Sumitra. 'Doscos' (Alumni der Doon-Schule) haben keine Manieren."

„Wie bitte?", grinste Milind. "Zumindest sind wir keine Gauner."

"Das sind auch keine Welham Girls", widerlegte Sumitra.

"Mobsy ist eine Verschmelzung eines Gentleman und eines Ganoven", erklärte Shiv unbeschwert.

"Ich unterstütze das", bestätigte Sumitra.

"Ich bin dagegen", widersprach Mandira zur Unterstützung von Mobius und kicherte vor sich hin. "Sir Mobius ist ein perfekter Gentleman."

"Ja, du bist die erleuchtete Dame, die Sir Mobius besser kennt als ich", fragte Sumitra sardonisch.

Mandira stand etwas verlegen auf. "Ihr bleibt hier. Wird Pahadi einholen. Zeit, ihr einen aufmunternden Vortrag zu halten."

Ein Schutzengel in einer dunklen Stunde

Ayushi betrachtete sich selbst als toughie, und jeder wusste es. Sie wurde nicht umsonst Pahadi genannt, ein Name, der von ihrer Thamma (Großmutter) geprägt wurde, von ihren Freunden, Bapi, Ma und nahen Verwandten. Sie hatte einige Fehler gemacht, aber dieser Selbstmordversuch war der dümmste. Sie brauchte einen Schutzengel, um ihr jetzt zu Hilfe zu kommen. Joy Baba Loknath! In diesem Moment öffnete sich die Tür und ihr Schutzengel, Mandira Tante, trat ein. "Juhu!"

„Wie geht es dir, meine Pahadi-Prinzessin?", fragte Mandira und sah, wie ein verzweifelter Ayushi mit einem bandagierten linken Handgelenk auf dem Bett aufstand. Ayushis Gesicht brach sofort in ein strahlendes Lächeln aus. Nur ihre Bapi, Ma und Mandira Tante nannten sie so. Für andere war es nur Pahadi. Mandira Tante war ihre beste Freundin, und sie konnte keine Träne unterdrücken, als sie sie sah.

Mandira kam sofort neben ihr Bett und umarmte sie. Ayushi konnte sich nicht beherrschen und brach zusammen. Mandira weinte auch mit Ayushi und hielt sie fest, ihre Wangen an ihr und einen Arm, der ihren Kopf umklammerte.

„Weine nicht, meine Prinzessin. Ich bin jetzt hier. Es gibt nichts, worüber man sich Sorgen machen müsste."

"Es tut mir leid, Mandy Tante. Ich weiß nicht, was über mich gekommen ist. Ich kann mein Gesicht niemandem zeigen ", schluchzte Ayushi und drückte ihr Gesicht in Richtung Mandiras Busen.

Ayushi beschloss, die Bohnen zu verschütten. Sie erzählte Mandira Tante alles. Als bei ihr vor drei Monaten das polyzystische Ovarialsyndrom diagnostiziert wurde, sah sie versehentlich den medizinischen Bericht im Schrank ihrer Mutter; der Kauf des medizinischen Skalpells bei der Apotheke neben ihrem Haus führte dazu, dass sie ihr linkes Handgelenk aufschlitzte.

„Pahadi, PCOS ist keine große Sache. Es ist nicht das Ende der Welt. Du kannst ein ganz normales Leben führen."

"Aber ohne Kinder", antwortete Ayushi verzweifelt.

"Du kannst immer adoptieren. Auf diese Weise dienst du der Menschheit. Gott spielen. Ein Waisenkind in dieser Welt zu fördern und zu erblühen ", sagte Mandira

"Ja. Ich war dumm. Verstehen Sie die Situation jetzt besser ", antwortete Ayushi.

"Versprich es mir jetzt, meine liebe Pahadi-Prinzessin. Ruf mich an, wenn du dich in den Müllhalden niedergeschlagen fühlst, und ich werde wie gestern nach unten eilen."

Mandira hielt beide Hände von Ayushi liebevoll zusammen mit ihren eigenen.

"Versprich es mir jetzt, Pahadi. Wussten Sie, dass der Name Ayushi hinduistischen Ursprungs ist und ein langlebiges Leben oder Vollmond oder jemanden bedeutet, der für immer leben wird? Dein Name wurde speziell von deiner Thamma ausgewählt."

"Sicher Mandy Tante. Ich werde dich nie im Stich lassen. Ich habe jetzt sogar dein Blut in mir ", strahlte Ayushi durch ihr tränenbeflecktes Gesicht.

"Okay, fertig, Pahadi. Jetzt, da wir Blutsschwestern sind, werden wir gemeinsam gegen den Teufel kämpfen ", sagte Mandira, wischte Ayushis Tränen ab und küsste ihre Stirn.

Als sich Mandira dem einzigen Fenster im Raum näherte, sagte Ayushi: "Mandy Tante, wie kommt es, dass du seit mehr als zwanzig Jahren immer noch in einer Beziehung mit Mil Onkel lebst und nicht verheiratet bist?"

"Nun, einige Exzentrizitäten in der Erwachsenenwelt sind schwer zu verstehen. Zum Beispiel, wenn deine Mutter sechs Jahre älter ist als deine Bapi, aber sie sind ein tolles Paar!"

"Ist das der Grund, warum du, Mil Onkel und Shivvy Onkel meine Mutter als Wiegenräuberin bezeichnet?"

"Nun. Das ist nur ein erwachsener Witz unter uns ", konterte Mandira, eine Kleinigkeit, die sich über die unschuldige Offenheit des sechzehnjährigen Mädchens schämte.

"Mandy Tante, ob du Mil Onkel heiratest oder nicht, ich werde dich genauso lieben."

"Das ist eine schöne Sache, Pahadi", reagiert Mandira, kehrt vom Fenster zurück, umarmt Ayushi fest und küsst sie auf beide Wangen.

Probleme bei Krankenhausaufenthalten

Sie war bei Bewusstsein, als ihre Eltern sie aus der Badewanne hoben. Ihr Bapi hatte ihren Kopf auf seinem Schoß auf dem Rücksitz ihrer Honda City wiegen lassen, während ihre Mutter fuhr. Bapi weinte mit Tränen in den Augen und murmelte: „Baba Loknath, bitte rette meine Pahadi-Prinzessin. Ich flehe dich an." Ayushi spürte, wie ihre Kraft nachließ, aber sie wagte es nicht, ihre Augen zu öffnen, aber als sie die salzigen Tränentropfen ihres Bapi probierte, die auf ihre Lippen fielen, öffnete sie langsam ihr rechtes Augenlid und war schockiert, als sie das qualvolle Gesicht ihres Bapi sah.

Dann flüsterte sie Baba Loknaths Namen und betete um eine göttliche Intervention, um sie zu retten. Sowohl Bapi als auch ihre Thamma glaubten fest an Baba Loknath, deren Diktum im Alter von fünf Jahren von Thamma fest in ihrem Kopf verankert wurde. Thamma hatte ihr beigebracht, Baba Loknaths Namen neunmal zu rezitieren, wenn sie in Schwierigkeiten war. "Joy Baba Loknath, Joy Baba Loknath, Joy Baba Loknath..." Eine seltsame und erhabene Kraft ging von ihrem Körper aus. Mit jedem Schrei, der ein Crescendo erreichte, weinten Bapi und sie heiser im Einklang und sangen mehrmals "Joy Baba Loknath", bis sie ins Birla Hospital kamen. Sie war bis dahin bei vollem Bewusstsein.

Bei Birla war es, als wäre sie in einem Wirbelsturm gefangen. Dr. Maheshwari Onkel wartete mit einer Trage und drei Begleitern auf dem Parkplatz des Krankenhauses. Sie hoben sie fachmännisch aus Bapis Schoß vom Auto auf die Trage. Der Aufzug war ausschließlich für sie reserviert, und innerhalb von 5 Minuten hing eine Flasche B-Negativ an ihrem Bett mit einer Nadel, die von einer jungen engelhaften Krankenschwester mit einem glückseligen Lächeln in einer gestärkten weißen Uniform fachmännisch hineingesteckt wurde. Ihr Namensschild lautete Madhuri Sharma, und sie hatte einen silbernen Satya Sai Baba-Anhänger um ihren Hals baumeln lassen. Ihr Gesicht kam ihr bekannt vor, und dann traf es sie mit einem Blitz. Sie war die einzige Halbmarathonläuferin in Satna und hatte mehrere Rennen mit Bapi bestritten. Mas tröstende Hände berührten ihre Wangen. Ayushi fühlte sich total beschützt und schloss die Augen.

Ayushi hatte sich um 11 Uhr das Handgelenk aufgeschlitzt, und um 13 Uhr waren ihr drei Flaschen Blut eingegossen worden. Um 16 Uhr klopfte es an der Tür, und ein Unterinspektor trat höflich ein und nahm ihre Mütze ab, als sie einen Stuhl in der Nähe ihres Bettes zog. Ihr Bapi lächelte den Subinspektor an, und sie lächelte zurück und zeigte ein gleichmäßiges Paar Perlzähne mit ihrem dunklen Haar, das ordentlich zu einem Knoten gebunden war. Ihre Uniform war eng anliegend und enthüllte freche Brüste und einen abgerundeten Boden in perfekter Harmonie. Sie nahm ein Notizbuch und sah Ayushi an: "Was ist passiert?"

"Ich habe mir versehentlich das Handgelenk aufgeschlitzt, während ich meinen Bleistift geschärft habe."

"Dein Bleistift muss von deinen Fingern gehalten worden sein. Wie ist dein Handgelenk in die Quere gekommen?"

Ayushi wurde nervös und ihr Vater kam ihr zu Hilfe. "Während sie den Bleistift spitzte, rutschte der Bleistift aus der Hand und sie schnitt sich dabei das Handgelenk."

Der immer noch lächelnde Subinspektor antwortete Bapi auf Hindi: *„Kya main aapko phudu lagta hoon?"* (Erscheine ich dir wie ein Narr?).

„Kabhi nahi du socha. Aap ke chehre mein ek alag chamak hai. Bahut khushmangal vyakti lagte hain ", (Ich habe nie darüber nachgedacht. Es gibt ein einzigartiges Leuchten auf Ihrem Gesicht. Ein aufgeklärter Blick).

"*Theek hai. Apko Tripathi Saab ki kripa hai. Haupt-Wahi Likhunga Jo Aapne Bataya.*" (Okay. Du hast den Segen von Tripathi Sir. Ich werde schreiben, was du mir sagst).

Bapi zog einen Fünfhundert-Rupien-Schein heraus und schob ihn in ihre Vordertasche, ohne ihren Busen zu verletzen. Das Lächeln des Unterinspektors weitete sich und sagte zu Ayushi: „*Apke baap bahut uchch vargiya vyakti hain.*" (Dein Vater ist ein sehr hochklassiger Mensch). Als Ayushi beobachtete, wie sich die komische Theatralik vor ihr entfaltete, dämmerte ihr eine tiefe Offenbarung. Sie erkannte den verborgenen Schlüssel zu Bapis bemerkenswertem Erfolg. Im Gegensatz zu ihrer Mutter, die ein Händchen dafür hatte, unkompliziert zu sein und den Spatenstich zu nennen, besaß Bapi die außergewöhnliche Fähigkeit, Situationen zu verbessern und zu verbessern. Es wurde deutlich, dass dieser Kontrast sie zu einem unschlagbaren Duo machte. Ihre Schwächen ergänzten sich perfekt und bildeten das Fundament ihrer Stärke. Bapis impulsive und dennoch widerstandsfähige Natur harmonierte perfekt mit Ma's Intellekt und hohen Standards und schuf eine unübertroffene Synergie.

Die Familie Mukherjee

Mobius und Sumitra lagen im Bett. Keiner von beiden konnte schlafen.

Sumitra sprach zuerst: „Es war eine knappe Entscheidung. Niemand in der Kolonie erfuhr von diesem Vorfall. Als wir das Haupttor nach Birla überquerten, saßen Sicherheitspersonal und winkten mit unserem Auto durch. Sogar im Birla Hospital war Dr. Maheshwari mit seinem Trage-Team persönlich. Übrigens, Mobsy, hast du Dr. Maheshwari persönlich gedankt?"

"Natürlich habe ich das. Du denkst, ich würde so etwas Wichtiges vergessen?"

"Ja, das tue ich. Dein Gehirn funktioniert nicht in Feinheiten, es sei denn, eine Frau ist involviert."

"Sumi, wir sind seit 17 Jahren verheiratet und kennen uns jetzt seit 46 Jahren, und du kennst mich immer noch nicht."

„Sir Mobius, ich kenne Sie seit 46 Jahren nur zu gut, und ich schwöre bei Baba Loknath, ich werde Ihnen eines Tages wirklich in den Hintern treten. Ich weiß nicht, wie du meinem Tritt so lange entgangen bist ", ermahnte Sumitra mit einem Grinsen.

Mobius hob beide Arme in scheinbarer Verzweiflung.

"Im Krankenhaus lief alles in Ordnung. Die Ärzte werden kein Wort sagen, und deine hübsche Laufschwester wird ihren Mund nicht öffnen. Aber sag mir das, Mobsy. Wie hast du gemerkt, dass Pahadi diesen extremen Schritt machen würde?"

Mobius antwortete: „Der Tag begann wie jeder andere; ich ging zur Apotheke nebenan, um etwas Rasierschaum abzuholen. Als ich mich der Theke näherte, teilte der Verkäufer dort eine seltsame Information mit mir. Anscheinend hatte Pahadi den Laden nur eine Stunde vor mir besucht, und ihr Kauf war alles andere als gewöhnlich. Sie hatte ein chirurgisches Skalpell erworben. Ich konnte nicht anders, als einen Schauer über meine Wirbelsäule zu spüren, als ich das hörte. Die Neugier hat mich überwältigt, und ich konnte nicht widerstehen, den Verkäufer zu fragen, ob er sich nach dem Grund für ihren Kauf erkundigt hatte. Zu meiner Überraschung sagte er ja."

Mobius machte eine Pause und fuhr fort: „Pahadi hatte erklärt, dass sie das Skalpell brauchte, um einige Farbflecken von ihrem Studentisch zu entfernen. Ich konnte das unbehagliche Gefühl nicht abschütteln, dass etwas nicht stimmte. Pahadi war in den letzten drei Tagen in einer nachdenklichen Stimmung gewesen, was ich ziemlich ungewöhnlich fand. Alles begann damit, dass sie uns aus dem Weg ging. Ich hatte sie vor zwei Tagen zu ihrem plötzlichen Rückzug befragt, und ihre Antwort war, dass sie sich niedergeschlagen gefühlt hatte, seit sie im Finale des Badminton-Turniers an ihrer Schule in der vergangenen Woche verloren hatte. Diese Erklärung passte mir jedoch nicht. Ich wusste, dass die jährlichen Sportturniere nächste Woche beginnen sollten, also summierte sich ihre Behauptung nicht."

Mobius spekulierte, nachdem er einen Schmutzfleck entfernt hatte, der auf seinen Schlafanzug gefallen war: „Tatsächlich war meine Besorgnis so groß geworden, dass ich sogar ihre Klassenlehrerin Gouri Ma'am angerufen hatte, um sie wegen ihrer scheinbaren Depression im Auge zu behalten. Jetzt, mit dieser Enthüllung über das chirurgische Skalpell, begannen meine Ängste und schlimmsten Befürchtungen Einzug zu halten. Es war, als könnte ich spüren, dass sich etwas Unheilvolles am

Horizont abzeichnete, und ich konnte nicht anders, als mich vor dem zu fürchten, was vor mir lag."

"Mobsy, Liebling, du hast dir bei dieser Sache wirklich das Gehirn zerbrochen", sagte Sumitra und näherte sich Mobius.

"Weißt du, Mobsy, jeder auf dieser Welt denkt, dass ich dich verarsche, aber Tatsache ist, dass ich versuche, dich zu beschützen."

Es klopfte an der Tür. Sumitra entfernte schnell ihre Hand von Mobius 'Oberschenkel.

"Ja, komm nach Pahadi", sagte Sumitra.

Ayushi erschien in der Tür und hielt die Schlafzimmervorhänge mit einem Kissen unter einem Arm zur Seite. "Kann ich für die Nacht mit euch schlafen?"

"Sicher, Prinzessin", sagte Mobius und griff nach ihrer Tochter, die schnell zwischen ihren Eltern tauchte. Ayushi arrangierte das Kissen sorgfältig auf dem Bettmantel und machte es ihr bequem. Sumitra legte einen Arm um ihre Schultern. Mobius hielt die rechte Hand ihrer Tochter sanft mit beiden.

"Ich weiß, dass ich etwas Dummes getan habe", rief Ayushi mit Tränen in den Augen. "Ich hätte dir und Bapi vertrauen sollen. Tut mir leid, Ma und Bapi ", weinte Ayushi und ihr Körper krampfte sich mit jedem Schluchzen. "Bapi hat mich mehrmals gefragt, aber ich habe nichts verraten."

"Pahadi, du hättest uns von dem medizinischen Bericht erzählen sollen, den du gesehen hast. Wir hätten das ausführlich besprochen."

"Ich weiß, Ma, aber ich habe PCOS gegoogelt und mir ein paar harte Wahrheiten ausgedacht. Ich bin unfruchtbar. Kann nie ein Baby bekommen." Ayushis Schluchzen hatte sich nun in Klagen verwandelt.

"Niemand ist klüger. Wir werden es klären, Pahadi. Keine Sorge ", tröstete Sumitra.

"Mama, ich kann keinen Eisprung haben."

„Es gibt viele andere Möglichkeiten, Pahadi. Die In-vitro-Fertilisation ist eine davon."

"Aber wo wirst du die Eier bekommen", konterte Pahadi. "Sie müssen von einer anderen Frau geliehen werden."

Sowohl Mobius als auch Sumitra hatten noch keine Antwort auf diese Frage gefunden.

Mobius hatte diese unheimliche Fähigkeit, Glück und Lachen zu induzieren, wann immer die Situation es verlangte. Jetzt war es an der Zeit.

Pahadi hört sich einen Witz an, der keine Fiktion ist. Wir werden die In-vitro-Fertilisation später klären. Dafür hast du noch einen langen Weg vor dir. Your 12th Board Exams, graduation, post-graduation, PhD, Post Doc."

"Bapi kommt auf den Punkt", sagte Ayushi sichtlich verärgert.

"Ja, aber schwöre bei Baba Loknath, du wirst niemandem etwas sagen, einschließlich unserer Sechserbande.

"Ja, ja", erwiderte Ayushi und wurde im zweiten Moment neugieriger.

"Sag Schwur, Pahadi."

"Ich schwöre. Ich schwöre bei Baba Loknath. Mamas das Wort."

"Deine Ma ist sechs Jahre älter als deine Bapi, was bedeutet, dass deine Ma sieben Jahre alt war, als Bapi eins war", sagte Mobius.

"Mach weiter. Mach schon ", flehte Ayushi. "Lass es uns hören."

Mobius fuhr mit Ernst fort: „Als wir in Cochin waren, war deine Thamma (Großmutter) in der Küche und machte Khichdi. Dein Bapi war damals kaum ein Jahr alt, und deine Ma war auch zu Hause und spielte mit einer Puppe. Deine Bapi wurde auf das Wohnzimmer-Sofa zwischen zwei Kissen gelegt und beschloss, in seine Windeln zu pissen, und deine Mutter, die für ihr Alter sehr fortgeschritten war, ging zu Thamma, um sie über die Situation zu informieren. Deine Thamma sagte Ma, dass das Wechseln der Windeln einige Zeit dauern würde, da sie auf den dritten Pfiff des Schnellkochtopfs warten musste."

Mobius baute langsam die Spannung auf und nutzte die Neugier ihrer Tochter aus. „Thamma fragte deine Mutter, ob sie meine Windeln wechseln könne."

"Ich glaube das nicht", sagte Ayushi und ihr Gesicht verwandelte sich in ein Grinsen. Ich glaube das einfach nicht. Was ist dann passiert?"

"Deine Mutter antwortete Thamma, dass sie die Aufgabe erledigen könne, aber kompetenter sein müsse."

"Mach schon, Bapi. Mach schon ", flehte Ayushi, ihre Wissbegierde überwältigte sie. "Was ist als nächstes passiert?"

Mobius kicherte vor sich hin und antwortete. "Was glaubst du, ist passiert? Deine Mutter hat Bapis Windeln gewechselt. Es ist in der Tat eine seltsame Situation! Auch wenn wir damals noch nicht im heiratsfähigen Alter waren!"

"Bei Gott, ich glaube das nicht! Das ist verrückt!", sagte Ayushi fröhlich. "Ma, ist das wahr? Ich werde das mit Thamma abgleichen."

Als Sumitra den ausgelassenen Geist ihrer Tochter sah, fühlte sie sich in ihrem Herzen sehr glücklich, obwohl sie sich bei der Enthüllung etwas beschämt fühlte.

"Ja, es ist wahr, Pahadi", sagte Sumitra mit abgewandten Augen.

Ayushi lachte mit Tränen der Belustigung in den Augen. "Bapi, Ma, ich bekomme Krämpfe in meinem Bauch!" Beide Eltern schlossen sich der Fröhlichkeit an.

Ayushi lag zwischen ihren Eltern auf der Seite im Bett, völlig erschöpft von all dem Lachen und leichten Geplänkel. Ihr Bapi war die Grenze. Ihr Bauch schmerzte immer noch vor Lachen und Krämpfen. Ma's linker Arm war von hinten um ihre Taille geschlungen. Ayushi konnte den Atem ihrer Mutter im Nacken spüren. Ihr linker Arm lag auf Bapis Brust. Ayushi konnte durch ihre halb geschlossenen Augen das grüne Nachtlicht erkennen, das von der angrenzenden Wand leuchtete und einen grünlichen Farbton in den Raum warf. Die Radiumnadel an ihrer Armbanduhr zeigte 1 Uhr morgens an. Ayushi fühlte sich total sicher, genau wie sie sich fühlte, als sie vier Jahre alt war. Ab dem fünften Lebensjahr hatte sie ein eigenes Zimmer. Ayushi flüsterte: „Ich liebe euch. Ich bin stolz darauf, deine Tochter zu sein."

"Das gleiche hier", antworteten ihre Eltern schläfrig im Gleichklang. "Gute Nacht, Pahadi-Prinzessin."

"Gute Nacht, Bapi, Ma", antwortete Ayushi und bewegte sich ein wenig, um sich weiter in Mas Umarmung einzuhüllen. Alles würde gut werden. Wie ihre Thamma oft sagte, beginnt und endet jeder Tag mit einem schönen Blick auf die helle Sonne. Ihre Sonne leuchtete.

Die Gorkha-Chroniken

Shiv Chaturvedi ging seine zusammengestellten Notizen über die Gorkha-Soldaten für seinen Freund Mobius durch. Er war immens stolz auf diese robuste Gemeinschaft, die weltweit für ihren Mut bekannt ist. Ohne die Briten hätte die Welt nichts von ihren vorbildlichen Kampffähigkeiten gewusst.

Es war 21 Uhr, und er saß auf dem Stuhl aus Teakholz, der seinem Großvater gehörte und an seinen Vater weitergegeben wurde, den ersten Arzt indischer Herkunft, der sich am Royal College of Surgeons of England in London qualifizierte. In derselben Einrichtung traf sein Vater Pratima, eine Gorkha, die die erste indische Ärztin wurde, die sich am Royal College of Anesthesiology qualifizierte. Beide waren danach aus genau diesem Grund in den Nachrichten. Später heiratete Pratima ihren Kollegen Prosenjit in einem Missionskrankenhaus in Cochin (heute Kochi), so wurde Mobius geboren.

Aber bis zu seinem Tod hielt sein Vater Kontakt zu Mobius 'Mutter. Mobius 'Mutter hatte auch eine weiche Ecke für seinen Vater, ein sehr gut gehütetes Geheimnis. Ein weiteres gut gehütetes Geheimnis war der Pakt, den beide hatten, dass ihre Kinder ungefähr zur gleichen Zeit geboren würden. Dies erfuhr Shiv nach dem Tod seines Vaters, als er durch einen Ordner in der untersten Schublade des Studientisches ging. Er fand einige Briefe von Mobius 'Mutter Pratima an seinen Vater in der Mappe. Mobius 'Mutter war sehr respektvoll in ihrem Schreiben, sprach Shivs Vater mit "Lieber Dr. Raghav" an und verabschiedete sich mit "herzlichen Grüßen".» Shiv wagte es nicht, diese Briefe seiner Mutter zu zeigen, obwohl sie sehr harmlos schienen.

Darüber hinaus wurde der geheime Pakt zwischen den beiden offensichtlich, als Shivs Vater seiner Frau anvertraute, während dieser heiligen Zeit keine Vorsichtsmaßnahmen zu treffen, ohne einen wahrscheinlichen Grund anzugeben, nachdem er von Pratimas Schwangerschaft erfahren hatte. Zwischen Mobius und Shivs Geburt lagen kaum zwei Monate. Shivs Mutter nahm die Bitte ihres Mannes sehr sportlich auf, ohne die Ursache zu kennen.

Shiv schaute weiter auf seine Notizen.

Während des Krieges in Nepal im Jahr 1814, in dem die Briten versuchten, Nepal in das Imperium zu annektieren, waren die Offiziere der Armee von der Hartnäckigkeit der Gorkha-Soldaten beeindruckt. Sie ermutigten sie, sich freiwillig für die East India Company zu melden.

Die Gorkhas dienten als Truppen der Kompanie im Pindaree-Krieg von 1817, 1826 in Bharatpur, Nepal, und im Ersten und Zweiten Sikh-Krieg 1846 bzw. 1848. Während der Sepoy-Meuterei im Jahr 1857 blieben die https://en.wikipedia.org/wiki/Regiment Gorkha-Regimenter den Briten treu und wurden bei ihrer Gründung Teil der British Indian Army.

Während des malaiischen Notstands in den späten 1940er Jahren kämpften die Gorkhas als Dschungelsoldaten wie in Burma. Die Trainingsdepot-Brigade der Gorkhas wurde am 15. August 1951 in Sungai Petani, Kedah und Malaya gegründet. Nach dem Ende des Konflikts wurden die Gorkhas nach Hongkong verlegt, wo sie Sicherheitsaufgaben wahrnahmen. Die Truppen patrouillierten an der Grenze und überprüften, ob illegale Einwanderer in das Territorium eindrangen, vor allem während der Turbulenzen der Kulturrevolution. Sie wurden eingesetzt, um die Menschenmassen während der Star Ferry-Aufstände von 1966 einzudämmen.

Nach der indischen Unabhängigkeit und Teilung 1947 schlossen sich im Rahmen des Dreiparteienabkommens sechs Gorkha-Regimenter der indischen Armee nach der Unabhängigkeit an. Vier Gorkha-Regimenter, das 2., 6., 7. und 10. Gorkha-Gewehr, traten am 1. Januar 1948 der britischen Armee bei. Das 1. und 2. Gorkha-Gewehr wurden 1962 https://en.wikipedia.org/wiki/Brunei beim Ausbruch der Brunei-Revolte nach Brunei verlegt. 1974 marschierte die Türkei in Zypern ein, und die 10. Gorkha-Gewehre wurden entsandt, um das britische souveräne Basisgebiet Dhekelia zu verteidigen. Am 1. Juli 1994 wurden die vier Gewehrregimenter zu einem vereinigt, die Königlichen Gorkha-Gewehre und die drei Korpsregimenter (die Gorkha-Militärpolizei wurde 1965 aufgelöst) auf Geschwaderstärke https://en.wikipedia.org/wiki/Squadron_(army) reduziert.

Am 1. Juli 1997 übergab die britische Regierung Hongkong an die Volksrepublik China und beseitigte die lokale britische Garnison. Der Hauptsitz von Gorkha und die Schulung der Rekruten wurden nach Großbritannien verlegt. Die Royal Gorkha Rifles nahmen 1999 an Einsätzen im Kosovo, 2000 an UN-Friedensmissionen in Osttimor und später in Sierra Leone teil.

Im Jahr 2007 gab die Brigade von Gorkhas bekannt, dass Frauen beitreten dürfen. Wie ihre britischen Kollegen waren Gorkha-Frauen berechtigt, den Ingenieuren, dem Logistikkorps, den Signalen und der

Brigadegruppe beizutreten, wenn auch nicht den Infanterieeinheiten. Im September 2008 entschied der High Court in London, dass die britische Regierung klare Leitlinien für die Kriterien vorlegen muss, anhand derer die Gorkhas für Vergleichsrechte im Vereinigten Königreich in Betracht gezogen werden können. Am 21. Mai 2009 kündigte die damalige britische Innenministerin Jacqui Smith nach einer langen Kampagne von Gorkha-Veteranen an, dass alle Gorkha-Veteranen, die vor 1997 vier Jahre oder länger in der britischen Armee gedient hatten, sich in Großbritannien niederlassen dürften.

Es gab einen sanften Anstoß an Shivs rechter Schulter. Es war Chandrika mit einer Tasse Kaffee. "Bleib nicht zu lange. Du musst morgen früh aufstehen für das Bezirks-Sammlertreffen bezüglich der Autoren."

"Chandrika, setz dich", winkte Shiv und zog einen Stuhl neben sich.

"Mobsy braucht deine Hilfe; er kann es nicht alleine schaffen. Sumi ist vielleicht nicht glücklich darüber. Außerdem benötigt er authentifizierte historische Daten, um Staatlichkeit zu verfolgen. Ich verstehe nicht, was zwischen Mobsy und Manisha Rai vor sich geht", bemerkt Chandrika.

Shiv grübelt. „Beide liefen viele Rennen zusammen. Mobsy reiste nach Kolkata, Darjeeling und Kalimpong und besuchte Manishas spartanisches Haus im Dorf Pedong in der Nähe von Kalimpong. Er hat wirklich das Gefühl, dass er ihre Sache unterstützen kann. Mobsy hat keinen rechtlichen Hintergrund. Es wird hart für ihn sein, also habe ich beschlossen, Mobsy zu helfen. Das Einzige, was ich für ihn fürchte, ist seine Sicherheit. Die westbengalische Regierung stürzt sich schwer auf Dissidenten und sperrt sie ein. Mobsy in Madhya Pradesh ist sicher, solange er seine Nase sauber hält, aber das wird er nicht tun. Es gibt Probleme, die sich für ihn zusammenbrauen. Ich werde meinem Kumpel Mobsy helfen. Ich spüre auch eine starke und subtile Verbindung zwischen Mobsy und Manisha. Etwas Tiefgründiges, von dem wir aber nichts wissen."

„Du meinst romantisch?", fragte Chandrika.

"Nein, nichts dergleichen, aber das ist etwas, was ich selbst nicht herausfinden konnte. Ich bin sicher, Sumi weiß davon, weil Mobsy seit Kingdom Come alles mit ihr besprochen hat. Chandrika, wusstest du, dass der sechsjährige Sumi an dem Tag, an dem Mobsy geboren wurde, vor dem Operationssaal stand und die Hand von Mobsys Vater hielt?

Die Beziehung zwischen Mobsy und Sumi ist die facettenreichste und schönste Beziehung, die es zwischen zwei Menschen geben kann. Ich beneide sie."

"Sicher, ich stimme dir zu, Shivvy; Mobsy braucht deine Unterstützung. Ich mag diesen Kerl. Er ist ein gründlicher Gentleman. Sumi ist wie Durga, die auf einem Löwen reitet. Sie wird alles tun, um Mobsy, Zähne und Nägel zu schützen, was auch immer passiert. Davon bin ich überzeugt. Mil und Mandy werden auch ihr Bestes tun, um Mobsy in dieser Hinsicht zu helfen. Von meinem Ende geht mein Herz zu den Gorkhas. Sie hatten einen rohen Deal, seit Indien eine Republik wurde. Gorkhas trat größtenteils der Armee bei oder war Wachmann. Jetzt kommen sie in den Mainstream. Manisha ist Anwältin am Kalimpong Court."

"Ja, gut für Manisha", antwortete Shiv.

Die Lawine von Nathu La und die Prophezeiung (1995)

Der Fahrer am Steuer des Skorpions hielt im Nathu La Army Camp an. Manisha war sehr aufgeregt, wie es jeder Achtjährige sein würde. Das Fahrzeug war Teil eines Konvois von Touristen, die von Gangtok aus am Nathu La Pass angekommen waren. Die Touristen kamen in Nathu La an und verbrachten drei Stunden entlang der indochinesischen Grenze, die seltsamerweise nur durch ein gelbes Nylonseil geteilt war. Die rotbackigen chinesischen Soldaten hielten Gewehre auf ihren Schultern und beobachteten die gaffenden Touristen kaum dreißig Meter von der rot lackierten Grenze entfernt, die auf die Zementoberfläche gezeichnet war.

Die meisten Touristen auf der indischen Seite machten Schnappschüsse von den chinesischen Soldaten, aber die Soldaten blieben grimmig, als ob sie von ihren Vorgesetzten dazu aufgefordert worden wären. Manisha besuchte mit ihrer Tante das Touristenzentrum der Armee, von wo aus sie eine Bescheinigung erhielten, dass sie den Nathu La Pass mit einem beglaubigten Stempel und der Unterschrift eines Armeeoffiziers gesehen hatten. Sie ließ sich mit ihrer Tante an der "Gedenkmauer der tapferen Soldaten" fotografieren, die ihr Leben verloren hatten.

Eine Armeekantine servierte Maggi-Nudeln und Suppe mit Brot. Ein lustiger Vorfall ist passiert. Ein junger Mann saß Manishas Tisch in der Nathu La Army Kantine gegenüber und aß Nudeln. Auf dem Tisch stand auch eine Tasse Kaffee. Er trug ein rot-schwarz kariertes Hemd am Ellbogen, das ein Tiger-Tattoo auf dem linken Arm zeigte. Es war im Grunde schwarz mit orangefarbenen Flecken. Aber die Augen des Tigers erregten ihre Aufmerksamkeit. Die Pupillen waren blau. Manisha vermutete, dass, obwohl der Tiger erschreckend aussah, die blauen Augen das Böse vom Gesicht des Tigers entfernten. Sie war so verliebt in das Tattoo, dass sie die Augen des Mannes erblickte, der seinen linken Arm, der auf dem Tisch ruhte, auf sie zu bewegte. Er lächelte sie an, und Manisha lächelte zurück. Manisha wollte sich das Tattoo ernsthaft ansehen und stand von ihrem Stuhl auf.

Ihre Tante packte ihren Arm und sagte auf Nepali: „*Timi kahām? jādaichau?*" (Wohin gehst du?).

Manisha antwortete: „*Ma tattoo hernacahanchu.*" (Ich möchte das Tattoo sehen).

"*Hoin, Hoin Basa*", (Nein, nein, setz dich), antwortete ihre Tante und straffte wütend ihren Griff auf Manishas Arm.

Plötzlich näherte sich ihnen der Mann auf der gegenüberliegenden Seite mit dem karierten Hemd.

"Namaste Ma 'am. Ich bin Mobius Mukherjee. Wir sollten die Neugier eines Kindes nicht ersticken. Lass sie mein Tattoo sehen, wenn sie will ", sagte Mobius zu Manishas Tante.

Die Tante stand nervös auf und sagte: „Guten Tag, Sir. Tut mir leid. Ich denke, du hast unser Gespräch auf Nepali mitgehört."

"Ja. Das stimmt. Ich verstehe Nepali. Meine Mutter ist eine Gorkha."

"Aber mit einem bengalischen Vater", antwortete die Tante.

"Du bist wirklich eine scharfsinnige Frau", antwortete Mobius lächelnd.

Manisha konnte nicht widerstehen zu kichern, und bald brachen alle drei in ein offenes Gelächter aus.

"Das ist ein schön aussehendes Tattoo", sagte Manisha aufgeregt.

"Aber sagen Sie mir, Mr. Mukherjee, der Tiger sieht gruselig aus. Was bedeutet das?«, fragte die Tante.

„Zwei der häufigsten Bedeutungen, die mit dem Tiger-Tattoo verbunden sind, sind Kraft und Stärke. In der Natur ist der Tiger das größte Raubtier in seiner Umgebung. Daher kann ein Tiger-Tattoo einen freien Geist oder Unabhängigkeit darstellen. Zusammen mit diesen positiven Konnotationen kann der Tiger Gefahr, Rache oder Bestrafung symbolisieren. Glücklicherweise hat mein Tiger-Tattoo blaue Augen, was auf einen guten Tiger hinweist. Stark und zuverlässig ", antwortete Mobius.

"Wow. Das ist ein verdammter Tiger! Mein Name ist Junali Rai. Ich bin Manishas Tante väterlicherseits aus Pedong in der Nähe von Kalimpong in Westbengalen. Ich kann auch etwas Bengalisch verstehen. "*Kamon Accho?*" (Wie geht es dir?).

"*Khub Bhalo*", antwortete Mobius (mir geht es gut).

Manisha und ihre Tante waren im Konvoi der Skorpionfahrzeuge an sechster Stelle und hinter Mobius 'Fahrzeug. Bei der Rückkehr vom Nathu La Pass hielt der Touristenkonvoi am Schrein des verstorbenen Baba Harbhajan Singh des 23. Punjab-Regiments, der 1968 an der Grenze starb, ein Jahr nachdem er an der indochinesischen Grenze in Sikkim stationiert worden war. Es wurde geglaubt, dass Harbhajan Singhs Geist immer noch die indischen Grenzen bewacht und die Soldaten seines Regiments drei Tage im Voraus vor jeder Gefahr warnt, indem er in ihren Träumen erscheint.

Um 15 Uhr stieg der Konvoi nach einer Katastrophe vom Schrein ab. Es war eine Lawine. Der Erdrutsch der Felsbrocken begann plötzlich, und überall herrschte Chaos. Ihr Fahrzeug war zwischen zwei riesigen Felsbrocken gefangen. Manisha konnte hinter ihnen alle Fahrzeuge sehen, die sich schnell zurückzogen. Vorne raste das Fahrzeug, in dem Mobius unterwegs war, davon und ließ sie gestrandet zurück. Manisha beobachtete mit Furcht, wie sie mehr Felsbrocken vom Berghang kommen sah. Der Fahrzeugführer und ihre Tante sahen sich beklommen an. Die Vorahnung des Bösen zeichnete sich auf dem Trio ab.

Als Manisha vom Skorpion herunterkam, erkannte sie, dass die Höhe des Felsblocks ihre Sicht versperrte, und sie konnte unmöglich wissen, was dahinter geschah. Ihre Tante bewegte sich auch verzweifelt herum, weil die Felsbrocken an den Seiten, vorne und hinten fest verkeilt waren. Plötzlich ragte der Kopf des karierten Hemdsmanns hinter den Felsbrocken hervor.

„Manisha, bist du da?", schrie Mobius.

"Ja, Herr Mobius, ich bin hier mit Tante und Fahrer Saab", antwortete eine verstörte Manisha. "Wir sind in der Falle. Nirgendwohin."

„Bitten Sie den Fahrer Saab, Sie anzuheben. Ich werde dich von der anderen Seite herunterziehen. Danach machst du dasselbe mit deiner Tante."

"Okay, Herr Mobius. Wird es ihm sagen. Bitte sei bereit."

Manishas Gesicht hob sich. Mobius ergriff Manisha in seinen Armen und senkte sie sanft zu Boden. Als nächstes kam Junali. Sie drehte sich oben auf dem Felsblock um und versuchte, nach unten zu rutschen. Ihr Rock zog sich zusammen und enthüllte ihr Höschen.

"Mr. Mobius Mukherjee, können Sie mein Höschen sehen?"

"Es ist im Moment nicht wichtig. Bitte lass los, damit ich dich an der Taille erwischen kann."

"Okay, Mr. Mukherjee, ich komme."

Der Fahrer war ein robuster Pahadi - klein in der Statur, aber mit einem sehr flexiblen Körper. Mit einem einzigen Sprung kletterte er den Felsblock hinauf und war auf der anderen Seite, noch bevor Mobius Junali auf die Füße stellen konnte.

Mobius wies alle drei an, loszulaufen. Mobius 'Fahrzeug war hundert Meter vor ihm, und Mobius' Fahrer stand neben dem Fahrzeug und winkte ihnen zu, um sich zu beeilen. Der Kleinbauer neben Mobius sprintete vor. Mobius drängte Junali und Manisha, so schnell wie möglich zu rennen.

Mobius schaute auf den Berghang. In dem langsamen Tempo, in dem sie sich bewegten, würden die rollenden Felsbrocken sie zweifellos treffen. Er musste sich schnell entscheiden. Mobius kniete auf dem Boden.

"Manisha, geh nach vorne und lege deine Arme um meinen Hals. Ich werde dich tragen ", und hob Manisha auf.

"Junali hält meinen Gürtel von hinten fest. Wir werden um unser Leben rennen."

Beim Laufen spürte Mobius die Belastung einer 60-Kilogramm-Frau, die ihn zurückzog und gleichzeitig mit einem 20-Kilogramm-Kind rannte. Die Felsbrocken stürzten mit alarmierender Geschwindigkeit zusammen. Es war Touch and Go, dachte Mobius bei sich.

Plötzlich war es 1985, und Mobius und Milind liefen Hals an Kopf. Die Ziellinie des Senior's Cross Country-Rennens, das in der Doon School in Dehradun stattfand, ragte fünfzig Meter vor uns her. Die ganze Schule wartete an der Ziellinie. Die meisten Doscos (Begriff für Schüler der Doon-Schule) jubelten Mobius zu. MOBIUS! MOBIUS! MOBIUS! Das Geschrei stieg zu einem Crescendo auf. Wer sollte gewinnen? Wäre es Milind, der Schulkapitän des nächsten Jahres, oder Mobius, der Held der Schule? Der erste 14-Jährige in der Geschichte von Dehradun District Sports, der das Straßenrennen in der Open-Kategorie gewann und die Armee- und Polizeiläufer besiegte. Die Felsbrocken wollten sie in Stücke reißen. Bei jedem Schritt knirschte Mobius mit den Zähnen und drückte seine Beine fest zu Boden. Es sollte ein Touch-and-Go werden. Mobius tauchte seine Brust ein und berührte das Band nur einen Zentimeter vor Milind. Die Doscos haben ihr Herz herausgeschrien! Ihr Held hatte gewonnen und einen neuen Rekord aufgestellt, der dreißig Jahre lang halten sollte!

Als Mobius zu Boden fiel, nahm er die Vorsichtsmaßnahme, Junali neben sich zu ziehen und drehte sich um, um den Boden schwer auf seinen Rücken zu berühren, wobei er Manisha dicht an seiner Brust hielt. Mobius trug die Hauptlast von Junali und Manisha auf sich, beschützte sie und nahm ihm mit dem Aufprall den Atem.

Ein riesiger Felsbrocken hätte Mobius 'Schuhe fast gebürstet; so war der Schwung des großen Steins, der seinen Weg nach unten fortsetzte, nachdem er zweimal auf dem Schotterweg hüpfte. Nach einem Moment schaute Mobius zur Seite. Junali kniete auf dem Boden, murmelte, mit geschlossenen Augen, als ob er leise betete. Manisha schien zwar nicht verletzt zu sein, hatte aber zu weinen begonnen. Mobius fühlte sich zu schwach, um aufzustehen. Plötzlich waren sie von Soldaten in Kampfanzügen umgeben. Sie waren die indisch-tibetische Grenzsicherheitstruppe. Mobius konnte spüren, wie mehrere Hände ihn sanft vom Boden hoben. Er wurde zu einem nahegelegenen Armeekrankenwagen gebracht. Es traf ihn dann über den Verbleib von Manisha und ihrer Tante. Eine Stimme ertönte über ihm.

"Das ist Major Bakshi. Sie sind jetzt in sicheren Händen. Deine Familie kommt mit dir, also mach dir keine Sorgen. Ich werde dem Krankenwagen in einem Jeep zu unserem zehn Kilometer entfernten Militärkrankenhaus folgen. Deine Frau und deine Tochter werden mit dir im Krankenwagen sein. Tut mir leid, ich muss deinen Nacken und Körper als Vorsichtsmaßnahme für mögliche Verletzungen an der Trage befestigen lassen. Halten Sie die Augen geschlossen; Ihre Frau sitzt neben Ihnen. Wir werden langsam fahren, so dass es weniger Unebenheiten gibt. Deine Tochter ist ohne Kratzer."

Das Rettungspersonal hatte ein hölzernes, trichterförmiges Objekt angebracht, das Mobius 'Hals unbeweglich hielt. Seine Hand und seine Beine waren zusammengeschnallt.

"Keine Sorge. Sie haben dies nur getan, um sicherzustellen, dass nichts kaputt ist. Ich denke, es wird dir gut gehen ", fuhr Major Bakshi fort.

Als der Krankenwagen mit allen dreien drinnen losfuhr, murmelte Junali und setzte sich neben Mobius: „Ich halte deine linke Hand. Spürst du es?"

"Ja, ja, nichts ist kaputt. Kannst du diese Gurte bitte entfernen lassen?"

"Tut mir leid, Sir. Wir müssen warten, bis wir im Krankenhaus sind. Dies ist ein medizinisches Standardverfahren ", erklärte einer der Ambulanzmitarbeiter höflich.

»Ist Major Bakshi ein Doc?«, bemerkte Mobius.

"Nein, Sir, aber er ist der ranghöchste Offizier", antwortete das medizinische Personal.

„Zehn Kilometer sind ein langer Weg. Ich werde hier draußen zu Tode erstickt werden."

"Sir, Sie stehen unter der Obhut der indisch-tibetischen Grenzsicherheitskräfte. Wir werden alles in unserer Macht Stehende tun, um Sie in Sicherheit zu bringen."

"Bull, ich glaube dir nicht."

"Tut mir leid, Sir. Ich habe dich nicht verstanden ", antwortete das Krankenhauspersonal.

Junali drückte Mobius 'Hand und signalisierte ihm, mit dem Finger auf den Lippen still zu bleiben. Der Krankenwagen kam nach einer qualvollen halben Stunde für Mobius vor dem Militärkrankenhaus zum Stillstand, wo das Personal des Armeekrankenhauses Mobius auf der Trage absetzte. Major Bakshi war früher angekommen und wartete im Krankenhaus.

"Major Bakshi, bei allem Respekt, könnte ich von diesem Apparat losgeschnallt werden? Es sind keine Knochen gebrochen. Ich bin sicher, dass ich gehen kann ", flehte Mobius.

Major Bakshi lächelte, drehte seinen Sam Manekshaw-Schnurrbart kurz mit den Fingern und antwortete: „So sei es", und wies die Krankenpfleger an, die Gurte zu entfernen.

Mit einem Seufzer der Erleichterung stieg Mobius von der Trage, streckte sich aus und spürte seinen Rücken. Das Hemd war hinten zerrissen. Es gab einige rohe Wunden, und Mobius, nachdem er sie mit seinen Fingern gefühlt hatte, erkannte bald danach, dass seine Finger blutbefleckt waren. Major Bakshi eskortierte sie zur chirurgischen

Abteilung im Krankenhaus, wo sein Hemd entfernt und die Wunden gereinigt, desinfiziert und verbunden wurden. Junali hatte einige Abschürfungen an beiden Ellbogen, die desinfiziert wurden. Der gesamte Eingriff in der Chirurgie dauerte etwa eine Stunde.

Der stets lächelnde Major Bakshi wartete vor der Operation. "Gute Nachrichten, Herr Mukherjee, Ihr Rucksack wurde uns von Ihrem Fahrer übergeben. Ich habe auch meine Kiefer angewiesen, die Sachen Ihrer Familie aus dem Fahrzeug zu bergen und zu mir zu bringen. Ich nehme dich und deine schöne Familie mit, um in unserem Haus auf dem Krankenhauscampus zu übernachten. Der Rest der Touristen wurde in den Kasernen der Armee untergebracht, Männer und Frauen getrennt. Unter 10-Jährige bleiben bei ihren Müttern ", sagte Major Bakshi.

"Major Bakshi, wir sind bereits sehr dankbar für das, was Sie für uns getan haben. Wir können in der Kaserne bleiben ", antwortete Mobius.

"Auf keinen Fall, Mr. Mukherjee. Meine Kiefer und ich beobachteten deinen todesmutigen Hundertmeter-Sprint mit deiner Familie. Du hast deine Frau und dein Kind vor dem bevorstehenden Tod gerettet, indem du sie in Sicherheit gebracht hast. Meine Frau und ich werden uns geehrt fühlen, Ihre Familie als unsere geschätzten Gäste zu haben." Aus dem Augenwinkel konnte Mobius sehen, wie Junali und Manisha sich verwirrt ansahen.

"Okay, Major. Wir können die Ehre sicherlich nicht ablehnen ", erwiderte Mobius.

"Also, junger Mann, nach dir", sagte Major und deutete Junali und Manisha an, Mobius zu folgen, als er von Manisha wegging.

"Dein Vater ist ein wunderbarer Mann", sagte Major Bakshi zu Manisha.

"Ja. Das ist er. Du hast auch das Supertiger-Tattoo auf seinem linken Arm gesehen ", antwortete Manisha stolz.

"Oh, wirklich? Dann muss ich ", konterte der Major.

Die Frau des Majors war voll des Lobes für Mobius 'Mut. Sie bereitete Hühnernudeln und Hammel-Bhuna-Gosht mit Rumali Roti zu, mit Karamellpudding zum Nachtisch, der den Gaumen des Trios immens ansprach.

Mobius bemerkte zu der Frau des Majors: "Madam, ein sehr köstlicher Brotaufstrich, der für einen König geeignet ist."

"Sie sind sehr höflich, Herr Mukherjee", antwortete die Frau strahlend.

Das Abendessen war früh, um 19 Uhr. Der freundliche Major, der Mobius 'rohe Wunden ausnutzte, sprach mit seinem Vorgesetzten und arrangierte einen Krankenwagen, um Mobius und die Familie abzuholen und sie in ihrem Hotel in Darjeeling abzusetzen. Glücklicherweise übernachteten Junali und Manisha durch einen seltsamen Zufall auch im selben Hotel in Darjeeling wie Mobius. Junali und Manisha hatten geplant, auf der Straße nach Pedong zurückzukehren. Mobius sollte zum Flughafen Bagdogra aufbrechen, von wo aus er am Nachmittag um 17:00 Uhr nach Delhi fliegen würde, was er für möglich hielt, wenn sie das Haus des Majors um 7:00 Uhr verließen und Darjeeling um 12:00 Uhr erreichten und den Flughafen Bagdogra um 15:00 Uhr erreichten, zwei Stunden vor dem Abflug. Junali riet Mobius, sich bis 6:30 Uhr zu bewegen, um in der komfortablen Zeitzone zu sein.

Im Schlafzimmer übernahm Mobius die Leitung, nachdem Junali und Manisha ein Bad genommen hatten, und Mobius spuckte sich wegen des Dressings auf seinem Rücken.

"Lass uns unsere Mathematik richtig machen. Junali, du bist vier Jahre älter als ich mit 25. Ich nenne dich Junali. Du kannst mich Mobius nennen."

"Hast du einen Spitznamen, Mobius", antwortete Junali lächelnd.

"Nun, meine engen Freunde nennen mich Mobsy", sagte Mobius.

Mobius zeigte mit dem Finger auf Manisha und fuhr schelmisch fort: „Ich kann nicht dein Vater sein, weil du acht bist und selbst wenn du geboren wärst, nachdem ich deine Tante geheiratet habe, wäre ich zum Zeitpunkt der Heirat siebzehn. Daher, Manishai, bist du meine jüngere Schwester, und ich nenne dich Manisha oder Kanchi (jüngere Schwester auf Nepali)."

"Das ist cool", antwortete Manisha. "Und ich werde dich Baagh Bhai nennen, was Tigerbruder bedeutet."

"Okay, gut. Jetzt schlafe ich auf dem Sofa und ihr beide im Bett ", antwortete Mobius.

"Oh, komm schon, Mobsy. Das Bett ist groß genug für uns drei. Deine Beine werden auf dem Sofa baumeln ", antwortete Junali ängstlich.

"Ich werde es schaffen", konterte Mobius.

"Okay, lass uns jetzt wenigstens alle im Bett ausruhen. Wir müssen ein bisschen reden ", sagte Junali.

"Mobsy. Bist du verheiratet?«, fragte Junali.

"Noch nicht", lächelte Mobius. "Was ist mit dir, Junali?"

„Leider bin ich immer noch unverheiratet und lebe bei Manishas Eltern in Pedong. Bevor ich es vergesse, hier ist unsere Telefonnummer. Ich habe es auf einem Blatt Papier." Mobius steckte das Papier sicher in seine Brieftasche. Als er seine Brieftasche aufklappte, sah Junali ein Foto von Sumitra. "Ist das das Foto deiner Freundin? Sie ist wunderschön. Sie sieht aus wie eine Sportlerin wie du."

"Ja, das ist sie sehr. In Welham Girls 'at Dehradun war sie die Schulkapitänin oder Schulleiterin, wie man sie nennen kann. Sie zeichnete sich durch Basketball, Badminton und Hockey aus. Sie vertrat Uttar Pradesh bei allen drei Veranstaltungen im U19-Team. Sie absolvierte ihr Postgraduiertenstudium in Englisch am Miranda House der Universität Delhi. Sumi ist übrigens sechs Jahre älter als ich."

"Wow, was für Referenzen! Du bist ein glücklicher Mann, Mobsy. Erzähl mir, wie du dich in Sumi verliebt hast."

"Nun, ich denke, es war als Achtjähriger. Wir hatten einen Streit, und sie, eine umschnallende Vierzehnjährige, hielt mich mit einer Armsperre zu Boden und ließ mich um Gnade betteln."

„Großartig, was für ein romantischer Moment!", rief Junali. "Der achtjährige Junge wird von seiner vierzehnjährigen Freundin festgehalten!"

"Welpenscham, Welpenscham", klatschte Manisha fröhlich.

„Manisha, sie war meine Lehrerin", antwortete Mobius auf ihr Geplänkel.

"Wooh!" Rief Junali. "Wirst du deinen Lehrer heiraten? Welche Fächer unterrichtet sie?"

"Alle Themen unter der Sonne. Nur Biologie, sie wird es mir beibringen, nachdem ich sie geheiratet habe ", antwortete Mobius.

"Oh mein Gott, Mobsy. Du bist witzig!", rief Junali mit fröhlichen Tränen.

"Hey", rief Manisha. "Das ist nicht fair. Wenn es ein Witz für Erwachsene ist, warum habe ich ihn dann nicht verstanden?"

"Das wirst du, wenn du siebzehn Jahre alt bist", antwortete Mobius lachend und sagte dann mit Blick auf seine Uhr: "Okay, Kameraden, lasst uns den Tag ausklingen und schlafen gehen. Wir müssen früh aufstehen." Mobius, stand vom Bett auf und grub sich auf dem Sofa. Er schlief in fünf Minuten fest ein.

Jemand stieß ihn auf die Schulter. Mobius schaute auf seine leuchtende Armbanduhr. Es war 2 Uhr morgens.

Es war Junali. "Sei still, Mobsy. Manisha ist in tiefem Schlaf. Ich stellte sie auf eine Seite des Bettes. Du bekommst einen schiefen Nacken, wenn du so schläfst. Komm, hüpfe auf das Bett."

Mobius machte sich im Dunkeln auf den Weg zum unbesetzten Ende des Bettes. Junali drückte sich zwischen Mobius und Manisha.

Mobius hatte einen seltsamen Traum. Er war auf einem Raumschiff mit geschlossenen Augen. Unsichtbare Finger versuchten, seinen Mund zu öffnen. Sobald sich sein Mund öffnete, drückte etwas Weiches gegen seine Lippen. Es schmeckte glatt und gummiartig. Plötzlich brach Mobius 'Traum. In seinem Mund war eine Brustwarze. Mobius öffnete schockiert die Augen. "Was zum Teufel, Junali?" , sprach Mobius.

"Sei still, Mobsy. Du wirst aufwachen, Manisha - nichts, worüber du dir Sorgen machen müsstest. Einfach abkühlen. Es war eine Fehlfunktion des Kleiderschranks. Dein Gesicht lag an meiner Brust und mein BH-Riemen löste sich."

"Bull, du hast es absichtlich getan. Es ist nur eine Stunde vor der Tagespause. Ich bin müde. Kann ich bitte ungestört schlafen?"

"Mobsy Liebling. Es ist ein enger Druck hier unten. Lege einfach deinen Kopf auf meinen Arm. Ich verspreche, ich werde dich nicht anfassen. Drehe dich um und schlafe ein. Gute Nacht."

Mobius spürte, wie er einschlief. Er spürte, wie sich zwei Arme um ihn herum zusammenzogen und der Geruch von frisch shampooniertem Haar auf seinen Wangen spürte. Mobius fühlte sich zu müde, um Widerstand zu leisten, und schlief sofort ein.

Prophezeiung eines Wahrsagers

Die Frau des Majors hatte ihr verpacktes Frühstück mit Tomaten-Ei-Sandwiches mit einer Thermoskanne Tee zubereitet. Der Krankenwagen stand vor dem Haus des Majors.

Der Pfleger im Krankenwagen war ein kräftiger 30-Jähriger, der behauptete, ein Palmenhändler zu sein, bevor er der Armee beitrat. „Sieh dir unsere Handflächen an und sag uns etwas", sagte Mobius einmal im Krankenwagen.

„Zunächst eine kleine Einführung. Es gibt vier Hauptlinien auf Ihrer Handfläche. Die Herzlinie befindet sich oben auf der Hand und zeigt deinen emotionalen Zustand an. Die zweite ist die Überschrift unterhalb der Herzlinie in der Mitte Ihrer Hand, die das Temperament anzeigt. Die dritte ist die Rettungsleine unter der Herzlinie, die um den Daumen geht und Vitalität anzeigt. Die vierte ist die Stabilitätslinie, auch als Schicksalslinie bekannt, die durch die Mitte der Hand nach oben verläuft, beginnend am unteren Rand Ihrer Handfläche und in Richtung Ihres Mittelfingers, und sie zeigt an, wie Sie sich über das Leben fühlen, das Sie erschaffen. Jetzt lassen Sie uns die Hand Ihrer Tochter sehen, Sir."

Der Ordentliche sah Manishas Hand an und rief aus: „Deine Tochter ist die Erleuchtete. Sie wird eine Anführerin von Menschen sein. Sie ist dazu bestimmt, sehr berühmt zu werden. Sie wird ihre Gemeinschaft auf den Höhepunkt der Leistung und Bekanntheit führen."

»Ist das nicht poetische Rhetorik?«, rief Mobius.

"Nein, Sir, das ist es nicht. Ihr Kopf und ihre Schicksalslinien sind solide. Darüber hinaus sind ihr Zeige- und Mittelfinger in Dicke und Länge gut entwickelt. Der lange Zeigefinger deutet auf Führung hin, und der lange gerade Mittelfinger weist auf Vertrauenswürdigkeit und Verantwortung hin."

"Jetzt kommen wir zu Ihrer Frau, Sir." Der Ordnungshüter beobachtete Junalis linke Handfläche: „Meine Freunde sagen mir, dass meine Vorhersagen zu neunzig Prozent korrekt sind. Nun, hier in meiner Lektüre liege ich falsch. Die Heiratslinie auf der Handfläche befindet sich unterhalb der Basis des kleinen Fingers und knapp über der Herzlinie auf der rechten Handfläche. Es ist für jeden anders. In Madams Fall fehlt die Heiratslinie, was auf die Jungfernschaft hinweist. Diesmal liege ich offensichtlich falsch."

Mobius wurde sehr interessiert, erhob sich von seinem Platz und setzte sich näher an den Ordinarius. Erzählen Sie mir jetzt von sich. "Sicher, Sir. Zeig mir deine rechte Handfläche." Der Pfleger verbrachte ein paar Minuten damit, zu grübeln, seine Augenbrauen runzelten sich. „Stimmt etwas nicht?", sagte Mobius und machte sich Sorgen.

"Nein, Sir, aber Sie müssen Ihre Karten richtig ausspielen. Dein Leben wird sehr kompliziert sein. Du scheinst in Schwierigkeiten zu geraten. Aber es gibt gute Nachrichten. Ihre Frau ist sehr stark, sehr herrschsüchtig. Aber dieser Aspekt Ihrer Frau wird Sie oft vor einer Katastrophe bewahren."

"Liebt mich meine Frau?" Fragte Mobius, erkannte aber sofort seinen Fehler. Sowohl der Ordinarius als auch Junali sahen sich ratlos an. Junali schlug bestürzt auf den Kopf und sagte zum Ordinarius: „Mein Mann spricht manchmal nicht rational", und warf Mobius einen schmutzigen Blick zu. Als er das verlegene Paar ansah, sagte der Ordinarius zu Mobius: „Deine Frau wird dich lieben und dich bis zum Griff eines Dolches beschützen. Sie wird deine Wächterin sein. Ich verstehe, Sir, Sie haben ein Tiger-Tattoo auf Ihrem linken Arm."

"Es ist ein Tigerinnen-Tattoo", erklärte Mobius. Der Ordnungshüter schaute sich das Tattoo einige Zeit an und bemerkte: „Sir, ich weiß nicht, ob dies göttliche Vorsehung ist, aber das Tattoo hat eine tiefere Bedeutung. Diese Tigerin ist keine andere als deine Lebenspartnerin, das heißt, deine Frau ", sagte er und zeigte auf Junali.

Die drei erreichten ihr Hotel um 11:30 Uhr. Junali sagte: "Mobsy, ich werde dir helfen, da du sofort nach Bagdogra aufbrechen musst."

"Danke, Junali. Das wird eine große Hilfe sein ", erwiderte ein dankbarer Mobius.

Mobius 'Taxi war bereits angekommen und wartete auf der Veranda des Hotels. Es war ein hastiger Abschied für Mobius.

"Manisha, pass auf deine Tante auf", sagte Mobius zu Manisha.

"Sicher Baagh Bhai. Ich wünsche dir eine gute Reise ", antwortete Manisha und sah leicht niedergeschlagen aus. "Wir hatten eine gute Zeit zusammen."

Mobius umarmte Manisha und schüttelte Junali die Hand. Mit einem Augenzwinkern flüsterte Mobius: "Danke für den Biologieunterricht Junali."

Bevor er mit seinem Gepäck ins Taxi stieg, sagte Manisha von hinten unschuldig: "Ich denke, Baagh Bhai und Tante sollten zusammen Biologie studieren, da ihr beide das Thema so liebt." Dies hatte Junali und Mobius in Abspaltungen gebracht.

"Bis bald", waren Mobius 'Abschiedsworte.

Das Rennen, die Festnahme und die Rettung (2018)

Mobius wusste instinktiv, dass etwas unverschämt falsch war. Er war am Morgen im Majestic Hotel gewesen, um Manisha und Junali zu treffen, zwei Tage vor dem 25-Kilometer-Rennen von Tata Steel Kolkata 25K, das von Procam organisiert wurde. Später am Tag informierte Junali Mobius um 15:30 Uhr telefonisch, dass zwei Frauen im Mufti und ein Polizist in Uniform in einem Polizei-Jeep gekommen waren und Manisha zur Befragung auf der All-Frauen-Polizeistation an der Artillerie-Straße in Barrackpore mitgenommen hatten. Mobius erkannte sofort, dass sein schlimmster Albtraum wahr geworden war.

Sie hatten Manisha zu einer rein weiblichen Polizeistation gebracht, um ein erzwungenes Geständnis zu bekommen. Dies war keine legitime Verhaftung. Mobius kopierte das von Junali mit ihrem Handy aufgenommene Video der beiden Frauen, die Manisha zum Jeep eskortierten.

Auf Junalis Anfrage begaben sich beide zum Polizeipräsidium von Kolkata in Lalbazar, kaum fünf Kilometer von ihrem Standort entfernt. Auf dem Weg zum Polizeipräsidium in einem Ola Cab rief Mobius zusammen mit Junali Milind und Mandira, Gäste von Procam in Kalkutta, an und veranstaltete eine Rampenshow für eine Zementfirma in der Stadt. Mobius wies Milind und Mandira an, zum Eingang des Polizeipräsidiums in Lalbazar zu eilen. Beide kamen innerhalb von 30 Minuten am Eingang an, um Mobius und Junali auf sich warten zu sehen.

Junali kannte alle Formalitäten und führte sie durch die Polizeikontrolle am Eingang, wo Mobiltelefone übergeben werden mussten. Junali versteckte ihr Mobiltelefon in ihrem BH, und als der Metalldetektor des Türrahmens piepste, zeigte sie auf ihre Stahlkette um ihren Hals, und die Polizistin untersuchte nicht weiter.

Junali wies auf das weiße Gebäude an der Ecke hin, und sie führte das Trio in den dritten Stock der stellvertretenden Kommissarin der Polizei von Kalkutta (Frauenflügel), Anita Thapa, einer IPS-Beamtin aus

Kalimpong und einer Freundin Junalis aus der Schulzeit. Junali stellte Mobius, Milind und Mandira vor. Mobius verschwendete keine Zeit, um zu Messingklammern zu kommen. DCP Anita kontaktierte die Polizeiwache für alle Frauen in Barrackpore. Nach einem Gespräch, das fünf Minuten gedämpft dauerte, legte DCP Anita das Telefon nieder und sagte: „Ja, Manisha ist in ihrer Obhut. Das Home and Hill Affairs Department ist involviert. Ich nehme die Angelegenheit auf, aber es kann etwa eine halbe Stunde dauern. In der Zwischenzeit schlage ich vor, dass ihr alle vier zur Frauenpolizeiwache in Barrackpore eilt."

Polizeiwache für alle Frauen, Barrackpore, Kalkutta (17 Uhr, 14. Dezember)

Manisha hatte Angst. Der Raum war dunkel, mit einer einsamen, schwach beleuchteten Glühbirne, die von einem langen Draht aus der Mitte des Daches hing. Es gab eine große Bank mit einem großen Eisblock darauf, und Manisha war gezwungen, nur in ihrem BH und Höschen mit Blick auf die Eisplatte zu liegen. Eine Polizistin auf jeder Seite hielt Manishas Arme fest und zog sie von beiden Seiten. Eine Polizistin (Unterinspektorin der Polizei von Kalkutta) mit zwei Sternen auf der Schulter schwang eine Fahrradröhre in der Luft, die wahrscheinlich mit Sand gefüllt war, dachte Manisha. Ihre Annahme war richtig, und sie schrie vor Schmerz, als die Fahrradröhre an ihrem Kopf vorbeiraste und sich mit ihrem unteren Rücken verband.

Es dauerte ein paar Sekunden, bis der Schmerz sie traf. Es war wie ein Skorpionstich, den sie als Zehnjährige erlebte.

Dann trat die zweite Wimper am oberen Rücken auf, und eine dritte folgte in der Nähe des Halses. Ein gequälter Schrei ertönte aus Manishas Lippen. Ihr Rücken brannte. Sie konnte Blut an der Fahrradröhre sehen, als sie in die Luft schwang, und beobachtete das bösartige Grinsen der Zwei-Sterne-Offizierin. Sie war schwer gebaut mit einem hervorstehenden Bauch. Der Offizier hatte ihre langen Ärmel an die Oberarme gerollt und ein gut entwickeltes Paar Bizeps enthüllt. Der Offizier hatte leichte Haare auf ihrer Oberlippe, was die Männlichkeit ihres ungehobelten Temperaments betonte. Ihr eingestecktes Hemd war locker geworden und hatte einen Bauchnabel freigelegt, der mit einer tiefen Narbe auf ihrem Bauch verzogen war, die wahrscheinlich von einem verrutschten Skalpell stammte, als sie bei der Geburt die

Nabelschnur durchtrennte. Der Dämon im Baby wurde wahrscheinlich mit dem Nabelschnurschnitt geboren, sah Manisha vor.

Als die Anzahl der Wimpern zunahm, konnte Manisha das Wort 'namok' (Salz) auf Bengalisch von der 'rakosh' (bösen) Frau unterscheiden. Sie wollten Salz auf ihren blutigen Rücken streuen. Eine vierte Frau tauchte mit einer Plastikpackung Salz aus der Dunkelheit auf, die die „Rakosh" -Frau auf ihrem Rücken zu verteilen begann. Manisha wölbte ihren Rücken vor Schmerzen und lockerte fast den Griff des Polizisten, der ihren rechten Arm hielt. Dies gelang es nur, den Polizisten weiter zu verärgern, und sie entlüftete ihre Wut, indem sie Manishas rechten Arm grausam mit einem Arm hinter ihrem Rücken festhielt und Manishas Hals mit dem anderen Arm auf der Eisplatte festhielt. In der Zwischenzeit war der Polizist, der ihren linken Arm hielt, zu Boden gefallen, packte Manishas linkes Handgelenk mit beiden Händen fest und legte den Stiefel eines Beins gegen Manishas Wange.

Durch den Augenwinkel konnte Manisha den Speichel sehen, der aus einer Ecke der haarigen Lippe der „Rakosh" -Zwei-Sterne-Frau tropfte. Das Eis unten hatte ihren Bauch gefroren, und Manisha konnte kein Gefühl in ihrem Bauch spüren. Mit jeder Wimper auf dem Rücken rieb sich ihr Schambein jedoch exogen gegen die Eisplatte und erzeugte ein angenehmes Gefühl. Manishas Verstand rutschte als sechzehnjähriger Schüler an der St. George's Higher Secondary School in Pedong zurück. Hinter ihrer Kapelle befand sich ein Gehege, das von drei Büschen versteckt war. Wenn sich zwei Personen hinter die Büsche legten, konnten sie von niemandem gesehen werden, der vorbeikam. Andrew hielt Manisha in einem Griff mit beiden Armen um ihre Taille. Manisha lag mit ihren Armen um seinen Hals auf Andrew. Andrew war ihr Klassenkamerad aus Pedong Village. Er konnte fließend in Nepali, Englisch und Hindi lesen und schreiben. Andrew senkte ihre Hände, die jetzt auf Manishas Oberschenkeln ruhten. Er ging über die Grenzen hinaus, dachte Manisha. Sie wehrte sich jetzt gegen das Bewusstsein, als sie sich vorstellte, wie Andrews Lippen ihr Kinn berührten.

Mit jedem Schlag des sandgefüllten Fahrradrohrs auf ihrem Rücken und Gesäß erhob sich ein tief kehliger gequälter Schrei aus ihrer Kehle: „Jai Hind, Jai Gorkha, Jai Hind, Jai Gorkha, Bharat Mata Ki Jai." (Lang lebe Indien, Lang lebe Gorkha, Lang lebe Indien, Lang lebe Gorkha, Lang lebe Mutter Indien).

Die 'rakosh' Zwei-Sterne-Frau spuckte Gift in einem krächzenden Ton aus, "Stirb, verdammter Gorkha", und nutzte mit einem letzten Schlag ihr gesamtes Körpergewicht hinter dem letzten Schlag auf Manishas unteren Rücken. Kurz nachdem die Röhre sie berührt hatte, rutschte Manisha bewusstlos aus.

Die Rettung aus dem Polizeigewahrsam (18:30 Uhr, 14. Dezember)

Vor der Nur-Frauen-Polizeistation in Barrackpore stritt Mobius mit der alleinigen Inspektorin.

"Eure Erhabenheit, übermorgen ist das 25-Kilometer-Rennen um 7:00 Uhr. Ich werde die Nachricht an mehr als zehn Journalisten weitergeben, die über die Veranstaltung berichten. In der heutigen Ramp-Show werden sowohl Milind als auch Mandira heute Abend die schockierenden Details über das illegale Gewahrsam in deiner Polizeistation offenlegen. Sie haben kein Recht, eine Frau nach Sonnenuntergang ohne gerichtliche Anordnung in Gewahrsam zu nehmen."

"Wir können eine Frau bei Verdacht ohne Gerichtsbeschluss bis zu 24 Stunden in Gewahrsam nehmen", antwortete der Inspektor knapp. Darüber hinaus wurde die zu vernehmende Frau vor Sonnenuntergang in Gewahrsam genommen, nicht danach.

Mobius hielt sein Gesicht zwei Zentimeter vom Inspektor entfernt und rief auf Bengalisch: „*Tumi besyara meye. Tumi jahanna mapurabeye khane tomara mukha gobare dhakat hakbe.*" (Unhöfliche Frau. Du wirst in der Hölle brennen, dein Gesicht mit Kuhdung bedeckt).

Mandira und Junali packten Mobius und zogen ihn vor dem Inspektor in Sicherheit, der wütend war und Mobius mit dem fest in ihrer rechten Hand gehaltenen Schlagstock schlagen wollte. Milind kontaktierte unterdessen die Frau des stellvertretenden Generalinspekteurs der Polizei (DIG) der Westbengalenischen Polizei, die ein großer Fan von Milind war.

»Ist es Madhumita auf der Leitung?«, erkundigte sich Milind.

"Ja, das bin ich. Hallo Milind, ich habe deine Nummer gespeichert. Was für eine angenehme Überraschung. Bist du in Kalkutta?", antwortete Madhumita.

"Ja, Madhu", antwortete Milind. "Ich bin in einer Klemme. Deine Polizistinnen foltern unsere Freundin in der Barrackpore All-Women Police Station illegal ohne Gerichtsbeschluss. Es ist jetzt vorbei mit dem Sonnenuntergang."

"Milind, Liebes, warte einfach. Ich gebe das Telefon meinem Mann."

"Sir, ich bin Milind Dandekar. Ich brauche deine sofortige Hilfe, um unsere Freundin Manisha Rai vor der Folter in der Barrackpore All-Women Police Station zu retten. Es gibt keinen Gerichtsbeschluss, und es ist jetzt über Sonnenuntergang. Bitte helfen Sie mir ", sagt Milind telefonisch zur AUSGRABUNG.

"Manisha Rai, die Gorkha-Lady und Pöbelhasserin", ermahnte die AUSGRABUNG.

Milind konterte und erregte den Zorn der AUSGRABUNG. "Sir, was auch immer passiert ist, wir können darüber reden. Ich habe in einer halben Stunde ein Treffen mit der Presse auf einer Modenschau, die ich leite. Diese Angelegenheit wird morgen früh die Titelseiten all Ihrer prominenten Zeitungen erreichen - illegale Inhaftierung, unrechtmäßige Inhaftierung, ohne Gerichtsbeschluss. Wenn Manisha verletzt ist, rollen die Köpfe."

"Drohst du der AUSGRABUNG der Polizei von Westbengalen? Ich kann Ihr Versteck dafür haben, Mr. Milind Dandekar ", rügte die AUSGRABUNG.

Milind kontert: "Verehrter Herr, lassen Sie Manisha Rai sofort aus der illegalen Inhaftierung frei, oder die Angelegenheit geht an die Journalisten."

"Meine liebe Milind, ich habe keine Zuständigkeit für die Polizei von Kalkutta", antwortete die AUSGRABUNG und wurde plötzlich höflich.

Milind sagte ohne zu zögern: „Sir, ich gebe Ihnen zwei Minuten, danach rufe ich Indrajeet Babu an, den Chefredakteur von Ananda Patrika, einen persönlichen Freund von mir. Auch der bekannte Firmenmarathonläufer Mobius Mukherjee läuft übermorgen um 7:00 Uhr das 25-Kilometer-Rennen und wird auf der Rennstrecke eine Pressekonferenz abhalten. Wir haben ein Video von zwei Frauen im Mufti, die Manisha im Polizei-Jeep mitnehmen. Dies ist ein eklatanter Verstoß gegen jeden Polizeicode im Land. Damit eine Frau in Gewahrsam genommen werden kann, braucht man uniformierte

Polizistinnen, keine weiblichen Gauner. Sag nicht, ich hätte dich nicht gewarnt, Sir. Ich übergebe das Telefon an Herrn Mobius Mukherjee, der Sie besser über die Gesetzmäßigkeiten informieren wird."

Mobius flüsterte Milind zu: „Die dumme Westbengalen-Polizei und die Kolkata-Polizei sind verschiedene Einheiten. Sowohl der Generaldirektor der Polizei von Westbengalen als auch der Polizeikommissar der Polizei von Kolkata erstatten dem Innenministerium Bericht. Wie bist du mit deinem Gehirn Schulkapitän an der Doon-Schule geworden?"

Eine sichtlich verlegene Milind, die das Handy in beiden Händen hielt, sagte: „Okay, Einstein, ich habe versucht zu helfen. Jetzt gibt es kein Zurück mehr. Que sera, sera. Was auch immer sein wird, wird sein." Milind übergibt Mobius das Telefon.

"Lass uns ihn trotzdem ficken", antwortete Mobius und sprach mit Milind abseits des Mobiltelefons. "Übrigens, das Lied, das du gerade gesungen hast, war von Doris Day. Ich wette, du wusstest das nicht."

Mobius begann über das Telefon mit der AUSGRABUNG zu sprechen. „Sehr geehrter Herr, bitte beachten Sie, auch wenn Sie in dieser Angelegenheit nicht zuständig sind. Außer in Ausnahmefällen darf keine Frau nach Sonnenuntergang und vor Sonnenaufgang festgenommen werden, und wenn solche außergewöhnlichen Umstände vorliegen, muss die Polizeibeamtin durch einen schriftlichen Bericht die vorherige Erlaubnis des Gerichtsrichters der ersten Klasse einholen, in dessen örtlicher Zuständigkeit die Straftat begangen wird oder die Festnahme erfolgen soll. Nach sorgfältiger Durchsicht der oben genannten Bestimmung von Abschnitt 60A ist es völlig klar, dass Manisha in Gewahrsam genommen wurde, wo kein Polizeibeamter einen schriftlichen Bericht vorlegte, um die vorherige Erlaubnis des Richters erster Klasse einzuholen."

"Tolle Show, Mobsy", flüsterte Milind ihm ins Ohr, "ich denke, die AUSGRABUNG ist scheiße verängstigt."

"Es dient nicht dem Zweck", antwortete Mobius gleichgültig zu Milind, nachdem er das Telefon ausgeschaltet hatte.

Plötzlich klang das Handy in der Tasche des Inspektors eine Melodie aus einem bengalischen Film. Sie nahm das Telefon aus der Tasche und legte es an ihr Ohr. Mobius, Milind, Mandy und Junali sahen zu, wie die Augen des Inspektors vor Entsetzen erstarrten. Sie drehte sich um, eilte zurück nach innen und verriegelte die Haustür von innen, als sie eintrat. Milind entdeckte ein leeres Taxi, das vor der Polizeistation vorbeifuhr, und rief es zum Stehen.

"DCP Anita muss bei der Arbeit sein, Mobsy", sagte Milind. "Holen Sie sich ein anderes Taxi. Wir werden nicht alle in einen passen. Du, Mobsy, bleibst mit Manisha auf dem Rücksitz. Sie kann verletzt werden. Lass sie ihren Körper auf dem Rücksitz mit dem Kopf auf deinem Schoß dehnen. Mandy wird vorne sitzen. Junali und ich werden in der zweiten Kabine folgen. Wir alle werden zu dem Hotel gehen, das von Procam für Mandy und mich gebucht wurde. Dann werden wir unsere Strategie planen."

Nach zehn Minuten öffnete sich die Haustür der Nur-Frauen-Polizeistation. Der Inspektor war der erste, der herauskam. Dahinter folgten zwei Polizisten, die jeweils Manisha an den Schultern stützten. Manishas Augen waren rot und trotzig. Ein Unterinspektor hielt Manishas gequälten Körper von hinten fest. Mobius stürzte hinein und entfernte das Salzpaket und das blutige, mit Sand gefüllte Fahrradröhrchen. Mobius fing auch an, Fotos von dem Eisblock auf der Bank zu machen, als er einen plötzlichen Schlag auf seinen Kopf spürte. Es war Mandira. Mandira hielt Mobius am Kragen fest und holte ihn aus dem Haftraum.

"Dummkopf, was zum Teufel denkst du, was du tust? Möchtest du auf der Eisplatte an zweiter Stelle stehen oder was? Warte, bis Sumi davon hört. Du wirst von ihr zwei Tritte auf deinen Hintern bekommen ", rief Mandira Mobius zu.

Draußen stand Milind und gab Anweisungen. "Mobsy, steig schnell in die erste Kabine mit Mandy und Manisha. Du, Junali, kommst mit mir in die zweite Kabine. Wir brechen zu unserem Hotel auf. Gehen wir."

"Du und Mobius seid wie ein Messias vom Himmel", sagte Junali unter Tränen im Taxi. "Du hast den Zustand von Manisha gesehen. Sie schlugen sie schwarz und blau mit einer mit Sand gefüllten Fahrradröhre."

"Wir werden diese Drecksäcke reparieren", sagte Milind leise mit einer stählernen Entschlossenheit und legte seinen Arm auf Junalis Schulter, um sie zu trösten.

Manisha lag hinten im Taxi und legte sich mit dem Kopf auf Mobius 'Schoß. „Danke Baagh Bhai und Mandira Didi. Ihr seid pünktlich gekommen. Sonst wäre ich tot."

„Keine Sorge, Manisha, dir wird es gut gehen. Wir müssen Sie von einem Arzt untersuchen lassen ", antwortete Mobius.

"Aber Baagh Bhai, ich versuche es mit dem Procam Slam. Ich habe nur noch zwei Rennen wie du übrig, Baagh Bhai. Fünfundzwanzig Kilometer übermorgen und der volle Marathon im Januar 2019 in Mumbai ", bemerkte Manisha.

Mandira, die vorne im Taxi saß, drehte den Kopf. "Bist du verrückt, Manisha? Immerhin hast du es durchgemacht? Du sollst in den nächsten Tagen keine Spaziergänge machen, geschweige denn übermorgen 25 Kilometer laufen."

"Bitte, Mandira Didi, ich verspreche, dass ich langsam rennen werde. Ich muss den Procam Slam bis Januar abschließen, um mich für die Auszeichnung zu qualifizieren."

"Manisha, du und dein Baagh Bhai sind zwei verrückte Blässhühner. Gut, dass Baagh Bhai nicht mit mir verheiratet ist, sonst hätte er jedes Jahr 365 Tritte auf seinen Hintern bekommen."

Manisha (lächelnd) witzelte und hielt Mobius 'Hand: „Ich denke, Mandira Didi, du magst Baagh Bhai immens. Wooh!"

„Nach diesem Vorfall sei bitte vorsichtig, Manisha. Obwohl Sie der Präsident der Gorkha National Unity Front (GNUF) sind und die Zügel von Kriegsveteran Lachhiman Gurung übernommen haben, dessen Tod im Jahr 2013 ein schwerer Schlag für die Gorkhaland-Bewegung war, fehlt Ihnen derzeit die Unterstützung einer prominenten zentralen Partei. Der Weg, der vor uns liegt, wird extrem hart sein. Darüber hinaus ist Ihre Gruppe von Läufern aus Darjeeling und Kalimpong kaum ein Beispiel für eine starke Unterstützungsbasis."

"Ich habe politische Unterstützung von der Gorkha-Gemeinschaft durch GNUF und meine Running Foundation", antwortete Manisha mutig und kämpfte gegen Tränen in ihren Augen an.

„Ihr Vorgänger, der Kriegsveteran Lachhiman Gurung, war in der Gorkha-Gemeinschaft hoch angesehen. Leider ist es nach seinem Tod im Jahr 2013 unwahrscheinlich, dass die regierende Zentralregierung Ihre Partei ernst nimmt. Bitte denken Sie auch daran, dass Sie möglicherweise hinter Gittern landen, wenn Ihre laufende Stiftung eine neue Bewegung für Staatlichkeit fördert. Der heutige Vorfall war nur eine Vorschau darauf, was passieren könnte. Die Regierung von Westbengalen versuchte, dich durch die Polizei von Kolkata einzuschüchtern. Wenn in Kalimpong eine ähnliche Situation auftritt, können Sie sich vorstellen, mit welchen Problemen Sie konfrontiert werden. Da wir alle übermorgen nach dem Rennen abreisen, erwarte ich keine weiteren Probleme ", antwortete Mandira.

Die ärztliche Untersuchung

Nach der Ankunft im Great Eastern Hotel, das sich in der Nähe des Startpunkts des 25-Kilometer-Rennens befindet, wurde Manisha einer gründlichen Untersuchung durch einen Arzt unterzogen, der ihre Schnittwunden umgehend behandelte. Es war besorgniserregend, dass Manishas Urin rot geworden war, was auf eine mögliche Nierenschädigung hindeutet. Nach zwei Stunden umfassender Tests beruhigte der Arzt jedoch alle und sagte: „Manishas Nieren sind sicher, wenn auch gequetscht. Ich habe Boxer in der Vergangenheit nach ihren Spielen untersucht, bei denen Nierenprobleme auf Foulschläge zurückzuführen waren. Ich werde Manisha in den nächsten zwei Wochen einige Medikamente verschreiben, um ihre Genesung zu unterstützen. Darüber hinaus deuten die Verletzungsspuren an Manishas Körper darauf hin, dass sie in irgendeiner Form gefoltert wurde. Ich kann ein ärztliches Attest vorlegen, um diese Befunde zu dokumentieren."

"Vielen Dank, Doktor. Das Zertifikat wird von Vorteil sein. Wir wissen Ihre Hilfe zu schätzen ", dankte Mobius in Anwesenheit von Milind, Mandira und Junali.

Das 25-KM-RENNEN und Pressegespräch (16. Dezember)

Trotz aller Bemühungen und gegen den Rat des Doktors war Manisha unnachgiebig und beschloss, an der 25K in der Tata Steel Kolkata 25K teilzunehmen. Sie hatte nur einen Tag Zeit, um sich von den brutalen Schlägen der Polizei zu erholen. Das Rennen begann und endete an der Red Road in der Nähe des High Court und führte durch eine kurvenreiche, aber ansonsten flache Strecke durch die Strand Road, die Park Street, die Ashutosh Choudhary Avenue, die S P Mukherjee Road, die Nationalbibliothek, Hastings Junction, das Victoria Memorial und die Casuarina Road.

Manisha wurde von ihrer Tante Junali begleitet, die selbst eine beeindruckende Läuferin in der Altersgruppe von 51 bis 55 Jahren war und beschloss, nicht um einen Podiumsplatz zu kämpfen und neben Manisha zu laufen. Auf der anderen Seite lag Mandira in der Altersgruppe der Frauen zwischen 45 und 50 Jahren an erster Stelle. Mobius Mukherjee holte sich einen Podiumsplatz auf dem ersten Platz für Männer in der gleichen Altersgruppe. Es war ein Doppelschlag für Doscos (Alumni der Doon School, Dehradun) und Welhamites (Alumni der Welham Girls 'School, Dehradun).

Unmittelbar nach dem Rennen rief Mobius zu einer Pressekonferenz im Presseclub auf, nur einen Steinwurf von der Ziellinie entfernt. Sechs der zehn Journalisten, die über die Laufveranstaltung berichteten, waren aus fünf Publikationen im Press Club. Mobius riet Milind, nicht an der Pressekonferenz teilzunehmen, da er ein besonderer Gast von Procam für die Laufveranstaltung war. Er riet Junali auch, während des Pressetreffens nicht aktiv am Interview teilzunehmen. Mobius saß zwischen Mandira Bhatia und Manisha Rai. Mobius unternahm große Anstrengungen, um die rechtswidrige Inhaftierung durch die Polizei von Kolkata zu erklären, und stellte die Fahrradröhre und das Salzpaket aus, die bei der Folter von Manisha Rai verwendet wurden.

Die Pressefotografen machten viele Fotos, und Mobius zeigte ihnen auch das von Junalis Handy aufgenommene Video der Polizistinnen in Zivil, die Manisha zum Polizei-Jeep brachten. Auf Drängen einer Kriminalreporterin aus Anand Bazar Patrika hob Manisha ihre Laufweste auf den Rücken, um ihren bandagierten Rücken freizulegen. In der Nacht zuvor hatte Mobius in Anwesenheit des Hotelarztes Fotos von Manishas blutigem Rücken mit seinem Handy gemacht. Er teilte die Bilder mit den anwesenden Journalisten. Junali, als kritischer Zeuge, stellte den Journalisten die Registrierungsnummer des Polizei-Jeeps zur Verfügung. Mobius teilte den Journalisten das ärztliche Attest des Doktors mit.

Mobius hatte am Abend zuvor ein ausführliches Gespräch mit Milind, Mandira und Junali. Sie alle beschlossen einstimmig, dass die Pressekonferenz nach dem Rennen stattfinden würde. Sie zerstreuten sich noch am selben Tag zu ihren jeweiligen Zielen – Manisha und Junali nach Pedong, Milind und Mandira nach Bhopal und Mobius nach

Satna. Wenn also die Nachrichten am nächsten Tag auf die Titelseite jeder großen Zeitung in Kalkutta gespritzt würden, wären sie aus der Stadt ausgezogen.

Mobius stellte auch Manishas blutige Unterwäsche am Bahnhof Howrah aus und sprach zwanzig Minuten lang auf Bengalisch, bevor er am Nachmittag in den Zug stieg. Das Glück begünstigte die Tapferen, und Mobius wurde am Bahnhof von der Reporterin der Times of India interviewt, die nach einem Treffen mit ihren Verwandten in Kalkutta nach Mumbai zurückkehrte.

Wenn Sie den Bahnhof Howrah betreten, befindet sich auf der linken Seite ein freier Bereich. Jeder, der einen Standpunkt hat, kann vor Ort sprechen, und vorbeifahrende Passagiere werden je nach Interesse und Abfahrt ihres Zuges auf den 23 bequem nebeneinander positionierten Bahnsteigen anhalten und zuhören. Es gibt keine Treppen zu erklimmen, somit mehr Freizeit. Am Ende von 20 Minuten bat ihn der Polizist, seine Rede zu unterbrechen, da viele Passagiere anhielten, um Mobius 'feuriger Tirade gegen die Polizei von Kolkata zuzuhören und die anderen Passagiere zu behindern. Das Polizeipersonal am Bahnhof war sich der Grausamkeit, die ihre Brüder von der Polizei von Kalkutta Manisha zugefügt hatten, nicht bewusst, und einige von ihnen hörten gebannt zu, als Mobius mit seinen Armen gestikulierte und das Abschlachten des Lammes durch die Polizistin mit der Fahrradröhre nachahmte. Eine sympathische Polizistin riet Mobius, eine TANNE gegen die Barrackpore All-Women Police im Polizeipräsidium in Kalkutta einzureichen.

Treffen im Büro des Polizeikommissars (17. Dezember)

Es war 10:30 Uhr, am Tag nach dem Tata Steel Kolkata 25K, und ein wichtiges Treffen im Büro des Polizeikommissars war im Gange. Der Tisch vor dem Kommissar hatte mehrere Tageszeitungen in Bengali und Englisch. Es gab die stellvertretende Kommissarin der Polizei von Kalkutta, Anita Thapa, die leitende Offizierin der Kasernenpolizei, Neelam Sengupta, eine Unterinspektorin, und drei Polizisten von derselben Polizeistation. Der PC hatte strikte Anweisungen gegeben, dass er nicht gestört werden sollte. Zuerst zeigte er DCP Anita seinen Zorn.

"Könnten Sie bitte erklären, wie um alles in der Welt der Prominente Milind Dandekar, seine Frau Mandira, Corporate Guy, Mobius Mukherjee und Junali Rai überhaupt in das Polizeihauptquartier kamen, um Sie zu treffen?"

Eine sichtlich verärgerte DCP Anita Thapa stand von ihrem Stuhl auf und antwortete: „Sir, lassen Sie uns zuerst ein paar Fakten in die richtige Perspektive bringen. Nummer eins, sie kamen durch den richtigen Kanal und benutzten den öffentlichen Haupteingang, und ihre Aadhar-Kartendetails wurden im Eingangsregister vermerkt. Ihre Fotos wurden am Eingang per Webcam aufgenommen, bevor ihnen der Torausweis ausgestellt wurde. Zweitens trafen sie mich in meiner offiziellen Eigenschaft als DCP, verantwortlich für alle Frauenpolizeistationen in der Stadt. Drittens wurde ich nicht über die rechtswidrige Inhaftierung von Manisha Rai in der Barrackpore All-Women Police Station auf dem Laufenden gehalten. Jede Verhaftung, bei der der Häftling zu einer Nur-Frauen-Polizeistation in Kalkutta gebracht wird, bedarf meiner Zustimmung, die jemand nicht eingeholt hat. Manishas Tante Junali Rai kam zu mir, um den Bericht einer vermissten Person über Manisha Rai, ihre Nichte, einzureichen. Die anderen drei Personen, die sie begleiteten, waren ihre Freunde. Ihr Freund Mobius Mukherjee wies darauf hin, dass Manisha Rai in der Polizeistation Barrackpore in Gewahrsam von Polizistinnen war. Er flehte mich an, Manisha vor der illegalen Inhaftierung zu bewahren. Er flehte mich an, die betroffene Polizeistation anzurufen, was ich auch tat. Der verantwortliche Offizier sprach von einem offiziellen Anruf der Innen- und Bergabteilung, um den Unfug zu erledigen (der den Inspektor anstarrt), und schließlich ist Mandira nicht mit Milind verheiratet."

Dann, nach einer Pause, fuhr DCP Anita fort: „Als Strafverfolgungsbeamter im Rang eines DCP bei der Polizei von Kalkutta schäme ich mich für den Vorfall, der sich vor zwei Tagen ereignete. Nicht zuletzt waren die Enthüllungen auf den Titelseiten der Presse besonders und eine große Beleidigung für die Polizei von Kolkata. Inspektor Neelam Sengupta, die heute hier in diesem Raum sitzt, gibt ihre Fakten an, auf deren Intervention sie reagiert hat."

Der Polizeikommissar hat sie in den letzten zwei Jahren bei seinen täglichen Treffen um 10:30 Uhr mit dem DCP noch nie so wütend gesehen. Er wies sie an, sich hinzusetzen und rief alle von der Polizeistation Barrackpore, mit Ausnahme des Inspektors, auf, aus dem

Raum zu treten. Der Polizeichef zeigte nun mit dem Finger auf Inspektor Neelam und erklärte ohne implizite Worte: "Bitte geben Sie Ihren Fall gemäß dem Kolkata Police Manual an."

"Kann ich privat mit Ihnen sprechen, Sir?", bat der Inspektor.

"Nein, das darfst du nicht. Wenn du dich entscheidest zu schweigen, werde ich dich sofort mit einer Untersuchung unter der Leitung von DCP Anita suspendieren. Es würde also helfen, wenn Sie den Mund aufmachen ", erwiderte der Kommissar kurz.

"Sir, ich erhielt einen Anruf von Bablu Da vom Büro des Chief Secretary im Home and Hill Affairs Department, um einen Polizei-Jeep zu nehmen und Manisha Rai zur Station zu bringen, sie zu foltern und ein Geständnis von ihr zu bekommen, dass sie während der Procam Expo aufrührerische Aussagen über die westbengalische Regierung gemacht hatte."

"Hast du ihren Namen in dein Verbrechensregister eingetragen?"

"Nein, Sir."

"Warum nicht?"

"Sir, es war ein Beamter des Innenministeriums."

"Woher wusstest du, dass es keine Nachahmung war?"

"Sir, die Person hat selbstbewusst gesprochen, und wie hätte ein Imitator meine Handynummer?"

Der Commissioner wandte sich an DCP Anita und sprach: „DCP Anita, du hattest drei Tage vor dem Renntag zwei Polizisten auf der Race Expo. Haben sie gesehen, wie Manisha über die Gorkhaland-Frage gesprochen hat?"

»Überhaupt nicht, Sir. Manisha war eine Hauptrednerin am letzten Tag der Expo. Sie sprach nur über die laufenden Aspekte ihrer Run Manisha Run Foundation. Keine Erwähnung des Gorkhaland-Problems ", antwortete DCP Anita.

Der Polizeikommissar erkannte den großen Fehler der Innen- und Bergabteilung. (Das Innenministerium der Regierung von Bengalen wurde 1843 eingerichtet. Die Abteilung wurde 2016 in Home and Hill Affairs Department umbenannt). Er musste allein mit DCP Anita sprechen.

"Okay, Inspektor Neelam, Sie können gehen. Wir treffen uns später ", sagte er und wies DCP Anita an, zurückzubleiben.

Als sie allein waren, sprach der Kommissar: „Schau, DCP Anita, ich weiß, dass du mit Gorkhaland sympathisieren wirst, da du selbst ein Gorkha bist. Aber deinem Beruf gewidmet zu sein, ist deine oberste Priorität."

"Sicher, Sir. Ich werde immer das Gesetz einhalten, wo Gerechtigkeit für alle mein Hauptanliegen ist ", antwortete DCP Anita zuversichtlich.

"Okay, DCP Anita, ich habe dich. Wir haben zusammen einige schwere Zeiten durchgemacht. Du hast mir einmal in der maoistischen Bewegung das Leben gerettet, als du mir geraten hast, nicht in eine Falle zu tappen. Wir wären alle tot gewesen, wenn ich den Weg überquert hätte, um die Leiche zu erreichen. Diese Bastarde hatten die Leiche mit Sprengstoff eingeklemmt. Sprengstoff wurde in die Leiche genäht."

Der Kommissar korrigierte sich sofort. "Tut mir leid für den Spruch, DCP Anita."

"Es ist in Ordnung, Sir. Ich verstehe. Ich habe selbst ein paar diskrete Nachforschungen angestellt. Bablu Da, stellvertretender Sekretär, wurde von Probodh Da, Chief Secretary, einem engen Verbündeten unseres CM, angewiesen, Manisha eine Lektion zu erteilen. Deshalb hat Bablu Da uns beide umgangen und direkt mit Inspektor Neelam Sengupta von der Barrackpore All-Women Police Station gesprochen."

Die Stirn des Kommissars runzelte die Stirn, als er sprach: "DCP Anita, wenn ich gegen den Inspektor vorgehen würde, würde dies eine direkte Beleidigung des Innenministeriums bedeuten. Auf der anderen Seite würde das Nichthandeln bedeuten, den Zorn der Presse auf sich zu ziehen. Dieser Schurke Mobius zeigte der Presse sogar die Fahrradröhre und das Salzpaket. Ganz zu schweigen davon, dass die blutige Unterwäsche des Opfers am Bahnhof Howrah direkt vor der Nase der Eisenbahnpolizei ausgestellt wurde. Darüber hinaus erhielt ich gestern einen Anruf von DIG West Bengal Police Deepak Ghoshal über Milind und Mobius, die ihm wegen Manishas Inhaftierung drohten. Milind wusste offenbar nichts über die getrennten Zuständigkeiten der Westbengalen-Polizei und der Kolkata-Polizei. Dieser Mobius-Charakter scheint jedoch ein kluger zu sein. Ich habe ein hinterhältiges Gefühl, dass dies nicht das letzte Mal ist, dass wir von ihm hören. Diese Person,

Mobius, wäre für unsere Polizeibehörde nützlich ", kicherte der Kommissar, und DCP Anita schloss sich an.

DCP Anita sprach: "Sir, Sie sollten Inspektor Neelam bis zur Untersuchung suspendieren. Übertrage mir die Verantwortung für die Ermittlungen. Ich werde das Logbuch verfälschen, alle Eintragungen vornehmen und den Vorfall wie eine routinemäßige Befragung aussehen lassen, die durch die Nachlässigkeit des Inspektors außer Kontrolle geraten ist. Inspektor Neelam und der Unterinspektor sollten suspendiert werden, da Manisha der Presse von den Schlägen erzählte, die der Unterinspektor mit dem Fahrradrohr durchführte. Ich werde Ihnen in drei Tagen einen Untersuchungsbericht vorlegen. Sie akzeptieren den Bericht und weisen mich an, mich bei der Presse für den Schwachsinn von Inspektor Neelam zu entschuldigen. Der Inspektor und der Unterinspektor werden nach dem Pressegespräch suspendiert und steigen nur mit einer Verwarnung aus. Alles ist innerhalb einer Spanne von 4 bis 5 Tagen erledigt."

"Das ist großartig, DCP Anita. Ich wusste, dass ich auf dich zählen konnte. Bitte fahren Sie fort. Noch eine Sache, DCP Anita. Halten Sie dies vertraulich. Obwohl ich Bengali bin, bin ich mit der Bildung von Gorkhaland sympathisch, genau wie du. Wenn Sie Uttarakhand und Jharkhand haben können, gibt es keinen Grund, Gorkhaland nicht als separaten Staat zu haben. Uttarakhand bestand auch aus Bergleuten, im Gegensatz zu den Gorkhas, die aus Nepal eingewandert waren."

DCP Anita sprach: "Sir, die Gorkhas wurden zusätzlich zur britischen Armee von der indischen Armee rekrutiert, etwa 100.000 von ihnen in 44 Bataillonen, plus 25 Bataillone Assam-Gewehre, als Teil des dreigliedrigen Abkommens, das zur Zeit der Unabhängigkeit Indiens unterzeichnet wurde. Dies wurde in einer Liste von Gorkha-Regimentern, die unter der indischen Armee dienen, weiter dokumentiert."

"Du hast viel in deiner Gemeinde recherchiert, DCP Anita", antwortete der Kommissar.

»Das muss ich, Sir. Wir als Gorkhas müssen uns gegenseitig unterstützen. Ich bin stolz, ein Gorkha zu sein."

"Und ich bin stolz, Sie als meinen Kollegen zu haben", lächelte der Kommissar. "Gorkhas sind ein spunkiges Los. Ich bewundere sie."

"Danke, Sir, für die freundlichen Worte", lächelte DCP Anita zurück.

Treffen im Büro des Ministerpräsidenten von Westbengalen (18. Dezember)

Der Chief Minister von Westbengalen war wütend. Sie wandte sich an die gesetzgebende Versammlung, die Paschim Banga Vidhan Sabha, nachdem der Sprecher ihr Zeit gegeben hatte, zu sprechen. Die gesetzgebende Versammlung befand sich im BBD-Bagh-Gebiet von Kalkutta. (BBD steht für die drei jungen indischen Unabhängigkeitsaktivisten - Benoy Basu, Badal Gupta und Dinesh Gupta, die am 8. Dezember 1930 Oberst N.S. Simpson, den Generalinspekteur der Gefängnisse, ermordeten).

"Wie viele von Ihnen sind an einer separaten Staatlichkeit für Gorkhaland interessiert, bitte heben Sie Ihre Hand." Keine einzige Hand wurde erhoben. "Warum dann all dieses Hullabaloo für Gorkhaland? Gibt es jemanden in diesem Raum, der mit einem Gorkha verwandt ist? Bitte steh auf."

Flüsterte der Gorkha-Sicherheitsmann, der in der Nähe des CM stationiert war. "Ich stehe bereits, Madam."

Der CM wandte sich an den Wachmann und flüsterte: „Ich meinte dich nicht. Entspann dich."

Der CM fuhr fort: „Okay. Lassen Sie uns mit den Vorgängen des Tages auskommen."

Die CM betrat ihre Kabine, nachdem das Parlament für den Tag vertagt worden war. Der Kommissar der Polizei von Kolkata und die GRABUNG der Polizei von Westbengalen saßen vor ihr mit dem Bürgermeister und Distriktsammler von Kolkata. Ihre Sekretärin und Bablu Da saßen etwas hinten.

Zuerst rief der CM aus: "Kommissar der Polizei, auf wessen Befehl haben Sie zwei Tage vor dem Rennen eine Gorkha-Läuferin entführt und sie in der Barrackpore All-Women Police Station foltern lassen?"

"Irgendeine dumme Entscheidung, die vom SHO der Barrackpore All-Women Police Station getroffen wurde. Ich habe ihre anhängige Untersuchung unter der stellvertretenden Polizeikommissarin Anita Thapa ausgesetzt."

"Gute Idee, einen Gorkha-Polizisten an der Spitze der Untersuchung zu haben. Es zeigt, dass wir nicht voreingenommen sind. Schließen Sie dieses Kapitel jedoch so schnell wie möglich. Sei nicht zu streng mit dem SHO. Wenn sie sich schuldig bekennt, setze sie mit einer Verwarnung wieder ein."

"Das ist der Plan, Madam CM."

Die CM zeigte mit der Hand auf die AUSGRABUNG: „Wie kommt es, dass diese Clowns am Telefon mit dir gesprochen haben? Woher haben sie deine Nummer?"

Die AUSGRABUNG antwortete verlegen: "Die Berühmtheit, Milind, hatte die Nummer meiner Frau. Sie wurden mit einer NGO in Verbindung gebracht, die gute Arbeit für die Bedürftigen in Kalkutta leistet."

"Es ist in Ordnung. Bitte bitten Sie Ihre Frau, seine Nummer zu sperren."

"Es ist bereits fertig, Madam CM."

Sie fragte die Gruppe vor ihr: "Kann jemand erklären, wie ein bengalischer Geschäftsmann, ein maharashtrisches Promi-Model und sein Punjabi-Partner so in die Gorkhaland-Bewegung involviert sind?"

"Madam CM", antwortete die AUSGRABUNG. „Sie sind alle Schulfreunde und leben jetzt in Madhya Pradesh. Die Mutter des Bengalis ist eine Gorkha, und er hat eine weiche Ecke für die Bewegung, die der Gorkha-Läuferin hilft, die er schon lange als Kind getroffen hatte. Sie sind mehrere Rennen zusammen gelaufen. Sie hatten bereits mehrere öffentliche Versammlungen, die reibungslos verliefen, ohne Probleme mit Recht und Ordnung in Darjeeling und an anderen Orten."

Ein aufgeregter CM sprach: „Nehmen Sie sich Zeit, aber eines Tages stellen Sie sicher, dass Sie die Bengali und die Tante der Gorkha-Frau verhaften. Beides ist gefährlich für uns. Mach es diskret. Wenn die Menge außer Kontrolle gerät, wenden Sie Gewalt an. Ich möchte die Gorkhaland-Bewegung ein für alle Mal unterdrücken. Ich habe größere, mächtigere Gorkha-Politiker eingesperrt. Diese Zivilisten sind ein Haufen Nobodys. Sie werden solche Angst bekommen; die Bewegung wird auf natürliche Weise sterben."

Der Aufstieg des Berges in der Schule und ein tragisches Ereignis (1986)

Mobius hörte Hugh Taylor zu und wurde irritiert. Wie die Doon School einen 65-jährigen Engländer und Archäologen rekrutierte, um "A" - Formern Geschichte zu lehren, war ein großes Rätsel. Stimmt, er war ein OBM-Preisträger, aber trotzdem?

Hugh erzählte die Geschichte der Gorkhas und neigte sich dem Ende zu. Mobius sah sich um. Alle im Klassenzimmer langweilten sich. Hinter ihm pochte Shivvy in der Nase, und zu seiner Rechten gähnte Mil unverhüllt. Mobius selbst fühlte sich schläfrig und fühlte sich abnickend. Plötzlich zischte eine Kreide und traf Mobius auf seine Stirn. Der stechende Schuss rüttelte Mobius wach.

Hugh knurrte: "Schläfriger Blighter, steh auf und erzähle der Klasse, was ich heute besprochen habe."

Mobius stand auf, rieb sich mit zusammengekniffenen Augen die Stirn und sah jeden Zentimeter wie ein stolzer Gorkha aus. "Erstens, Sir, hätte ich ein Auge verlieren können, wenn die Kreide mich ein paar Zentimeter tiefer getroffen hätte. Zweitens scheinen Sie nicht viel über die Geschichte der Gorkhas zu wissen."

"Lass mich dich unterrichten", bemerkte Mobius. „Während des Krieges in Nepal im Jahr 1814, in dem die Briten versuchten, Nepal in das Imperium zu annektieren, waren die Armeeoffiziere von der Hartnäckigkeit der Gorkha-Soldaten beeindruckt und ermutigten sie, sich freiwillig für die East India Company zu melden. Die Gorkhas dienten als Truppen der Kompanie im Pindaree-Krieg von 1817, in Bharatpur, Nepal, im Jahr 1826 und im Ersten und Zweiten Sikh-Krieg in den Jahren 1846 und 1848. Während der Sepoy-Meuterei im Jahr 1857 blieben die Gorkha-Regimenter den Briten treu und wurden bei ihrer Gründung Teil der British Indian Army."

Nach einer Pause fuhr Mobius fort: „Der einzige Grund, warum die Briten über einen Teil Indiens herrschen konnten, war die Unterstützung der Gorkhas. Tatsächlich nutzten die Briten ihre Loyalität und die kriegerische Abstammung der Gorkhas aus und manipulierten sie, um den schlauen Briten untertan zu sein."

Milind und Shiv hatten ein bedrohliches Gefühl und signalisierten Mobius, sich zu beruhigen. Shiv begann, Mobius von hinten auf die Schultern zu klopfen.

Milind gestikulierte: „Beruhige dich, Mobsy. Wir sind jetzt ein unabhängiges Indien. Nicht mehr unter der britischen Monarchie."

Hugh donnerte: „Du schrägäugiger Sohn einer Gorkha-Mutter! Wie kannst du es wagen, mir Geschichte beizubringen?"

Mobius 'Gehirn löste eine Sicherung aus. Er beeilte sich, Hugh zu schlagen, nachdem er über den Schreibtisch vor ihm gesprungen war. Milind handelte schnell und war die erste, die Mobius zurückhielt. Shiv kam bald darauf zu Mobius.

Mobius zitterte vor Wut. „Wie kannst du es wagen, dich auf meine stolze Abstammung zu beziehen, indem du dich abfällig auf meine Eigenschaften beziehst? Ihr Limeys seid ein undankbares Los. Du hast den Kohinoor-Diamanten aus Indien gestohlen, um ihn auf die Krone einer Schurkenkönigin zu setzen."

Hugh antwortete streitlustig: "Lass uns jetzt ins Büro des Herrn (Schulleiters) gehen, du Kumpel."

Während Milind und Shiv sich an seinen Armen festhielten, erwiderte Mobius: „Du schuldest den Gorkhas eine sofortige Entschuldigung, oder du spürst den Zorn ihres Khukri gegen deine Kehle. Ayo Gorkhali!"

Hugh deutete Mobius an, ihm zum Büro des Herrn zu folgen. Milind und Shiv folgten, um ihren Freund zu retten.

Der HM war frei und saß in seinem Büro und genoss die friedliche Ruhe des Morgens mit dem Zwitschern von Spatzen, die durch das offene Fenster eindrangen. Majestätisch hing hinter ihm ein Porträt des Premierministers Rajiv Gandhi. Plötzlich stürzte Hugh mit Mobius, Milind und Shiv im Schlepptau ein. Das HM erkannte das Trio sofort. Bevor Hugh sprechen konnte, richtete der HM seinen Zorn an das Trio: "Wann immer ich euch drei Musketiere zusammen sehe, weiß ich, dass ein Erdbeben kommt."

Milind und Shiv kontrollierten ihr Lachen. Mobius zeigte eine Grimasse auf seinem Gesicht.

Der HM, ein pensionierter Oberst der Armee, der vor drei Jahrzehnten von Dehradun aus die indische Militärakademie (IMA) verlassen hatte, hörte Hugh geduldig zu. Er bewunderte auch heimlich die heftige Loyalität zwischen den drei Schülern.

Nachdem er Hughs Tirade fünfzehn Minuten lang zugehört hatte, beschloss der HM zu sprechen: "Mobius, ich möchte, dass Sie sich sofort bei Herrn Hugh Taylor entschuldigen... sofort. Die Modalitäten besprechen wir später. Teste nicht meine Geduld, Mobius. Sie haben bereits eine gelbe Karte in Ihrem B-Formular für das Rauchen erhalten."

Milind und Shiv stießen immer wieder mit den Fingern auf Mobius 'Wirbelsäule und flüsterten unisono. "Mobsy, entschuldige dich einfach und beende es."

Mobius dachte einen Moment nach und antwortete dann: "Im Namen der indischen Regierung, die das größte demokratische Land der Welt ist, entschuldige ich mich bei Herrn Hugh Taylor, obwohl er abfällige Worte benutzte, um die mutigste Gemeinschaft auf diesem Planeten, die Gorkhas, zu beleidigen, und dafür, dass er Ausdrücke auf meinem Gesicht benutzte und mich vor einem Klassenzimmer, das mit zweiundzwanzig indischen Söhnen des Bodens gefüllt war, schrägäugig, blighter und cad nannte."

HM schlug verzweifelt auf die Stirn und murmelte vor sich hin. "Gott, gib mir den Mut, Mobius nicht in den Hintern zu treten."

Hugh schämte sich ein wenig für Mobius 'Entschuldigung und sagte: „Okay, Colonel. Keine weiteren Anmerkungen. Ich muss eine Klasse unterrichten. Du kannst dich mit den dreien befassen, wie du es für angemessen hältst." Hugh drehte sich um und verließ das Büro des Herrn.

Der HM winkte dem Trio zu, um sich hinzusetzen und sich mit einem verwirrten Geist auf seinem bequemen Stuhl niederzulassen.

"Gut, dass ihr Schurken nächstes Jahr in S-Form kommt. Ich muss mich noch weitere achtzehn Monate mit deinen Eskapaden abfinden. Milind, du wirst vom Meisterrat für die Schulkapitänschaft im nächsten Jahr dringend empfohlen. Vermassle das nicht. Shiv, du bekommst wahrscheinlich sehr bald den Scholar's Blazer, also verpatz ihn nicht.

Mobius, du hast genug versagt. Machen Sie keine Fehler. Bei weiteren Beschwerden von einem anderen Meister wirst du für immer ausgeruht sein. Sie werden im nächsten Jahr für die Cross-Country-Kapitänschaft der Schule empfohlen. Bitte sprenge es nicht. Oder muss ich deine Schwester noch einmal anrufen, um dich zu schlagen? Ich glaube, ihr Name war Sumitra." Milind und Shiv begannen vor sich hin zu kichern. Mobius versuchte, ein gerades Gesicht zu behalten.

"Okay, ihr drei, Söhne des Bodens, könnt jetzt gehen", sagte der HM und lächelte leicht. Shiv war der erste, der schrie, nachdem er aus dem HM-Büro gekommen war. „Nieder mit der britischen Monarchie! Indien Zindabad!" Plötzlich war eine Menschenmenge von Studenten vor dem Büro des HM. „Lang lebe Mobius! Es lebe der tapfere Gorkhas!" Die Sprechgruppe hob Mobius auf ihre Schultern und begann, das Büro des Herrn zu verlassen.

India Today News Report
(31. Juli)
Das Massaker von Kalimpong am 27. Juli

Der Nachhall der Polizeischüsse im nordbengalischen Bergort Kalimpong am 27. Juli ist nicht leicht zu vergessen. Dreizehn Männer, Frauen und Kinder wurden auf tragische Weise getötet und zu Märtyrern erhoben. Sie verloren ihr Leben, als sie einen separaten Staat Gorkhaland forderten, und die Regierung der Westbengalenischen Linken Front symbolisiert nun Unterdrückung. Die Berichte über das Kalimpong-Feuer haben selbst in den entlegensten Dörfern und Teegärten Schockwellen durch die Gorkha-Familien geschickt. Am bedeutsamsten ist, dass die Kalimpong-Tötungen einen unumkehrbaren Wendepunkt in der Gorkhaland-Nachfrage markiert haben.

"Kalimpong ist unser Jallianwala Bagh", behauptet Lapka Dong, der Einberufer der Gorkha National Liberation Front (GNLF) in Darjeeling. "Danach kann uns nichts mehr davon abhalten, einen separaten Zustand zu erreichen." Subhash Ghising, der Führer des GNLF, hat zugesagt, dass sie Gorkhaland noch vor Jahresende gründen werden. Obwohl nicht jeder dieses Maß an Optimismus teilt, wurden die Kampflinien unverkennbar gezogen. Jagat Bahadur Pradhan, ein Einwohner von Tindharia in den Ausläufern der Darjeeling-Berge, teilt seine Gedanken: "Wir werden vielleicht zu meinen Lebzeiten nie Zeuge der Schaffung eines separaten Staates Gorkhaland, aber nach dem, was in Kalimpong passiert ist, können wir die Herrschaft Bengalens niemals akzeptieren."

Die Kalimpong-Tragödie hat Gorkha-Moderate, Zaunsitter und Intellektuelle vereint, die jetzt die Forderung nach einem separaten Staat moralisch unterstützen. Ihr Vertrauen in die Linksfrontregierung ist unwiderruflich erschüttert. Prem Allay, Präsident der nepalesischen Bhasha Samiti, reflektiert: "Wir hatten uns von dieser Agitation distanziert, aber nach der Schießerei kamen Hunderte von Menschen auf uns zu und forderten, dass wir Stellung beziehen und die Tötung unschuldiger Menschen verurteilen."

Der öffentliche Druck zwang die Bhasha Samiti, Premierminister Rajiv Gandhi zu telegrammieren und eine sofortige Intervention der Zentralregierung zu fordern, da "das Volk das Vertrauen in die westbengalische Regierung verloren hat". Gleichzeitig traten ein Dutzend Mitglieder der nepalesischen Akademie und ein paar nominierte Mitglieder des Hill Development Council aus Protest zurück. Selbst die parteiunabhängige Gemeinde Darjeeling verabschiedete eine Resolution, in der die Morde verurteilt wurden.

Als Reaktion auf die Proteste behaupteten die Bezirksverwaltung und die örtliche CPI (M), dass die Kalimpong-Gewalt von der GNLF-Führung absichtlich inszeniert worden sei, um die öffentliche Meinung gegen die Linksfrontregierung zu verhärten. Sie verweisen auf Ghising provokante Rede in Kalimpong acht Tage vor der Schießerei, in der er erklärt hatte: „Wenn sie zwei töten, müssen Sie zwei von ihnen im Gegenzug töten", und die fast magischen Kräfte der Khukri, der traditionellen Waffe der Gorkhas, als Beweis für eine bewusste Provokation gepriesen hatte.

Darjeeling Superintendent of Police Rajendra P. Singh erklärt, dass die Polizei am Morgen des 27. Juli praktisch gezwungen war, 30 GNLF-Anhänger aus Kalimpong zu verhaften, eine Aktion, die später ausgenutzt wurde, um die öffentliche Stimmung gegen die Polizei zu schüren. Trotz zwei Tagen wiederholter Ankündigungen in Nepal, in denen die Auswirkungen von Abschnitt 144 des indischen Strafgesetzbuches (der alle Versammlungen von mehr als vier Personen für illegal erklärt) erläutert wurden, organisierte der GNLF Prozessionen und versuchte, Polizeibarrikaden zu durchbrechen. Anschließend, während sich eine große Prozession in Richtung der Polizeistation der

Stadt Kalimpong bewegte, stürmte eine Gruppe von Gorkhas, die mit Khukris bewaffnet waren, die Polizeistation und GRUB (cid) Kamal Mazumdar aus, was zum Tod eines bewaffneten Polizisten des Staates, Subrata Samanta, durch einen Khukri-Schlag auf den Hals führte. Auch Mazumdar wurde schwer verletzt. Später wurden einige CRPF-Kiefer und staatliche bewaffnete Polizisten durch lähmende Khukri-Schläge verwundet.

Unabhängig von der Provokation machte die Polizei jedoch einen schweren Fehler, indem sie zu einem Amoklauf griff. Nach dem Angriff auf DIG Mazumdar feuerten CRPF und Jawans der Staatspolizei wahllos auf jeden, der in der ganzen Stadt in Sichtweite war. "Es war wie Diwali. Schüsse gingen los wie Cracker ", erinnert sich Pasang Norbuk. Sunman Ghising, ein 48-jähriger nepalesischer Arbeiter in der Nähe der Polizeistation, begann zu rennen, als alle anderen in Panik gerieten und in den Knöchel geschossen wurden. Ghising beklagte: "Ich bin ein gewöhnlicher Arbeiter und habe noch nie jemanden unterstützt, aber heute liege ich im Krankenhaus, während meine acht Kinder zu Hause verhungern." Der tragischste Vorfall betraf ein College-Mädchen, Sangeeta Pradhan, deren Kopf tödlich verletzt wurde, als sie die Gewalt von ihrer Terrasse aus beobachtete, fast einen Kilometer von der Polizeistation entfernt.

Die GNLF nutzte die Tragödie aus, indem sie übertriebene Geschichten darüber verbreitete, wie die Polizei Menschenmengen eingekreist, von allen Seiten, einschließlich der Dächer, abgefeuert und behauptet hatte, dass über 100 Gorkhas abgeschlachtet worden seien. Die tatsächliche Zählung betrug jedoch 13 Tote und rund 50 Verletzte. Die GNLF behauptet, dass ihre Prozession friedlich war und die Schießerei nicht provoziert wurde. Wangdi Sherpa, Einberufer des GNLF in Kalimpong, behauptet: „Die Polizei hatte geplant, uns zu töten. Sie wollten einen Showdown, um uns zu vernichten, da Kalimpong als unsere größte Basis gilt."

Selbst Gorkhas in anderen politischen Parteien beginnen, sich an der Perspektive des GNLF auszurichten. "Die westbengalische Regierung ist geschickt darin, uns in jeder Hinsicht zu unterdrücken – politisch, wirtschaftlich und pädagogisch", argumentiert Sugen Chettri, der 21-jährige Generalsekretär des Studentenwerks am Darjeeling Government College, das von der Chhatra Parishad des Kongresses(I) kontrolliert wird. Für Chettri und die meisten anderen Gorkhas im Distrikt

Darjeeling stimmt der Kalimpong-Vorfall mit ihren Vorurteilen über die Natur der Herrscher von Westbengalen überein. "Die Regierung versucht, diese Bewegung als gewalttätig darzustellen, um unsere demokratischen Forderungen zu unterdrücken", behauptet Chettri.

Obwohl nicht alle Gorkhas in Darjeeling die Beschäftigung von Subhash Ghising mit Themen wie dem Indo-Nepal-Vertrag teilen, sind sie sich in der Überzeugung einig, dass sie nicht in Bengalen bleiben können. Selbst ein ungebildeter Teegärtner vom Thurbo Tea Estate, Raj Kumar Pradhan, der einst den CPI (M) unterstützt hatte, behauptet jetzt: „Es gibt keine Zukunft für uns in Bengalen. In all diesen Jahren haben sich keine Industrien entwickelt, und alle Gewinne aus unserer Arbeit werden in die Ebenen abgeführt. Wir werden nicht einmal als richtige Bürger Indiens behandelt."

Harish Mukhia, der seit mehr als drei Jahrzehnten in der Teeindustrie tätig ist, hebt hervor, dass kein einziger der rund 90 Gärten des Bezirks einem Nepali gehört. „Nicht einmal 10 Prozent der leitenden Angestellten der Gärten sind Nepalesen", betont Mukhia. Darüber hinaus gibt es trotz des Booms der Teepreise kaum Anstrengungen, Teesträucher neu zu bepflanzen, da bereits 14 Gärten nicht mehr existieren.

Das Gefühl der Vernachlässigung wird durch Diskriminierung in Bereichen wie Bildung verschärft. Colleges sind in Darjeeling rar, und die North Bengal University, die ursprünglich für die Hügel gedacht war, wurde schließlich

verlagerte sich in die Ebenen. Folglich hat Darjeeling seit Jahrzehnten noch keinen IAS-Beauftragten hervorgebracht, und die meisten Gorkhas können nur Arbeitsplätze in den Ebenen als Peons oder Darbans sichern.

Im Laufe der Jahre ist der Groll über die zunehmende Bedeutung von Siliguri, einem Handelszentrum in den Ebenen, für die Darjeeling-Hügel gewachsen. Nepalesische Auftragnehmer sind zunehmend unzufrieden damit, nach Siliguri zu reisen, um die meisten Verträge zu erhalten. "Staaten wie Nagaland, Sikkim und Mizoram lagen einst 20 Jahre hinter Darjeeling zurück, aber heute sind wir 20 Jahre hinter ihnen zurück", sagt Deo Bahadur Pradhan, ein in Darjeeling ansässiger Hotelier und Auftragnehmer.

Es ist nicht so, dass die Landesregierung kein Geld für Darjeeling bereitstellt. Dennoch wird die gesamte Planung vom Writers 'Building in Kalkutta aus gesteuert, wo Einzelpersonen mehr Wissen über die lokalen Bedingungen benötigen. Infolgedessen scheitern ihre Projekte oft. Zum Beispiel erhielten staatliche Krankenschwestern in Darjeeling eine Fahrradzulage, obwohl das Radfahren in den Hügeln unpraktisch war. In ähnlicher Weise gab es eine jährliche Zuweisung für das Abteufen von Rohrbrunnen, die in den Hügeln nutzlos waren, aber die gleichen Mittel konnten nicht für die Entnahme von Wasser aus Bergbächen verwendet werden. Ein neues massives Wasserreservoir für Darjeelings Wasserversorgung wurde gebaut, musste aber besser gebaut werden, damit es Risse entwickelte. Selbst die vor drei Jahren in Betrieb genommene Multi-Crore-Rupie Jaldhaka Hydel Unit ist aufgrund von Blockaden durch Felsbrocken und Schlamm fast zum Erliegen gekommen.

"Jede politische Partei in Darjeeling, einschließlich der CPI (M), hat erkannt, dass sich unsere Probleme von denen der Ebenen unterscheiden, und jede hat sich für eine Form einer unabhängigen Verwaltung ausgesprochen", sagt der leitende Anwalt und ehemalige Kongressabgeordnete D.S. Rasaili. Die Gorkha-Liga war der lautstärkste Befürworter eines separaten Hügelstaates gewesen, während die lokale CPI (M) regionale Autonomie vorgeschlagen hatte. Die Bewegung für die Trennung von der bengalischen Regierung begann bereits 1907, und Mitte der 1940er Jahre hatte die ungeteilte Kommunistische Partei erstmals die Idee eines "Gorkhastan" vorgeschlagen.

1970 hatte der staatliche CPI(M) versprochen, bei der ersten Gelegenheit einen Gesetzentwurf zur Einrichtung eines Regionalrats für Darjeeling mit voller legislativer und exekutiver Befugnis einzuführen. Die Marxisten erkannten die Hindernisse innerhalb der Verfassung, planten aber, eine Massenbewegung zu starten, um Änderungen der Verfassung zu erzwingen. In der Praxis führte der CPI (M) erst im letzten Jahr, acht Jahre nach seiner Machtübernahme, einen Gesetzentwurf ein, der regionale Autonomie für Darjeeling anstrebte, und schwieg, als der Gesetzentwurf im Parlament abgelehnt wurde. Diese scheinbare Doppelmoral hat selbst gebildete moderate Gorkhas entfremdet.

Westbengalen Chief Minister Jyoti Basu behauptete, dass seine Partei den GNLF politisch bekämpfen würde, aber die Regierung hat sich auf die Polizeiverwaltung verlassen. Die Erosion der Unterstützungsbasis der CPI (M) zeigt sich in ihrem Hauptsitz in Darjeeling, der derzeit mehr Polizisten als Parteikader beherbergt. Selbst in den Teegärten, traditionell Hochburgen der Marxisten, drückte jeder befragte Arbeiter ausnahmslos seine Unterstützung für Gorkhaland aus.

Nur wenige CPI (M) -Unterstützer sind noch übrig, die in erster Linie dafür verantwortlich sind, dem Bezirksnachrichtendienst die Namen von GNLF-Aktivisten zu liefern. Die andere große Partei, der Kongress (I), hat sich genauso geschlagen wie der CPI (M). "Kongressabgeordnete sind hier völlig isoliert, und Tausende von Mitgliedern haben ihren Rücktritt eingereicht", sagt Kongress (I) Bezirksausschussmitglied a.M. Rai. "Meine eigenen Kinder singen Gorkhaland-Slogans, und ich fange an, soziale Ausgrenzung zu fürchten. In jeder Hinsicht existiert die Partei dem Namen nach nur in den Gebieten des Darjeeling-Hügels."

Die Darjeeling DCC (I) trat am 26. Juli zusammen und beschloss, die Forderung nach einer Trennung von Darjeeling von Bengalen zu unterstützen, indem sie es zu einem Gebiet der Union machte. Der Chef des West Bengal Pradesh Congress (I), Priya Ranjan Das Munshi, verschärfte jedoch den Riss mit seiner Darjeeling-Einheit, indem er erklärte, dass die staatliche Einheit niemals einen Schritt für eine weitere Teilung Bengalens unterstützen würde.

In der Zwischenzeit hält die Polizei die Gorkhalander auf Trab. Ermutigt durch Basus Aufruf, die Agitatoren als antisoziale Elemente zu behandeln, führt die Bezirkspolizei täglich Operationen in den Hügeln durch, plündert Teegärten und verfolgt GNLF-Führer. Rund 300 wichtige GNLF-Aktivisten wurden interniert, zusammen mit Hunderten anderer Verdächtiger, die nach der Unterzeichnung von Wohlverhaltensvereinbarungen freigelassen wurden.

CM Jyoti Basu hat auch die Möglichkeit ausgeschlossen, dass das Zentrum in einen unabhängigen Dialog mit Subhash Ghising eintritt, indem es Delhi persönlich besuchte, um den Innenminister der Union, Buta Singh, zu treffen und sich Unterstützungsversprechen und zusätzliche Sicherheitskräfte zu sichern.

Die GNLF-Führung wurde als Reaktion auf diese Entwicklungen in die Defensive gedrängt. Die meisten wichtigen Aktivisten verstecken sich jetzt, und sogar Ghising ist trotz der Zusicherung der Landesregierung, dass er nicht verhaftet wird, in den Untergrund gegangen. Der durchschnittliche Gorkha bleibt jedoch entschlossen. J.P. Singh, ein arbeitsloser Jugendlicher, erklärt: "Es ist an der Zeit, unsere Taktik zu ändern." Die Echos von Kalimpong könnten ein turbulenteres Kapitel in diesem anhaltenden Kampf einläuten.

Das opulente Mittagessen, der Aufruhr eines Vaters und die Hochzeitsglocken (1999)

Milind lud Sumitra zum Mittagessen in San Gimignano ein, einem malerischen Restaurant, das sich auf italienische und europäische Küche im Imperial Hotel an der Janpath Road in Delhi spezialisiert hat. Das Restaurant war ein überteuertes Restaurant im Vergleich zu seinen Kollegen auf der gleichen Linie. Dies passte Milind immens, da sein Promi-Status oft ein Nachteil war, wenn er sich an öffentlichen Orten bewegte.

Milind bestellte zunächst den französischen Eintopf Bouillabaisse, bestehend aus gemischten Kräutern, Fisch und Gemüse. Trotz der Speisekarte konsultierte er Sumitra für das Hauptgericht, und der Kellner wurde auf Sumitras Beharren aufgefordert, zu bestätigen, dass das italienische Fiorentina-Steak aus Lammfleisch hergestellt wurde. Es wurde von russischem Salat mit geworfenen Hühnerwürfeln und gekühlter Mayonnaisesauce begleitet.

Milind bestellte eine Flasche Rotwein zum Steak. Das Dessert bestand aus dem unvergesslichen Kaiserschmarrn, einem Wiener Dessert, das auf der Speisekarte als flauschiger, leicht karamellisierter Rühreipfannkuchen mit Pflaumenkompott beschrieben wurde. Der Legende nach war Kaiserchmarrn das Lieblingsdessert von Kaiser Franz Joseph, nach dem es benannt wurde. (Kaiser Franz Joseph war Kaiser von Österreich (1848–1916) und König von Ungarn (1867–1916). Er teilte sein Reich in die Doppelmonarchie, in der Österreich und Ungarn als gleichberechtigte Partner koexistierten. 1879 schloss er ein Bündnis mit dem preußisch geführten Deutschland. 1914 führte sein Ultimatum an Serbien Österreich und Deutschland in den Ersten Weltkrieg).

Sagte Sumi, nachdem er die Bestellung von Milind beim Kellner gehört hatte. "Mil, es scheint, dass du vier Länder zum Mittagessen mitgebracht hast. Französischer Eintopf, italienisches Steak, russischer Salat und österreichischer Kaiserschmarrn."

Milind lächelte mit einem Augenzwinkern: „Sumi Didi, es sind eigentlich fünf Länder. Der Rotwein kommt aus Schottland."

Sumi sagte leichtfertig: „Ich denke, du musst einen starken Grund haben, mich zu treffen. Das ist auch die teuerste Mahlzeit, die ich bisher bekommen hätte."

Milind kicherte, als er sich erinnerte: „Sumi Didi, es ist wie ein Wiedersehen zwischen Doscos und den Welham Girls. Es fühlt sich an wie diese gesellschaftlichen Zusammenkünfte in der Schule, aber ohne die Tanzfläche. Apropos, obwohl du sechs Jahre älter bist, hatte ich nie das Vergnügen, mit dir in diesen Schulgesellschaften zu tanzen. Obwohl ich dich ein paar Mal mit Shivvy und Mobsy getroffen habe, als Mobsy sich in eine schwierige Lage gebracht hat."

Er hielt inne, seine Augen glänzten vor Nostalgie. „Ich erinnere mich lebhaft an diese Tage, besonders als Mobsy auf dem Campus beim Rauchen erwischt wurde. Anstelle seiner Eltern kamst du als seine ältere Schwester an, gekleidet in einen Saree, der viel reifer aussah als deine zwanzig Jahre. Wir waren damals alle erst vierzehn."

Sumitra lächelte und zog die Augenbrauen hoch.

Milind beugte sich vor und senkte seine Stimme dramatisch: „Sie haben Mobsy streng direkt vor dem Hauptmeister, Oberst Derek Simeon, getadelt. Und dann kam der Moment, der den Colonel völlig entsetzt verließ, wie Mobsy es erzählt. Du hast tatsächlich Mobsy geschlagen; Sumi Didi, ein Schlag, der so laut war, dass er laut Mobsy eine Lawine in Nag Tibba hätte auslösen können. Seine rechte Wange wurde rot und leicht geschwollen, und Colonel Simeon musste eingreifen und dich beschimpfen, indem er sagte, dass die Ohrfeige nicht notwendig war und, nun, Jungs werden Jungs sein."

"Du hast ein fotografisches Gedächtnis, Mil", antwortete Sumitra

Er kicherte wieder: „Der Colonel schickte Mobsy mit einer Pfingstrose in die Central Dining Hall, um ein paar Eiswürfel für seine Wange zu holen. Laut Mobsy hat diese Ohrfeige die Angelegenheit geklärt. Ohne sie wäre er möglicherweise ausgewiesen worden. Weißt du, Sumi Didi, das war ein brillant kalkulierter Schritt von deiner Seite. Du hättest die Schauspielerei in den Filmen verfolgen sollen - du hast das Aussehen, die Figur und die Histrionik dafür."

Sumitra sah verwirrt aus. "Wer hat gesagt, dass ich handle?"

Milind hielt seine Hände an seinen Kopf und sprach ungläubig: „Mein Gott, Sumi Didi! Du meinst, es war echt und nicht orchestriert?"

Sumitra lachte: "Mobsy hat sich dumm verhalten und für seine Sünde bezahlt gemacht."

Milind hebt mit überwältigender Mehrheit lachend ab. "Wirklich, Sumi Didi, du bist die Grenze. Bis heute glaubt Mobsy, dass du gehandelt hast."

Sumitra sagte kichernd: „Gut für ihn. Jetzt sag es ihm nicht. Er wird sich schrecklich schämen."

Milind sagte plötzlich ernsthaft: „Sicher, Sumi Didi. Weißt du etwas? Bitte bewahren Sie dies vertraulich auf. Die erste Frau, in die ich mich verliebt habe, warst du, Sumi Didi. Mandy kam später."

"Nun, an diesem Punkt, Mil, nehme ich es als Kompliment", antwortete Sumitra.

Milind saß bequem in seinem Stuhl und sagte: „Mobsy mag dich sehr. Er hat ein Foto von dir in seiner Brieftasche."

Sumitra witzelte: "Ich denke, jeder Mann in Ihrer Altersgruppe tut dasselbe, auch Sie."

Milind sagte zustimmend: "Ja, ich habe ein Bild von Mandy in meiner Brieftasche." Zieht seine Brieftasche heraus und zeigt Sumitra das Bild von Mandira.

Sumitra schaute auf das Foto und sagte: „Du solltest dir ein neues besorgen, Mil. Dieser hier verblasst."

Milind antwortete: „Dies war ein besonderer Anlass. Weißt du, Sumi Didi, ich dachte zuerst, dass Mobsy sich für Mandy interessiert, aber später wurde mir klar, dass sie nur gute Freunde sind. Sie fühlen sich in der Gegenwart des anderen sehr wohl. Sie sind mehrere Rennen zusammen gelaufen. Ich möchte nicht stören, aber du hast eine standhafte Beziehung zu Mobsy. Seit seiner Geburt praktisch mit ihm zusammen zu sein. In unserer Sechserbande gibt es eine beliebte Geschichte darüber, wie oft Sie Mobsys Windeln gewechselt haben. Die Zahlen bewegen sich zwischen 10 und 20."

Sumitra antwortet: "Eigentlich ist es um 6 Uhr weit vom Ziel entfernt. Weißt du, Mil, in einer Beziehung geht es nicht nur um Liebe. Es geht auch um Engagement, Vertrauen, Kompatibilität und vieles mehr."

Milind untersuchte nicht weiter und erkannte, dass Sumitra ihre Beziehung zu Mobius nicht besprechen wollte und wechselte stattdessen das Thema.

"Sumi Didi, wir haben einmal gehört, dass sie in Welham Girls angefangen haben, in Scheiben geschnittene Bananen zu geben, nachdem ein Mädchen versucht hatte, eine Banane in ihre Vagina zu stopfen."

"Ja, das stimmt. Leider passierte es, als ich in meinem letzten Jahr Schulkapitän war. Tatsächlich kannte ich dieses Mädchen sehr gut. Priyanka war meine Batchmate. Die HM (Head Mistress) veranlasste mich, für den Rest meiner Amtszeit wöchentliche Sensibilisierungsprogramme zu Pubertät und Hygiene durchzuführen. Aber seitdem wurden den Welham Girls nie ganze Bananen serviert. Ich habe nie gemerkt, dass Doscos davon erfahren hat, obwohl Mobsy viele Male darüber gelacht hat. In der Tat, wann immer Bananen zu Hause serviert wurden, brach Mobsy in ein Lächeln aus und kniff sich immer wieder in den Bauch, um sich selbst vom Lachen abzuhalten. Letztendlich musste ich Ma und Baba die eigentliche Geschichte erzählen."

Milind und Sumitra lachten, und Sumitra erkannte, warum die meisten Frauen im Land Milind Dandekar als dreistes Sexsymbol betrachteten. Milinds Lächeln war ansteckend, und sein Adonis-Körper war der Traum eines Bildhauers. Jede Frau in Milinds Gegenwart musste sich ablenken lassen!

Milind sprach plötzlich: „Du weißt schon, Sumi Didi. Ich wollte mit dir über eine bestimmte Angelegenheit sprechen. Es handelt sich um einen Modelauftrag mit Madhavi Mehta für Ruffman Shoes. Es wird mehrere Anzeigen geben, die in verschiedenen nationalen Zeitungen und Zeitschriften erscheinen werden. Die Anzeigen erscheinen in Schwarz-Weiß, mit Madhavi und mir in einer nackten Pose mit einer lebenden Python um uns gewickelt. Wir würden die Sportschuhe tragen und sonst nichts. Es besteht kein Risiko, da die Python vor dem Shooting defanged und auch sediert wird. Diese Werbung für Ruffman-Schuhe wird voraussichtlich die umstrittenste und beliebteste Werbung des Landes werden! Madhavi Mehta und ich bekommen jeweils zwanzig Lakhs. Das ist der größte Betrag, den ich je in meinem Leben erhalten hätte. Selbst die Rolle, die ich in der australischen Filmproduktion "Let's do it" spielte, brachte mir fünfzehn Lakhs ein. Die Werbeagentur erwartet auch, dass die Anzeige Flak und Rechtsstreitigkeiten dagegen haben wird, so dass sie plant, die Anzeige für eine Woche gleichzeitig in 13 Zeitungen zu veröffentlichen, sowohl in Englisch als auch in einigen populären Volkssprachen in Hindi, Gujarati und Malayalam, wo die Leserschaft ziemlich hoch ist. Es wird auch rund 6 englischsprachige Zeitschriften geben. Das Pre-Shooting ist eine sehr vertuschte Angelegenheit. Nur sehr wenige Menschen wissen darüber Bescheid. Die ausgewählten Publikationen wurden strengstens angewiesen, keine Fakten darüber preiszugeben. Tatsächlich habe ich das nicht mit meinen Eltern besprochen. Sie werden einen Anfall haben, besonders meine Mutter."

Milind setzte sich auf seinen Stuhl und fuhr fort: „Bevor ich nächste Woche den Vertrag unterschreibe, möchte ich Ihren Rat. Du bist der erste in meinem engen Freundeskreis, mit dem ich darüber diskutiere. Ich halte dich, Sumi Didi, für sehr reif, und ich weiß, dass du mir den richtigen Rat geben wirst. Tatsächlich involviere ich Shivvy nicht, weil er ein etwas altmodischer Mensch ist und Mobsy nur einen Bauchlachen spalten wird. Du kennst ihn besser als mich. (Lacht). Nachdem ich Supermodel wurde, startete meine Karriere nicht wirklich. Nur drei Nebenrollen in drei Filmen. Zwei in Hindi und eine in Englisch von einem australischen Filmemacher. Ich habe ein paar internationale Anzeigen für Uhren, Rasierschaum und Kleidung gemacht, aber die meisten von ihnen zahlen mir nicht viel und werfen nur viele Werbegeschenke wie Unterkünfte in den besten Hotels während der Dreharbeiten und Reisen zu exotischen Orten ein. Früher erlaubten sie mir, noch ein paar Tage in diesen Hotels zu übernachten."

Milind hustete leicht, hielt inne und fuhr dann fort. "Aber das war alles eine Lernerfahrung für mich. Ich kenne eine Person, die sich deswegen sehr schlecht fühlen wird. Es ist Mandy. Sie ist auch ein professionelles Model, und sie hätte erwartet, dass ich sie anstelle von Madhavi Mehta auswähle, aber ich habe dazu nichts zu sagen. Tatsächlich hat der Direktor der Werbeagentur etwas mit Madhavi zu tun, und so wurde Madhavi ausgewählt. Sie wurden häufig zusammen in einem Bauernhaus des Direktors in Lonavala gesehen. Solche Dinge sind im Modelberuf akzeptabel. Tatsächlich wurde ich einmal von einem schwulen Direktor einer Werbeagentur vorgeschlagen. Ich habe die Abtretung nicht angenommen. Nun, Sumi Didi, was hast du zu all dem zu sagen?"

Sumi antwortete mit einem Seufzer: „Das war eine ziemliche Salve. Persönlich habe ich das Gefühl, dass Sie mit der Werbung gehen können. Es wird definitiv ein Game-Changer in der Werbewelt sein. Ich glaube nicht, dass so etwas schon einmal in der Werbung passiert ist. Dies wird Ihre schwächelnde Karriere auf jeden Fall wiederbeleben. Es wird rechtliche Auswirkungen haben, aber die Agentur wird Sie schützen. Denn nach meinem rechtlichen Scharfsinn richtet sich jedes rechtliche Ergebnis zuerst gegen die Agentur und danach gegen den Fotografen, die Models und die Publikationen, in denen die Anzeige erscheint. Ein wichtiger Aspekt muss jedoch beachtet werden. Du hast seit fünf Jahren eine lebendige Beziehung zu Mandy und kennst sie aus deiner Schulzeit. Du musst dich ihr anvertrauen. Lass es so aussehen, als wäre sie die erste Person, an die du dich um Rat wendest. Erwähne Mandy nicht die Diskussion, die du mit mir geführt hast. Lass es so aussehen, als ob du ihren Rat und ihre Zustimmung nimmst."

In diesem Moment kam der Kellner mit dem Essen an. Die Flasche Rotwein wurde in der Mitte des Tisches auf einer hohen Eisschale aufbewahrt. Der Eintopf wurde von einem jungen Kellner mit Crewschnitt serviert, der in Perfektion lackiert war. Die vollen Ärmel hatten ein prominentes Paar versilberter Manschettenknöpfe. Sein gebeugter Ellbogen drückte seinen Bizeps gegen den Stoff seines weißen Hemdes, was darauf hindeutet, dass er einige Zeit im Fitnessstudio verbracht hatte.

Gerade als er ging, bückte er sich höflich in der Nähe von Milind und flüsterte: "Mr. Milind Dandekar, Sir, es wäre ein großes Privileg, wenn wir uns nach dem Mittagessen mit Ihnen fotografieren lassen könnten."

Milind antwortete: „Natürlich werde ich das, aber mach keine Schnappschüsse von uns, die hier sitzen. Madam hier. (zeigt auf Sumitra und lächelt) ist meine Management-Beraterin."

"Sicher, Sir, und vielen Dank", nickte der Kellner und kehrte leise in die Küche zurück, um seinen Kollegen die freudige Nachricht zu überbringen.

Nach dem Mittagessen und einem Gruppenfoto mit dem Restaurantpersonal sah Milind Sumitra in der Lobby des Hotels, wo ein Taxi arrangiert worden war, um sie an ihrem Arbeitsplatz abzusetzen.

„Danke Sumi Didi für deinen Rat. Ich schätze die Zeit, die du mir gegeben hast, sehr. Schönes Kleid, das du trägst."

Milind nahm eine kleine, flache, ovale Parfümflasche aus seiner makellosen, maßgeschneiderten Hose. "Ein kleines Geschenk, das ich dir schon immer überreichen wollte, aber nie bekommen habe." Es war ein Estee Lauder Parfüm mit dem Duft "Beautiful Sheer".

"Wow, danke Mil. Das muss dich ein kleines Vermögen gekostet haben ", rief Sumitra. Milind umarmte Sumitra leicht.

Milind, bei 6 Fuß 2 Zoll, fand Sumitra attraktiv, der einen gut ausgestatteten Athletenkörper bei 5 Fuß 10 Zoll hatte. Ihre Schultern waren ein wenig männlich, aber das lag an den Hanteln, die sie täglich als Teil ihres täglichen Regimes hob, was zu einem 13-Zoll-Bizeps führte. Sumitra hatte auch einen festen Rumpf und ein gut geformtes Beinpaar. Obwohl sie nicht allzu groß war, waren ihre Brüste fest und abgerundet und verlangten Aufmerksamkeit.

Milind grübelte oft darüber nach, dass Sumitra, obwohl Mandira ein professionelles Model war, eine höhere Punktzahl erzielen würde, wenn beide die Rampe entlanggingen und wenn er der Richter wäre. Sumitras Gesicht war hell und voller Energie. Ein schönes, ovales bengalisches Gesicht, mandelförmige Augen unter vollen, üppigen, gewölbten Augenbrauen und eine perfekte Nase.

Als Sumitra lächelte, zeigte ihr Gesicht ein Paar Grübchen auf jeder Wange. Sie zog es vor, ihr leicht gekräuseltes Haar gefesselt zu halten, um auf einer Seite ihrer Schulter nach unten zu fließen, konnte sich aber an mehrere verschiedene Frisuren anpassen. Sumitras Ohrstöpsel wechselten jeden Tag der Woche. Sie bevorzugte keine Dangler, im Gegensatz zu Mandira, der auf sie schwor, aber das lag daran, dass Mandira einen schlanken, langen Hals hatte, der durch einen jungenhaften Haarschnitt akzentuiert wurde.

Aufruhr und Hochzeitsglocken eines Vaters

"Mobsy, Liebes, ist es möglich, dass du diesen Sonntag nach Bhopal kommst? Ich werde auch da sein. Du musst dich nicht verabschieden. Reisen Sie am Samstagabend mit dem Bhopal Express und kehren Sie am Sonntagabend zurück ", gurrte Sumitra telefonisch.

"Es ist in Ordnung für mich. Aber plötzlich, was ist da hochgekommen?«, erwiderte Mobius mit unverhohlenem Argwohn.

Sumitra antwortete: "Warum sprichst du nicht mit Baba und findest es selbst heraus?"

"Das weiß ich, aber du weißt wahrscheinlich, was sich zusammenbraut."

"Vielleicht möchte Baba dich wegen deiner Beteiligung an der Gorkhaland-Bewegung tadeln."

"Wie sind Sie in diesem Fall involviert?"

"Baba hat mir nichts gesagt. Ich vermute nur."

"Ich glaube, Baba will mich wie immer in deiner Gegenwart anschreien", murmelte Mobius.

Sumitra antwortete ungerührt: "Jetzt wag es nicht, wie ein Idiot gegen Baba zu reden. Ich werde Bhopal am Sonntagmorgen von Delhi aus erreichen und plane, bis Montagabend zu bleiben. Der Rest liegt bei Ihnen. Vielleicht solltest du eine Telefonkonferenz mit deinem spirituellen Guru Baba Loknath abhalten, um herauszufinden, warum."

"Oye Sumi, pass besser auf deine Zunge auf."

"Du Mobsy, pass zuerst auf deinen Hintern auf!", neckte Sumitra.

"Okay, ich werde da sein. Ich habe eine Vorahnung, dass etwas Schlimmes passieren wird."

Mobius rief seine Mutter an.

"Was ist los, Ma? Wie kommt es, dass Sumi und ich gleichzeitig benötigt werden? Wird es Zeit für Baba?"

"Mach dir keine Sorgen, Mobsy. Komm einfach. Gott segne dich. Joy Baba Loknath."

"Joy Baba Loknath, Ma."

Nach dem Mittagessen, bestehend aus Mobius 'Lieblingsmutton Biryani, gefolgt von Karamellpudding, saßen alle vier im Wohnzimmer der Familie Mukherjee am Lake Pearl Spring in Bhopal.

Mobius sprach zuerst in leichtem Geplänkel: „Ma, die Biryani und Karamellpudding waren, wie üblich, par excellence. Nun, da du das Kalb gemästet hast, wann wird die Schlachtung stattfinden?"

Sumitra, der Mobius gegenüber saß, winkte ihm, er solle schweigen.

Mas Stirn runzelte sich, aber sie lächelte trotzdem.

Baba sprach und zeigte auf seinen Sohn: "Nur eine Person mit einem schlechten Gewissen wird so sprechen."

Mobius antwortete: „Ich bin der einzige Mensch auf diesem Planeten, der etwas falsch macht. Sumi ist immer da, um mich im Auge zu behalten. Gut, dass sie nicht schleicht."

Ma unterbrach in einem züchtigenden Ton: „Mobsy, Liebes, ich denke, du solltest auf das hören, was dein Vater sagt, ohne zu unterbrechen. Zweitens, wenn Sumi Sie im Auge behält, stellt es sicher, dass Sie keine Probleme haben. Drittens hast du recht. Sumi schleicht nicht."

Mobius antwortete: "Eine gute Alternative für jemanden, der mich im Auge behält, wäre Conan der Barbar anstelle von Sumi."

Ma erkannte, dass das Gespräch nicht so stattfand, wie es sollte, und Mobius, der sich im Laufe der Zeit immer mehr ärgerte, erhob sich von ihrem Stuhl und signalisierte Sumitra, dasselbe zu tun. „Lieber Mobsy, Sumi und ich gehen in die Küche, um aufzuräumen. Die Haushaltshilfe Lalitha ist heute nicht aufgetaucht."

"Moment mal, Ma. Was ist dieses vertraulichste Treffen zwischen Baba und mir? Du und Sumi, bitte seid weiterhin hier."

Ma und Sumitra kehrten zu ihren Plätzen zurück.

Als Mobius seine Eltern ansah, sagte er: „Das ist besser, Ma. Jetzt lass uns reden, Baba."

Baba räusperte sich. "Mobsy, hast du jemals daran gedacht, zu heiraten?"

"Nein, vorerst nicht. Ich bin jetzt 29 Jahre alt. Du warst 30, als du Baba geheiratet hast, und ich wurde geboren, als du 32 warst."

"Deine Statistiken sind gut. Nun, hast du irgendjemanden außer Mandira im Sinn?"

"Was ist los mit Mandy? Ist es, weil sie Punjabi ist?"

"Nein, weil sie seit fünf Jahren mit deinem Kumpel Milind zusammenlebt."

"Baba, du hast eine Menge Kontrolle über meine Kumpels. Wie auch immer, Mandy ist nicht mit Mil verheiratet."

"Vielleicht nicht, aber sie leben zusammen wie ein Ehepaar", antwortete Baba streng.

"Wie auch immer, Mandy ist eine gute Freundin wie Mil und Shivvy. Mehr nicht."

"Das ist gut. Was ist mit Junali?"

"Baba, ist das ein Gerichtsverfahren einer Berufungsbehörde eines gefangenen Nazi-SS-Offiziers in Amerika nach dem Zweiten Weltkrieg? Junali ist auch ein guter Freund von mir."

Baba setzte seine Tirade fort. "Du bist wahrscheinlich die beste Unterstützung für Junali, um Gorkhaland zu bilden. Ganz zu schweigen davon, sie und ihre Nichte Manisha vor dem sicheren Tod durch die Lawine in der Nähe des Nathu La Pass im Jahr 1995 zu retten und auch Ihr eigenes Leben zu riskieren."

Mobius sah seine Mutter und Sumitra zur Unterstützung an und kratzte sich am Kopf. Mit seinen Augenbewegungen veranlasste Mobius Sumitra, ihm zu Hilfe zu kommen.

„Baba, Gorkhaland ist ein wichtiges Thema. Jemand muss ihnen helfen. Mobsy ist eine gute Wahl", sagte Sumitra in einem beruhigenden Ton.

"Schau, Sumi, trotz seiner lässigen Haltung dir gegenüber hast du Mobsy immer durch dick und dünn unterstützt. Selbst in diesem besonderen Moment unterstützt du ihn. Dieser hartnäckige Penner erwidert dir nicht auf die gleiche Weise", antwortete Baba.

Ma kam ihrem Sohn zu Hilfe. "Schau, Prosenjit, lass uns Mobsy nicht für alles verantwortlich machen. Er ist ein sehr vernünftiger und reifer Mensch."

"Oh, hör das Mobsy aus den Lippen deiner Mutter! Du bist so vernünftig, dass du in deiner eigenen Welt lebst. Mit 29 kämpfst du für eine verlorene Sache."

Ma sagte mit gefalteter Hand: „Beruhige dich, Prosenjit. Du wirst unnötig aufgeregt."

Mobsy stand von seinem Platz auf und meldete sich. "Wenn ich so ein Problem bin, warum verleugnest du mich dann nicht einfach? Du hast Sumi, um die Dinge in Ordnung zu bringen."

"Mobsy, du hältst den Mund und setzt dich, ohne ein weiteres Wort zu sagen", beschimpfte Baba.

Sumitra runzelte die Stirn und signalisierte Mobius, sich hinzusetzen und still zu bleiben.

Mobius setzte sich. "Tut mir leid, Baba, für mein Vergehen. Was auch immer passiert ist, ist passiert. Jetzt sag mir, was du willst."

Baba sagte höflich: „Es geht um dich, deine Ehe, Mobsy. Es ist der Wunsch deiner Mutter und mein Wunsch, dass du Sumi als deine Frau betrachtest."

Mobius sagte überrascht: "Bevor ich darüber nachdenke, eine Ehe einzugehen, brauche ich etwas Platz."

„Welche Art von Unterkunft? Könnten Sie das bitte präzisieren?"

"Ich muss mich bewegen, mein Gehirn benutzen und meinen Denkprozess erweitern", argumentierte Mobius.

Baba antwortete in einem sardonischen Ton: „Das ist etwas Neues. Ich wusste nie, dass dein Gehirn existiert."

Ma gestikulierte zu ihrem Mann und sagte: „Warum dieser Antagonismus gegen Ihren Sohn? Was hat er falsch gemacht? Hören wir uns seinen Standpunkt an."

Mobius sah Sumitras Lächeln und stöhnte. "Du Schurke Sumi, worüber lächelst du? All das passiert wegen dir."

Baba antwortete: "Mobsy, mach ein paar Dinge klar in deinem Kopf. Sumi ist nicht der Schurke. Das bist du. Es gab zig Fälle, in denen Sumi Ihre Haut gerettet oder Ihnen geholfen hat. Lassen Sie mich Punkt für Punkt gehen, um Ihr Gedächtnis aufzufrischen."

Baba beginnt mit den Fingern seiner rechten Hand zu zählen.

"Nummer eins. Du wurdest als Vierzehnjähriger fast aus der Schule geworfen, weil du geraucht hast. Sumi traf den Hauptmeister und rettete deine Haut."

Mobius antwortete: "Sumi schlug mich auch so hart, dass meine Wange geschwollen wurde, und der HM schickte mich mit einem Pfingstrosen zum CDH (Central Dining Hall), um Eiswürfel auf meine Wange zu legen, um die Schwellung zu reduzieren."

Sumitra intervenierte: „Mobsy, ich habe es dir etwa hundert Mal gesagt. Das tut mir leid. Soll ich beide Ohren halten und Sit-ups für dich machen? Erstens, was hat dich dazu veranlasst, eine Schwuchtel anzuzünden, wenn du nicht einmal Stoppeln am Kinn hast? Mobius stand irritiert von seinem Stuhl auf. "Du denkst, du bist zu groß für deine Stiefel Sumi. Lass uns vor das Kolonialtor gehen und die Angelegenheit regeln."

Sumi stand empört von ihrem Stuhl auf. "Ich bin bereit. Gehen wir."

Sumi ging durch den Raum zu Mobius und ergriff seinen Arm. "Lass uns vor das Kolonialtor gehen und unsere Differenzen beilegen."

Ma zeigte mit der Hand auf Sumitra: "Sumi, mein Lieber, ich bin sicher, Mobsy meinte es als eine Redewendung. Du musst es nicht wörtlich nehmen."

Baba beobachtete, wie sich das Drama vor ihm entfaltete und sagte: „Ihr beide erinnert mich an einen Comic, den ich in meinen jüngeren Tagen gelesen habe. Es ging um Modesty Blaise und seinen freundlichen Sidekick Will Garvin."

Mobius und Sumitra kehrten zu ihren jeweiligen Plätzen zurück.

„Als Kind habe ich auch den Comicstrip in der Times of India gelesen. Will Garvins IQ war erheblich niedriger als der von Modesty ", antwortete Mobius.

"Gut, das hast du gemerkt. Nun möchte ich weitermachen. Nummer zwei, Mobsy. Du hattest die Kühnheit, Sumi an einem Samstag von der Doon School anzurufen, um dich mit drei Jokern – dir, Milind und Shiv - zu einem Sonntagmorgenfilm und Mittagessen zu bringen. Sumi musste nachts allein in einem Regierungsbus von Delhi nach Dehradun reisen, was ein ernstes Risiko für ihre persönliche Sicherheit darstellte. Sie erreichte Dehradun um 7:00 Uhr und ging direkt zur Schule, um euch Joker abzuholen. Ihr Witzbolde wart damals fünfzehn und Sumi einundzwanzig. Darüber hinaus kehrte sie am selben Abend zurück und erreichte Delhi am frühen Montagmorgen, um das Miranda House um 9:00 Uhr pünktlich zum Unterricht zu erreichen."

Mobius antwortete: „Baba, du hast uns gerade zum dritten Mal innerhalb einer Minute Joker genannt. Ich denke, wir sind jetzt alle erwachsen."

Baba antwortete: "Ja, sowohl Milind als auch Shiv sind erwachsen geworden. Richtig angenommen. Aber du bist immer noch in einem Zustand der Adoleszenz."

Ma und Sumitra schlugen sich bei der andauernden Tortur für Mobius die Handflächen auf die Stirn.

Fuhr Baba fort. "Nummer drei. Drei Jahre nach Ihrem zweiten Job nannten Sie Ihren Chef einen Schimpansen mit einem niedrigen IQ. Sumi beeilte sich, den Geschäftsführer Ihres Unternehmens in Ihrem Corporate Office in Mumbai zu treffen und entschuldigte sich als ältere Schwester.

Baba fuhr unerbittlich fort: „Okay, Mobsy. Punkt Nummer vier. Du warst mit Sumi am Connaught Place in Delhi spazieren. Ein Typ, doppelt so groß wie du, pfiff Sumi an. Du hast ein paar Schläge auf ihn geworfen. Du hast es verpasst. Er hat dich einmal geschlagen und sich verbunden. Zwei Frontzähne wurden gebrochen und anschließend durch Keramik ersetzt. Nachdem du mit dem Boden bedeckt warst und geblutet hast, hat Sumi dem Orang-Utan in die Leiste getreten. Er bröckelte zu Boden. Sumi half dir auf und schleppte dich zur Hälfte zu einem Auto, um zu entkommen."

"Baba, dieser Schurke, war ein Türsteher im Taj-Palast in der Diplomatischen Enklave. Ich habe diesen Schwachkopf verfolgt und eine Polizeibeschwerde eingereicht. Er wurde aus seinem Job bei Taj geworfen. Nun, wenn du fertig bist, Baba, und nicht Punkt fünf hast, möchte ich vertraulich mit Ma über meine bevorstehende Ehe sprechen, wenn es niemand interessiert."

Baba stand vom Sofa auf und sagte: „Das wird nicht nötig sein. Ich ziehe mich ins Schlafzimmer zurück, um die Morgenzeitung zu lesen, und Sumi kann die Küche aufräumen. Nachdem du dein geheimes Rendezvous mit deiner Mutter abgeschlossen hast, lass es mich wissen." Baba stand auf und verließ den Raum.

Sumitra stand auch auf und ging in die Küche. Sowohl Mobius als auch seine Mutter wurden im Wohnzimmer zurückgelassen.

Mobius saß neben seiner Mutter und sagte: „Ma, Sumi kennt mich in- und auswendig. Sie hat sogar ein paar Mal meine Windeln gewechselt. Weißt du, Ma, als Sumi mir einmal sagte, dass ich ein schwarzes sternförmiges Muttermal an meinem Penis habe, was wahr ist. Es gibt nichts mehr, was sie über mich erforschen könnte. Sie weiß sogar, wie mein Gehirn funktioniert. Wenn ich eine schnelle auf sie ziehe, nennt sie meinen Bluff. Sumis Gehirn ist ein Rätsel für mich, aber sie hat mich viele Male davor bewahrt, in Schwierigkeiten zu geraten. Ich erinnere mich auch deutlich, als ich sieben Jahre alt war, sollte ich in Sumis Arbeitszimmer verlegt werden, seit sie 13 Jahre alt war und aufwuchs, aber Sumi bestand darauf, dass ich das größere Schlafzimmer beibehielt, in dem wir unser Leben zusammen verbrachten, und sie verlagerte sich in den kleineren Raum. Es war jedoch gut, dass Sumis Arbeitstisch in das größere Schlafzimmer verlegt wurde. Ich hatte viele Gelegenheiten, nachts im Bett zu liegen und verschiedene Themen unter der Sonne zu diskutieren, während sie ziemlich spät in der Nacht mit der Lampe auf ihrem Tisch lernte."

Ma antwortete: „Obwohl du sie gestört hast, hat Sumi ihre Klasse in der Schule immer übertroffen. Du kennst Mobsy Liebling, wann immer es nachts einen ungewöhnlichen Donner und Blitz gab, hast du dich zu ihrem Bett beeilt und mit ihr geschlafen. Ich stand oft früh am Morgen auf, um die Bettdecke so anzupassen, dass sie euch beide bedeckte, zusammengekauert mit ihren Armen schützend um euch herum. Sumi hat dich ihr ganzes Leben lang beschützt. Wir mögen deine Eltern sein, aber Sumi war dein Schutzengel."

Mobius antwortete: „Ja, das ist richtig. Sumi legte ihre Hand über meine Augen, so dass ich den Blitz nicht durch die Vorhänge im Fenster sehen konnte. Auch wenn es donnerte, umarmte ich Sumi fest. Weißt du, Ma, ich war 11, als Sumi aus Delhi zurückkehrte, nachdem sie ihre Formulare für die Zulassung zum Miranda House ausgefüllt hatte. Während meiner Schulferien erlebte ich eines Nachts nächtliche Emissionen. Es war ein beängstigender Moment für mich, und ich ging um Mitternacht zu Sumis Schlafzimmer, um sie zu wecken und ihr davon zu erzählen. Sie kam ruhig in mein Zimmer, nahm ein feuchtes Handtuch, wischte den Fleck auf meinem Bettlaken ab und sagte mir, ich solle auf einer Seite des Bettes schlafen, damit die Brise vom Deckenventilator das Bettlaken bis zum Morgen trocknen würde und niemand klüger wäre. Am nächsten Morgen, nach dem Frühstück, zog sie aus ihrem Koffer ein Buch über die Jugend mit dem Titel "It's Perfectly Normal" von Robie Harris und Michael Emberley heraus, das sie im Cambridge Book Depot in Dehradun gekauft hatte und das für die Altersgruppe ab zehn Jahren gedacht war, und zeigte mir die entsprechende Seite. Sie erklärte, dass es nichts sei, wofür man sich schämen müsse und dass es ein Teil des Erwachsenwerdens und anders als Bettnässen sei. Ich erinnere mich, dass ich gefragt habe, ob Mädchen so etwas passiert ist, und sie bejahte."

„Nun, das hättest du auch mit deinem Baba oder mir besprechen können, zumal wir beide Ärzte sind", antwortete Ma.

"Ich weiß, Ma, aber das war peinlich. Sumi ist wie meine Lehrerin, enge Vertraute und ältere Schwester. Wie kann ich meine ältere Schwester heiraten? Es ist, als würde man Inzest begehen. Eine blutsverwandte Ehe. Schauen Sie sich unseren Altersunterschied an. Sumi ist 35 und ich bin 29."

"Sie ist nicht deine wahre Schwester. Du kennst ihren kompletten Hintergrund. In der Tat, als du als Zehnjährige nach Doon gegangen bist, habe ich dir gesagt, dass du aufhören sollst, sie Sumi Didi zu nennen, aber nur Sumi."

"Ja, ich weiß. Tatsächlich bezeichnet Mil sie immer noch als Sumi Didi. Aber du meinst Ma, du hast seitdem über unsere Ehe nachgedacht?"

"Nun, dein Baba und ich haben immer darüber nachgedacht."

„Baba ist ein großer Unterstützer von Sumi. Was auch immer sie tut, ist richtig."

Ma lächelte, legte liebevoll ihre Hand auf die Wange seines Sohnes und sagte: "Und ich bin ein großer Unterstützer von dir, also gleicht es sich aus."

Mobius legte seinen Arm um die Schulter seiner Mutter und legte sich bequem auf das Sofa.

"Weißt du, Ma, ich fühle mich mit Sumi wohl. Sie ist eine liebenswürdige Dame. Ich werde bequem bis ans Ende meiner Tage bei ihr leben. Aber weißt du, Ma, Sumi verdient ein besseres Angebot. Mit ihrem Aussehen und ihrem Verstand kann sie leicht einen hochkarätigen Kerl wie einen Arzt, einen IAS-Beauftragten oder eine Berühmtheit wie Mil heiraten."

"Dein Baba und ich haben bereits mit ihr gesprochen. Sie hat gesagt, sie will dich heiraten."

Mobius konterte: „Ma, lass uns klar sprechen. Ich bin vielleicht nicht so intelligent wie Sumi, aber ich bin nicht dumm. Wir alle wissen, dass Sumis Mutter und ihr Freunde am Medical College wart. Als ihr Mann bei einem Autounfall starb und sie kurz darauf an Krebs erkrankte, bat sie Sie und Baba, Sumi zu adoptieren, die damals sechs Jahre alt war. Ihre ältere Schwester Didibhai war zwölf Jahre alt, und ihr Kaku (Bruder des Vaters) hatte zugestimmt, sie zu adoptieren. Nun, aus irgendeinem Grund stimmte Baba zu, Sumi als Tochter zu behalten, aber nicht legal, damit sie ihren Mädchennamen behalten konnte. Okay, Ma. Leugnest du das oder stimmst du dem zu?"

"Mobsy, zuallererst, verringere deine Lautstärke. Sumi ist in der Küche ", antwortete Ma.

Mobius rutschte näher an seine Mutter heran. "Jetzt werden wir flüstern."

Ma fuhr fort: „Mobsy, Sumi hat viele Opfer für dich gebracht. Wenn sie gewollt hätte, hätte sie sich für Ingenieurwesen am IIT und MBA in einer der führenden Institutionen wie IIM entscheiden können. Sie hätte diese Prüfungen leicht knacken können, aber sie entschied sich für einen BA und MA in englischer Literatur, damit die Ausbildungskosten geringer wären. Obwohl ich und Baba Sumi überredeten, für die KATZE zu sitzen, weigerte sie sich. Sie wechselte von der Science Group in ihren Board-Prüfungen, um sich für Arts in College zu entscheiden. Trotzdem übertraf sie die Delhi University in ihrem Aufbaustudium. Sie war, wie Sie wissen, Schulkapitänin bei Welham Girls. Sumi ist ein Allrounder. Kein Zweifel."

"Sie würde gut zu Mil passen, der auch der Schulkapitän von Doon war. Wie auch immer, er steckt bei Mandy fest, die auch eine coole Dame ist."

"Mobsy, Liebes, ich weiß, dass du eine weiche Ecke für Mandira hast. Aber nimm meinen aufrichtigen Rat an. Für dich wäre Sumi die richtige Wahl."

Nachdenklich sagte Mobius: „Ma, was auch immer du mir gerade gesagt hast, war ein Augenöffner. Mir war nicht bewusst, dass die Änderung der Präferenz in Sumis Lehrplan auf die Kosten fur Bildungsausgaben zurückzuführen war. Ich würde es für ein großes Privileg halten, wenn Sumi einen Skalawag wie mich heiraten würde."

Mobius stand vom Sofa auf und schritt durch den Raum.

"Sumi hat sich entschieden, mich zu heiraten, weil sie weiß, dass es dich und Baba sehr glücklich machen wird. Sumi betrachtet es als Amortisationszeit."

Mobius ging zum Foyer, um seinen Vater anzurufen, als er Sumi auf ihn warten sah. Sumi schlang ihren Arm fest um Mobius 'Schulter und führte ihn in die Küche. Der Griff um die Schulter bewegte sich in der Nähe des Halses weiter nach oben und spannte sich weiter an.

"Ruhig, Sumi, versuchst du, mich zu erwürgen oder was?"

"Jetzt, Mobsy Liebling, höre mit weit geöffneten Ohren zu."

"Ich höre zu, aber löse zuerst deinen Griff."

Sumi legte ihren Mund an Mobius Ohr und sagte: „Es ist mir egal, ob du Mandy, Junali oder jemand anderen heiratest. Aber denken Sie daran, wenn Sie Baba oder Ma einen besorgniserregenden Moment bereiten, werde ich Sie aufspüren, egal in welchem Teil des Planeten Sie sich befinden, und Ihnen einen solchen Tritt in den Hintern geben, dass Sie sich eine Woche lang nicht hinsetzen können. Jetzt entscheidest du, was du tun willst."

Sumi biss liebevoll in Mobius Ohrläppchen und löste den Griff an Mobius 'Hals, nachdem sie ihm mit dem Knie einen spielerischen Stups auf den Rücken gegeben hatte.

Mobius täuschte eine Grimasse vor, ahmte einen Boxer nach und seine rechte Hand täuschte einen Schlag auf Sumitras Kopf vor. Sumitra wich aus und drehte sich von ihrer Taille, schlug hart auf ihre offene Handfläche, verletzte aber Mobius nicht am Kopf.

Schließlich waren die vier Mitglieder der Familie Mukherjee im Wohnzimmer fest verwurzelt, und das Gericht tagte.

Baba sagte nachdenklich: "Nun, Mobsy, was ist dein letzter Anruf?"

"Wenn eine Dame eine Waffe auf meinen Kopf legt und mich bittet, sie zu heiraten. Habe ich eine Wahl?" Antwortete Mobius in ernstem Ton.

"Ich sehe gerade keine Waffe an Sumis Hand. Okay, lassen Sie es uns in die richtige Perspektive rücken, Mobsy. Hast du jemals deinen Hintern von Sumi in deinem Leben getreten bekommen?" Baba reagierte amüsiert und gestikulierte mit einer geballten Faust und schlug auf die andere offene Handfläche.

"Prosenjit, bitte kümmere dich um deine Sprache vor unseren Kindern", sagte Ma mit leichtem Ärger.

Ein langsames Grinsen schlich sich zu Mobius 'Gesicht. "Nein, ich habe meinen Hintern noch nicht von Sumi treten lassen, aber es gibt keine Garantie, dass es in meinem Eheleben mit Sumi nicht passieren wird. Woohoo!", rief Mobius und begann zu lachen.

Es herrschte eine fassungslose Stille über die Possen seines jüngsten Mitglieds durch den Rest der Mukherjee-Familie, und dann begannen alle unkontrolliert zu lachen. Sowohl Baba als auch Ma hatten Glückstränen in den Augen.

The Stark Realities and Rising Stardom (2005)

Manisha und ihr Kumpel Shiba stiegen an der U-Bahn-Station Rajiv Chowk am Connaught Place aus und machten sich auf den Weg zum Shankar Market, einem gemütlichen schmalen Einkaufsweg der Mittelklasse. Alle wichtigen Haushaltsgegenstände waren in nicht klimatisierten Geschäften, von Kissen bis hin zu Elektronikartikeln, zu einem vernünftigen Preis erhältlich. Manisha wollte eine Digitaluhr mit Stoppuhr kaufen. In einem Eckladen sah sie, was sie wollte. Die grüne Armbanduhr unter dem Glasdisplay an der Theke appellierte an ihre feineren Instinkte. Die freundliche Dame holte die Uhr aus der Glastheke und erklärte die verschiedenen Optionen, die auf der Uhr vorhanden sind, wie Alarm, Stoppuhr, Nachtlicht sowie Tag- und Wochenoptionen. Während Manisha die Uhr in den Händen hielt und sie inspizierte, gab es einen Schrei von hinten. "Verdammter Chinese, verschwinde von hier!"

Manisha und Shiba drehten sich eilig um und wurden von vier jungen Männern, die kaum noch Teenager waren, und wahrscheinlich College-Studenten angesprochen. In einem Anfall von Wut ging Manisha zu der Gruppe und sagte: "Ich komme aus Pedong, Westbengalen, und ja, ich bin stolz darauf, ein Gorkha und ein Indianer zu sein." Shiba stand stand standhaft neben ihr.

"Berühre meine Füße, und du wirst nicht verprügelt werden", antwortete der Anführer, der gut gebaut war, aber einen Bauch hatte.

Shiba meldete sich zu Wort: „Lass uns in Frieden gehen, Bruder. Wir studieren beide in DU, North Campus, Hans Raj College."

"Wir vier sind von DU, South Campus, Sri Venkateswara College", konterte Tummy Boy. "Und darf ich wissen, wer zum Teufel du bist."

"Bitte kümmere dich zuerst um deine Sprache. Ich bin Shiba Kalyani Sahu aus Orissa."

„Okay, Miss Sahu, wir haben nichts gegen Sie. Wir möchten, dass dein Freund als Zeichen der Ehrfurcht unsere Füße berührt. Wir betrachten Gorkhas und Chinesen als zur gleichen Rasse gehörend."

"Hör zu", sagte Shiba. "Wir wollen keinen Ärger. Lasst uns in Frieden gehen."

Die Gruppe von Tummy Boy, die auf Manisha zeigte, sprach unisono in absichtlich gebrochenem Englisch. "Berühre die Füße. Dann geh. Kein Problem."

Shiba flüsterte Manisha zu: „Diese Spinner suchen nach einem Kampf. Wir werden versuchen, um sie herumzugehen. Wenn sie versuchen, uns aufzuhalten, dann kämpfen wir Rücken an Rücken."

Sowohl Shiba als auch Manisha versuchten, die Gruppe zu umgehen, indem sie um sie herumgingen. Tummy Boy legte seine Hand auf Manishas Schulter. Bedlam löst sich. Manisha trat Tummy Boy auf sein Schienbein. Tummy Boy packte Manisha jedoch, als er zu Boden fiel, und nahm sie mit.

Shiba nahm die Haltung eines Boxers ein und stellte sich den anderen drei Jungen gegenüber. Bei 5 Fuß 10 Zoll war sie drahtig im Vergleich zu Manishas 5 Fuß 6 Zoll dickem Rahmen. Shiba schlug dreimal und verband sich jedes Mal. Plötzlich fand Shiba einen der Jungen, der seine Arme von hinten in einer Armsperre um sie legte. Sie konnte den Zigarettenrauch in seinem Atem riechen und fand ihre Arme unbeweglich. Der zweite Junge stürmte auf sie zu. Shibakalyani schwang ihr rechtes Bein hoch in die Luft und trat ihn hart auf die Brust. Der Junge taumelte zurück, schlug auf einen Mülleimer und fiel auf den Boden, während der Mülleimerdeckel herausfiel und Müll herauslief.

Shiba beugte ihren Kopf nach vorne, taumelte plötzlich zurück und schlug ihren Kopf auf die Nase des ersten Jungen. Der Junge ließ los und klammerte sich an seine Nase, die angefangen hatte zu bluten. Shiba stellte sich dem dritten Jungen und tauschte Schläge. Durch den Augenwinkel sah Shiba, wie Tummy Boy Manisha mit einem Knie auf Manishas Hals ritt und sich mit beiden Händen an einem ihrer Arme festhielt. Manisha schnappte nach Atem. Shiba schrie Manisha an, während sie ihren Gegner im Auge behielt: "Nimm seine Eier und drücke dich fest, Manisha."

Manisha griff mit ihrem freien Arm nach dem Schritt von Tummy Boy und drückte sich fest mit der Hand. Bauchjunge quietschte wie ein getretener Hund vor Schmerzen und fiel zurück und hielt seinen Schritt. Shiba erwischte bei ihrem vierten Schlag ihren dritten Gegner auf seinem Kiefer und betäubte ihn. Als sie sahen, dass sich eine Menschenmenge um sie versammelt hatte, aber niemand kam, um zu helfen, beschlossen sowohl Shiba als auch Manisha, von der Stelle zu fliehen. Shiba und Manisha schraubten vom Eingang des Shanker Market ab und liefen durch das rote Licht über die Straße zum Connaught Place. Shiba begrüßte ein fahrendes Auto, das sich gegenüber der Straße bewegte, Manishas Hand fest und schützend hielt und sie mitnahm.

"Hans Raj College", sagte Shiba zum Autofahrer. Manisha blickte ängstlich zurück und sah, dass alles klar war: Niemand verfolgte sie.

Im Hans Raj Girl's Hostel gingen Manisha und Shiba direkt zum Hostel Superintendent's Office und informierten sie über den Vorfall. Manisha rief Junali Tante vom Festnetz des Superintendenten an und erklärte ihr die Situation.

Junali rief Mobius bei Satna an und bat um Hilfe. Mobius sprach zuerst mit dem Rechtsberater seines Unternehmens, Sarabjeet Singh, im Büro in Delhi. Nachdem Sarabjeet telefonisch mit Mobius gesprochen hatte, bat er sein Delhi Advocate's Office, beim Amtsgericht in der Nähe der Delhi University eine Petition wegen versuchter Vergewaltigung durch die vier Männer gegen Manisha und Shiba einzureichen. Er riet auch, dass sowohl Manisha Rai als auch Shiba Kalyani Sahu eine TANNE gegen die vier Männer einreichen sollten. Sarabjeet erläuterte Mobius die Position und bat ihn, ein Treffen des Anwalts mit beiden Mädchen zu arrangieren, woraufhin die Petition beim Amtsgericht DU eingereicht werden würde.

Als nächstes rief Mobius Sumitra an, die am monatlichen Treffen ihrer NGO in ihrer Zentrale in Delhi teilnahm, und bat sie, zum Campus des Hans Raj College zu gehen und eine TANNE bei der nächstgelegenen Polizeistation des Hans Raj College einzureichen.

Als Sumitra das Hans Raj College Hostel erreichte und den Hostel Superintendent traf, stellte sie fest, dass der Anwalt von Mobius 'Organisation bereits angekommen war und bemerkte die Details der Auseinandersetzung sowohl von Manisha als auch von Shiba.

Bald gab es einen Anruf von der Polizeistation Mukherjee Nagar in der Nähe des Hans Raj College, in dem sowohl Manisha als auch Shiba zur

Station gerufen wurden. Der Superintendent des Hostels, Sumitra, Shiba und Manisha erreichten die Station, die sich direkt gegenüber dem Haupttor des Colleges befand, wo der zuständige Bahnhof ihnen mitteilte, dass es eine Beschwerde von den Eltern der vier Jungen gab, dass sie von den beiden Mädchen geschlagen wurden. Sumitra, mit einem strengen Gesicht, sagte dem Inspektor unmissverständlich, dass sie eine TANNE wegen versuchter Vergewaltigung durch die vier jungen Männer einreichen und versuchen wollten, Anklage von Tummy Boy zu erheben, wobei sie die rote Markierung an Manishas Hals, wo Tummy Boy auf ihr kniete, und die Abschürfungen an Shibas Knöcheln und ihrer geschwollenen Lippe offenbarten.

Der Inspektor, der seit seinem Studium eine weiche Ecke für Hans Raj College-Studenten hatte, stimmte zu, die Fir unter der Bedingung zu machen, dass ein ärztlicher Bericht aus einem nahe gelegenen Krankenhaus oder Pflegeheim genommen wird. Sumitra brachte die beiden Mädchen ins Privatkrankenhaus nebenan. Sie erhielt einen vom Chief Medical Officer unterzeichneten medizinischen Bericht über die an ihren Körpern erlittenen körperlichen Verletzungen, die als Schnitte, Prellungen und Abschürfungen an Gesicht, Armen, Händen und Hals beschrieben wurden.

Das Fir wurde auf der Grundlage des medizinischen Berichts und der Erklärung eingereicht. In der Zwischenzeit kam der Anwalt aus Mobius 'Büro in Delhi ebenfalls auf der Polizeistation an und reichte eine Fotokopie eines Beschwerdeführers ein, der vom DU-Gericht für einen Fall versuchter Vergewaltigung der beiden Mädchen abgestempelt und akzeptiert wurde. Der Inspektor hat dem Fir eine Kopie des Antrags beigefügt. Er arrangierte zwei Sätze des Fir, von denen er einen Sumitra und den anderen dem Anwalt gab. Sumitra lud den Inspektor und den Anwalt zusammen mit ihr und den Mädchen zum Mittagessen ein. Der Inspektor lächelte und erklärte, dass dies im Moment nicht möglich sei. Der Anwalt wies darauf hin, dass er eine sehr wichtige Aufgabe im Zusammenhang mit einem anderen Fall habe, die er jetzt erledigen müsse.

Auf dem Weg zurück ins Büro besuchte der Anwalt das Büro der Shop Keepers Association am Shanker Market und zeigte ihnen eine Kopie des Fir und erhielt das kritische CCTV-Material, das den Vorfall mit expliziten Details deutlich zeigte. Die Szene, in der Tummy Boy sein Knie auf Manishas Hals legte und einen ihrer Arme mit seinen beiden einklemmte, war deutlich sichtbar. Die andere Szene, in der Shiba von einem der Jungen festgehalten wurde und die anderen beiden Jungen sich ihr bedrohlich näherten und bereit waren, anzugreifen, war sehr deutlich sichtbar. Das Filmmaterial, so der Anwalt, war wie ein synchronisierter Kampfstunt aus einem Film, wie er Mobius übermittelte. Er schickte das gesamte Filmmaterial zusammen mit der FIR-Kopie und dem medizinischen Bericht per Post in einer ZIP-Datei an Mobius.

Mobius hatte einen Schimmer in den Augen, als er seine Post überprüfte. Die vier Ganoven waren eingeschlossenes Schloss, Lager und Fass. Mobius kontaktierte seinen Kollegen in der Schule, Aseem Tiwari, der leitender Reporter für die Hindustan Times in Delhi war.

Aseem stimmte zu, die Geschichte in den Nachrichten als ethnische Diskriminierung der Gorkha-Studentengemeinschaft in Delhi in der nächsten Tagesausgabe zu verbreiten. Bald darauf kontaktierte Mobius seine Running Buddy Shivani Thakur, die bei CNBC-TV18 als Anchor und Senior Producer in ihrem Büro in Delhi arbeitete. Sie antwortete sofort, indem sie sich bereit erklärte, ein Interview mit Manisha und Shiba gegen die geschlechtsspezifische Einschüchterung von Frauen in der Hauptstadt des Landes zu führen. Mobius dankte ihr ausgiebig und staunte über die Geschwindigkeit seines eigenen Einfallsreichtums. Woohoo!

Der Vorfall auf dem Shankar-Markt ereignete sich um 10:30 Uhr. Der Anwalt reichte um 12:30 Uhr bei der Vorinstanz in der Nähe von DU einen Antrag ein. FIR reichte etwas später, um 14:30 Uhr, ein.

Am Abend des Tages der Begegnung mit den Studenten des South Campus DU verwöhnte Sumitra die Mädchen zu einem frühen Abendessen in Domino's Pizza in der Nähe des Hans Raj College.

Manisha machte sich Sorgen. "Sumitra Tante, sind wir in Schwierigkeiten? Können wir in Zukunft von der Polizei verhaftet werden?"

Sumitra antwortete: „Manisha, du kannst mich Sumitra Didi oder Sumi Didi statt Tante nennen, da du Mobius als Baagh Bhai bezeichnest. Aufgrund des schnellen Denkens von Mobius seid ihr beide jetzt in Sicherheit. Die Fir stellt klar, dass Sie beide von den vier Schülern angegriffen wurden, um sie zu belästigen und zu vergewaltigen. Die Polizei wird ihre eigenen Ermittlungen durchführen. Meine Vermutung ist, dass es als ein Fall von Belästigung dargestellt wird. Wenn der Antrag vor Gericht zur Anhörung kommt, müssen Sie beide dort anwesend sein. Sie werden von einem Anwalt vertreten, sodass Sie keine Angst haben müssen. Ich werde auch mit dem Superintendenten des Hostels sprechen, um zusammen mit den Sicherheitsleuten des Campus anwesend zu sein. Es gibt also nichts, worüber man sich Sorgen machen müsste. Wenn der Richter Ihnen Fragen stellt, schauen Sie ihm oder ihr in die Augen und antworten Sie selbstbewusst. Sie werden vom Anwalt geleitet."

Manisha stieß einen Seufzer der Erleichterung aus. Sumitra lächelte und sprach zu Shiba: „Gute Show, Shiba. Mir wurde vom Inspektor gesagt, dass du einem der Täter die Nase gebrochen hast. Der andere Junge litt an einer gequetschten Rippe, als du ihm in die Brust getreten hast. Wo hast du gelernt, so gut zu kämpfen?"

"Nun, Sumi Didi, mein Vater hat mir von klein auf Selbstverteidigung beigebracht. Er hat Orissa dreimal im Boxen bei den Nationals vertreten. Gewann zwei Gold- und ein Silbermedaillen."

"Wow! Kein Wunder, dass du so gut gekämpft hast ", antwortete Sumitra. Als sie Manisha ansah, sagte sie: „Shiba hat den Tag gerettet. Pendle nicht ohne sie in Delhi." Dann sagte Sumitra in einem ernsten Tonfall: „Hört zu, ihr beide. Verlassen Sie den College-Campus in den nächsten drei Wochen nicht. Zumindest nicht, bis das Gericht ein Urteil fällt. Sie beide müssen vor Gericht auf einer schriftlichen Entschuldigung bestehen und dann nur zustimmen, die Beschwerde zurückzunehmen, wenn es einen solchen Vorschlag gibt."

"Okay, Sumi Didi, und vielen Dank, dass du unsere Häute gerettet hast", sagten beide Mädchen im fröhlichen Einklang.

News Telecast und Manisha werden zum Rising Star

Mobius schaute zu Hause mit Sumitra CNBC-TV18. Shivani Thakur hatte Mobius angerufen, dass ihr Kanal ein Live-Interview von Manisha Rai und Shiba Kalyani Sahu bei den *Five O'Clock News* in der Sendung "Tea with Shivani" übertragen würde.

Zuerst kam Shiba Kalyani Sahu, der eine sorgfältige Schilderung gab, wie der Kampf begann und wie es beiden gelang, davonzukommen. Als nächstes kam Manisha Rai. Sie sprach über das Missverständnis, das die

Menschen in Indien über die Gorkha-Gemeinschaft haben, und verglich sie mit einer fremden Gemeinschaft aus Nepal und auch den Chinesen. Sie sprach eloquent über ihre Gemeinde und erklärte, dass das Stereotyp, dass Gorkhas die Arbeit eines Soldaten in der Armee und eines Wachmanns in Zivil- und Unternehmenseinrichtungen ausführt, in den Köpfen der indischen Öffentlichkeit ausgerottet werden muss.

Sie bezeichnete sich selbst als wahre Tochter Indiens und studierte BA (Honours) Economics am Hans Raj College. Sie plante, danach Jura zu studieren und ihr Leben der Verbesserung des Lebens ihrer Gemeinde zu widmen. Manisha sprach aus tiefstem Herzen über ihre einfache Kindheit und ihr sparsames Leben danach von Pedong. Ihre Mutter hatte einen ihrer goldenen Armreifen verkauft, um den Abschluss und die Unterkunft ihrer Tochter zu bezahlen. Mobius 'Augen waren feucht, und Sumitra, die neben Mobius saß, legte ihre Wange neben seinen und ihren Arm um Mobius' Schulter und drückte sie beruhigend.

Havildar Gurungs Tapferkeit und eine neue Morgendämmerung (2010)

Der Chowk in Darjeeling war voller Menschen. Es war an einem Sonntag um 10 Uhr, und viele Touristen; einige von ihnen Europäer aßen Momos und Thupkas neben den Essensständen am Straßenrand mit heißem Tee oder Kaffee.

Manisha erhob sich von ihrem Stuhl auf die Bühne, um zu sprechen. Junali saß mit dem Präsidenten der Gorkha Jan Mukti Morcha und einer anderen jungen Frau zusammen, die die Sekretärin war. Im Mittelpunkt der Aufmerksamkeit stand ein älterer Herr, der eine himmelblaue Krawatte unter einer grauen ärmellosen Jacke auf einem makellosen weißen Hemd trug, das in eine graue Hose gesteckt war und zwischen dem Präsidenten und Manisha saß. Sein faltiges Gesicht war von einem Leben des Kampfes und der Unruhe geplagt, mit leicht gebeugtem Kopf, leicht geschlossenen Augen und Händen, die auf dem gebogenen Griff eines Spazierstocks ruhten. Er muss weit über neunzig sein, dachte Mobius. Eine Medaille wurde am Revers der Jacke befestigt und hing stolz wie ein leuchtender Stern.

Mobius saß in der ersten Stuhlreihe vor der Bühne und blinzelte die Augen, um eine klarere Sicht auf die Medaille zu erhalten. Plötzlich dämmerte ihm die Erkenntnis. Ja, es war die Victoria Cross Medaille. Es gab keinen Zweifel. Königin Victoria führte den VC am 29. Januar 1856 ein, um Tapferkeitsakte während des Krimkrieges zu würdigen. Seitdem wurde die Medaille 1.358 Mal an 1.355 einzelne Empfänger verliehen. Die Bronze, aus der alle Victoria-Kreuze hergestellt wurden, wurde vom Central Ordinance Depot in Donnington geliefert. Dieses Metall wurde aus Kanonen geschnitten, die von den Russen in Sewastopol während des Krimkrieges erobert wurden. Nach der Russischen Revolution von 1917 wurde die Krim eine autonome Republik innerhalb der Russischen Sozialistischen Föderativen Sowjetrepublik in der UdSSR. Russland hat die Krim am 18. März 2014 offiziell annektiert und die Republik Krim und die föderale Stadt Sewastopol als Russlands 84. und 85. föderale Subjekte aufgenommen.

Mehr als anderthalb Jahrhunderte später bleibt die Medaille die höchste Auszeichnung für Tapferkeit und Tapferkeit, die Mitgliedern der britischen Streitkräfte verliehen werden kann.

Manisha erhob sich von ihrem Stuhl und sprach über die Victoria-Kreuz-Preisträgerin. Mobius hörte gebannt zu, als Manisha den Gentleman liebevoll als "den ursprünglichen Gorkha-Soldaten" bezeichnete.„ Havildar Lachhiman Gurung, jetzt 93 Jahre alt, wurde am 30. Dezember 1917 im Dorf Dakhani im Bezirk Tanahu in Nepal als Sohn von Partiman Gurung geboren. Er trat im Dezember 1940 in die Britisch-Indische Armee ein. Er war 28 Jahre alt und ein Schütze im 4. Bataillon, 8. Gurkha-Gewehr, in der indischen Armee während des Zweiten Weltkriegs, als die folgende Tat im Mai 1945 stattfand, für die er das Victoria-Kreuz erhielt."

Manisha bewegte den Papierstapel in ihrer Hand. Sie fuhr fort: „Sein Bataillon war Teil der 89. indischen Infanteriebrigade der 7. indischen Infanteriedivision, die befohlen wurde, den Irrawaddy-Fluss zu überqueren und japanische Streitkräfte nördlich der Straße von Prome nach Taungup anzugreifen. Die Japaner zogen sich nach Taungdaw zurück, wo der Schütze Gurung Teil der beiden Kompanien des 4. Bataillons, der 8. Gurkha-Gewehre, wartete, als die Japaner am frühen Morgen mit Gewalt angriffen. Am 12. Mai 1945 besetzte der Schütze Lachhiman Gurung in Taungdaw, Burma, dem heutigen Myanmar, den vordersten Posten seines Zuges, der die Hauptlast eines Angriffs von mindestens 200 japanischen Feinden trug. Zweimal warf er Granaten zurück, die auf seinen Graben gefallen waren, aber die dritte explodierte in seiner rechten Hand, blies seine Finger weg, zerschmetterte seinen Arm und verletzte ihn schwer im Gesicht, am Körper und am rechten Bein. Seine beiden Kameraden waren ebenfalls schwer verwundet, aber der Schütze, jetzt allein und ohne Rücksicht auf seine Wunden, lud und feuerte sein Gewehr vier Stunden lang mit der linken Hand ab und wartete ruhig auf jeden Angriff, den er aus nächster Nähe mit Feuer traf, bis Verstärkungen eintrafen."

Manisha hielt inne und fuhr fort: "Sein Zitat in der London Gazette schließt mit den 87 Toten des Feindes, die in der Nähe des Unternehmens gezählt wurden, 31 lagen vor dem Abschnitt dieses Schützen, dem Schlüssel zur gesamten Position. Wäre es dem Feind gelungen, den Graben des Schützen Lachhiman Gurung zu überrennen und zu besetzen, wäre die gesamte umgekehrte Hanglage vollständig kompromittiert worden, und der Kampf hätte eine hässliche Wendung nehmen können. Durch sein großartiges Beispiel inspirierte dieser Schütze seine Kameraden, dem Feind zu widerstehen; obwohl sie drei Tage und zwei Nächte lang umzingelt und abgeschnitten waren, hielten sie jeden Angriff ab und zerschlugen ihn. Seine herausragende Tapferkeit und extreme Hingabe an die Pflicht waren angesichts der fast überwältigenden Chancen die Hauptfaktoren für die Niederlage des Feindes."

Manisha zeigte mit der Hand auf Havildar Gurung und erklärte mit einer leichten Verbeugung in Ehrfurcht: "Er erhielt sein Victoria-Kreuz vom Vizekönig von Indien, Feldmarschall Lord Wavell, am 19. Dezember 1945 im Roten Fort in Delhi."

Eine Gruppe von Polizisten stand auf einer Seite des Platzes. Einer gehörte zum Rang des Sub-Inspektors Subham Golam, einem Einwohner von Kalimpong, und war in den letzten zwei Jahren in der Hauptpolizeistation in Darjeeling stationiert. Er und Manisha hatten an der Schule in Pedong und am Hans Raj College in Delhi an der Delhi University studiert.

Mobius stand zuerst auf, klatschte kräftig und rief den Schlachtruf der Gorkhas: "Ayo Gorkhali."

Lachhiman Gurungs zerbrechlicher Rücken richtete sich leicht auf, und er öffnete langsam die Augen und sah Mobius in der ersten Reihe an. Seine schwachen Augen konnten auch das Tiger-Tattoo auf Mobius 'linkem Arm erkennen. Langsam brachen seine Lippen in ein Lächeln aus, und er öffnete seinen Mund zum Gesang der jetzt rasenden Menge. AYO GORKHALI, AYO GORKHALI, AYO GORKHALI!

Manisha wartete darauf, dass der Lärm des Schlachtrufs der Gorkhas nachließ. Sie fuhr mit offiziellen Zitaten fort: "Der Schütze Gurung wurde wegen der Wunden, die er während der oben genannten Aktion erhalten hatte, ins Krankenhaus eingeliefert und verlor anschließend die Verwendung von drei seiner Finger an seiner rechten Hand, aber er diente weiterhin bei den 8. Gorkhas und entschied sich, bei ihnen zu bleiben, als sie 1947 in die neu unabhängige indische Armee überführt wurden. Später erlangte er 1947 den Rang eines Ehren-Havildars. Nach seinem Dienst im Jahr 1947 ließ er sich in Pedong nieder, wo er auf einem kleinen Land kultivierte, das ihm von der indischen Regierung geschenkt worden war. Er heiratete zweimal und hatte zwei Söhne und eine Tochter aus seiner ersten Ehe und zwei weitere Söhne aus seiner zweiten. Einer seiner Söhne wurde später Offizier in den 8. Gurkha-Gewehren. Später, im Jahr 1995, erhielt er einen Scheck über eine große Summe, den der britische Premierminister John Major in der Downing Street 10 überreichte. Der großzügige, respektierte und viel dekorierte Havildar Lachhiman Gurung spendete die Hälfte des Betrags an den Gorkha Welfare Trust in Darjeeling."

Mittlerweile war der Marktplatz randvoll gefüllt. Die Menge jubelte dem winzigen Gorkha mit Schreien von Jai Hind, Jai Gorkha, zu. Mobius spürte, wie seine Brust vor Stolz platzte. Er betete lautlos Jai Hind, Jai Gorkha, Jai Gorkhaland, nachdem das Crescendo gestorben war.

Mobius hörte ehrfürchtig bei Manisha zu, wie sie auf dem überfüllten Marktplatz über entscheidende Probleme sprach, mit denen die nepalesischsprachigen indischen Gorkhas in ihrem eigenen Land konfrontiert sind und was sie tat, um die Krise zu lösen. Sie sprach über ihre Zeit als Juristin an der Delhi University, wo sie in Delhi oft von den Einheimischen verspottet wurde, die sie Chinky Minky, Chicken Chilli, Kanchee und Chinese nannten. Manisha dachte darüber nach, wie sie sich unwohl und unterdrückt gefühlt hatte, als sie sich vorstellte, da sie Nepali sprach und die meisten Leute dachten, sie stamme aus Nepal. Darüber hinaus stellten sich viele Menschen aus den Hügeln als "Nepali" vor, und auch dort wurde die Verwirrung noch verstärkt. Manisha fragte die Menge, wie lange sie die Leute noch schlagen könne. Wie lange würde sie den Menschen immer wieder erklären, dass Nepali eine der offiziellen Sprachen Indiens ist? Wäre es nicht besser, sie auf einer Massenplattform aufzuklären?

Manisha erklärte ihr Projekt "Run with Manisha", ein umfangreiches und ehrgeiziges Projekt, das das Bewusstsein für "indische Gorkhas" und die uralte Identitätskrise verbreitete. Sie erläuterte das Konzept, das hinter der Einbeziehung eines politischen Statements mit Marathonlauf steht. Sie ging auf die Details der Unterstützung der Gorkha-Läufer ein, um verschiedene Marathons in ganz Indien zu laufen. Manisha erklärte, dass sie Marken-T-Shirts hatten, während sie liefen, mit dem Slogan: "Wir SIND GORKHAS UND STOLZ DARAUF, INDIANER zu sein. JAI GORKHA, JAI Hind ', um das Bewusstsein dafür zu wecken, dass Gorkhas Indianer sind.

Gemäß der Vision "Run with Manisha" mussten wir erstklassige Gorkha-Läufer schaffen, die Indien beim Olympischen Marathon vertreten. Manisha erklärte auch die Notwendigkeit, klarzustellen, dass nepalesischsprachige Menschen aus Indien Inder sind.

Manisha beklagte sich verzweifelt: „Während meiner verschiedenen Interviews hatte ich die Gelegenheit, das Publikum über die Geschichte von Darjeeling zu informieren, die mit der von Westbengalen, Bhutan, Sikkim und Nepal verflochten ist. Viele Reporter, die an meinem Interview teilnahmen, hatten keine Ahnung, dass Nepali eine anerkannte Landessprache nach dem achten Zeitplan der indischen Verfassung war und es die neunte Sprache ist, die in der indischen Währung erwähnt wird. Ich glaube also, dass "Run with Manisha" eine Plattform geschaffen hatte, von der aus wir den Rest Indiens aufklären konnten, dass Gorkhas stolze Indianer und nicht gleichbedeutend mit Wächtern waren. Wir haben so viel Talent in unserer Gemeinde, dass ich unsere Leute, unsere Einheimischen, dringend ermutige, den Mut zu haben, ihre Talente und Gaben zu entdecken und sie voll zum Ausdruck zu bringen."

Manisha nahm einen Schluck Wasser und fuhr fort. „1950 unterzeichneten Indien und Nepal einen Vertrag, der als Indo-Nepal-Vertrag bekannt ist und durch den beide Länder auf der Grundlage der Gegenseitigkeit die freie Einreise und Ansiedlung ihrer Bürger auf beiden Böden erlaubten. Dieser Vertrag verschärfte die Identitätskrise der Gorkhas indischer Herkunft, denn wir wurden auch als nepalesische Bürger angesehen, die auf indischem Boden wohnten. Während die Verwirrung oder Krise in Gebieten, in denen die Gorkhas die Mehrheit bildeten, in geringerem Maße spürbar war, eskalierte sie in Regionen, in denen wir eine Minderheit sind, zu enormen Ausmaßen. Es muss auch an unseren Eigenschaften und unserer Sprache liegen, aber ich lasse das nicht länger als Ausrede gelten. Wie ich bereits sagte, ist die Ursache unserer Identitätskrise der Mangel an Bewusstsein und der 1950 zwischen Indien und Nepal unterzeichnete Vertrag."

Plötzlich gab es lautes Klatschen von einem Teil des Publikums, mit Slogans von Jai Gorkha, Jai Hind. Manisha lächelte und wartete darauf, dass das Geschrei nachließ. Dann fuhr sie fort, mit der Hand zu winken und fügte hinzu: „Ich muss hinzufügen, dass Menschen aus unserer Region in verschiedenen lukrativen Karrieren sind, die sie genießen. Ich erwähne Mumbai, da ich dort gerade wohne. Während wir keine ehrliche Arbeit außer Acht lassen sollten, sei es die eines "Wächters" oder einer "Haushilfe", verursachen die Kommentare, die an Beleidigung,

Abwertung, Unterbewertung und Stereotypisierung einer ganzen Gemeinschaft weitergegeben werden, das Problem und den Riss."

Manisha nahm einen Schluck Wasser und fuhr fort: „Wir sind eine mutige Gemeinschaft. Ich bin sehr stolz darauf, dass Gorkhas für ihren Gehorsam und ihren renommierten Kriegerstatus bekannt sind. Jetzt hat unsere Gemeinschaft mehr Künstler, Musiker, Dichter und Intellektuelle als Krieger. Dennoch konnten wir sie leider nicht fördern, oder vielleicht waren sie nicht in der Lage, sich selbst zu fördern. Wir sollten uns als Gemeinschaft zusammenschließen, unsere Intellektuellen anerkennen und Kuratoren unserer Kultur und Sprache werden. Wir sollten unsere Talente ermutigen, fördern, sponsern, helfen und unterstützen, indem wir über sie schreiben und Dokumentationen über ihr Leben machen, die uns helfen, über die Stereotypen hinauszuwachsen. Kritisiere keine Menschen, die mehr im Leben wollen oder versuchen, mehr zu erreichen. Geben Sie ihnen stattdessen Unterstützung und Ermutigung."

Mobius staunte über Manishas ehrfurchtgebietende Rede und angemessene Worte zur Beschreibung der Gorkhaland-Bewegung.

Manisha bezog sich auf die Gorkha Gaurav Preisverleihung am 19. April 2015, wo sie die Gelegenheit hatte, die Rede von Herrn Pawan Kumar Chamling, Chief Minister von Sikkim, für die letzten 23 Jahre zu hören. In seiner Rede wies er kurz und bündig darauf hin, dass er jedes Mal, wenn er Delhi besuchte, wenn neue Minister aus verschiedenen Teilen Indiens ihn fragten, ob sein Vater oder Großvater aus Nepal nach Indien gekommen sei, antwortete, dass sie zusammen mit Gautama Buddha nach Indien gekommen seien. Manisha hoffte, dass diese Episode ihren Brüdern und Schwestern helfen würde, mit solchen Kommentaren umzugehen, indem sie den Ansatz des ehrenwerten Chief Ministers von Sikkim übernahm.

Die Menge war angeschwollen, und einige Straßen, die zum Hauptplatz führten, waren blockiert, was zu Verkehrsproblemen führte. Manisha sah sich um und beschloss, ihre Rede zu verkürzen, die bereits mehr als eine Stunde gedauert hatte.

Manisha fuhr fort: „Darüber hinaus kommen viele Menschen aus Nepal zur Arbeit in Städte wie Kolkata, Mumbai und Delhi in Indien. Wir sprechen die gleiche Sprache und teilen mehr oder weniger die gleiche Kultur, was ein weiterer Grund ist, warum es Verwirrung über unsere Identität gibt. Die Leute gehen davon aus, dass alle nepalesischsprachigen Personen aus Nepal und nicht aus Indien stammen. Als ich zum ersten Mal nach Mumbai ging, war ich sehr wütend auf die Sprüche, die verwendet wurden, um unsere Community ins Visier zu nehmen. Ich habe viele Leute auf den Straßen geschlagen. Aber später verstand ich langsam, aber sicher, dass diese Leute solche Kommentare machten, weil sie unwissend waren. Sie hatten keine Kenntnis von Nordostindien und keine Ahnung, dass viele nepalesisch sprechende Menschen auch Inder waren. Nun, wenn ich Zeit habe, mache ich es mir zur Aufgabe, innezuhalten und mit ihnen zu sprechen und ihnen beizubringen, dass ich auch ein Inder bin. Wenn ich keine Zeit habe, ignoriere ich sie einfach."

Es gab lauten Applaus, nachdem Manisha ihre Rede beendet hatte. Als sie von der Bühne stieg, schlossen sich ihre Augen mit Mobius ', der in der ersten Reihe saß, und winkte ihm zu, sie zu treffen.

„Das war eine sehr feurige Rede, Manisha. Sehr sachdienlich und zum Nachdenken anregend. Ich denke, ganz Darjeeling und Kalimpong haben sich hier versammelt, um dir zuzuhören ", sagte Mobius.

Manisha antwortete: „Danke für die freundlichen Worte, Baagh Bhai. Heute treffen wir uns zum Abendessen bei uns zu Hause. Es gibt ein paar wichtige Leute, die Sie kennenlernen sollten. Sollen wir es um 19:00 Uhr aufbewahren? Das gibt uns viel Zeit zum Reden. Junali Tante wird auch anwesend sein. Was ist mit Sumi Didi? Ist sie gekommen? Es wird eine Freude sein, sie kennenzulernen. Ich habe sie schon lange nicht mehr getroffen."

"Sumi hat gerade eine Beförderung bekommen. Sie ist die zonale Leiterin ihrer NGO in Satna. Sie betreut derzeit drei Städte. Satna, Rewa und Katni. Im Moment sehr beschäftigt, aber sicher, das nächste Treffen nachzuholen ", versprach Mobius.

Manisha antwortete lächelnd: „Baagh Bhai, wir sind alle sehr stolz auf sie. Sie tut viel für die Menschheit. Ihr Konzept, gebrauchte Schuhe für unsere Gorkha-Läufer zu spenden, war lobenswert. Wir haben mehr als 300 Paare direkt von ihr in unserem Stiftungsbüro in Pedong erhalten. Gott segne Sumi Didi."

Die Legende von Baagh Manush

Mobius Mukherjee kam pünktlich um sieben Uhr abends in Manishas Haus an, gekleidet in beigefarbene Hosen und eine schokoladenbraune Cordjacke, wobei der rote Seidenschal einen Kriegerhelm der Tata House Colors darstellte, der ihm in Doon verliehen wurde. Junali begrüßte ihn mit einer Umarmung an der Haustür. Es war ein Glühen auf Junalis Gesicht. Es schien Mobius, dass Junali tagsüber im Schönheitssalon eine Verjüngungskur hatte. Junalis Augenbrauen wurden gezupft, und ein tieforanger Lidschatten akzentuierte funkelnde Augen, deren Wimpern voller und dicker wirkten als zuvor. Ihre kirschfarbenen Lippen waren perfekt gebleicht, und ihr Haar erschien luftgeblasen und hing locker auf beiden Seiten ihrer formschönen Schultern. Ja, Junali sah umwerfender aus als je zuvor.

Manishas Haus war gemütlich, mit antiken Möbeln im Wohnzimmer. Die Wände waren voll von Schwarz-Weiß-Fotografien von Manishas Eltern, Verwandten, Kindheitsfreunden und sich selbst als Kind. Es gab auch viele Farbbilder von Manisha, die in verschiedenen Rennen in Indien und im Ausland liefen. Eine Glasvitrine in der Ecke war voll von Manishas Medaillen. Ein paar gerahmte Fotografien ruhten ausdrucksstark auf der Glasvitrine. Einer von ihnen fiel Mobius ins Auge. Es war einer von Manisha und ihm, der mit den Armen über den Schultern lächelte und 2010 die Standard Chartered Mumbai Marathon-Medaille zeigte.

Manishas Eltern, die Mobius zuvor kennengelernt hatte, waren anwesend. Der Kriegsveteran Havildar Lachhiman Gurung war in einem schwarzen Anzug mit einer safranfarbenen Krawatte anwesend. Auf seiner rechten Seite befand sich ein junger Mann, den er als den uniformierten Unterinspektor erkannte, der in der heutigen Gemeinde anwesend war. Er wirkte jetzt in einer schwarzen Hose und einer Tweedjacke mit einem Lederaufnäher an den Ellbogen makelloser. Auf der anderen Seite des Victoria-Kreuz-Krieges befand sich eine Dame mittleren Alters in einem Seiden-Sari, die die traditionelle grüne Poteytilhari-Perlenkette trug, die von verheirateten Gorkha-Frauen getragen wurde.

Junali stellte Mobius der Gruppe vor. Mobius machte der Gruppe einen Namaste, trat vor, verbeugte sich und berührte ehrfürchtig die Füße des Kriegsveteranen. Die Dame mit der Poteytilhari-Halskette wurde als de facto Präsidentin der Gorkha Janmukti Morcha vorgestellt, nachdem ihr

Gründer, Bimal Gurung, untergetaucht war. Der Platz im Wohnzimmer reichte aus, damit alle Insassen im Kreis sitzen konnten.

Manisha begann die Diskussion mit den Initiativen der Run Manisha Foundation. Bimal Gurung stand in Kontakt mit dieser Gruppe, erklärte Manisha Mobius. Manisha war jedoch nicht für jede Agitation, die die regulären Aktivitäten stören und Zivilisten schaden würde.

Manishas Vater schlug vor, Gorkhaland als Unionsterritorium zu bilden. Mobius und der Präsident waren der Meinung, dass die Regierung, wenn eine UT geschaffen würde, danach niemals die Staatlichkeit zulassen würde. Alle schauten sich den Victoria-Kreuz-Preisträger Havildar Lachhiman Gurung nach seiner Meinung an.

Er winkte Mobius zu, um sich neben ihn zu setzen. Mobius ging zu ihm und kniete sich neben den 93-jährigen Kriegsveteranen auf den Boden. Der dekorierte Kriegsveteran nahm Mobius 'linke Hand und bat ihn, das Tiger-Tattoo zu enthüllen. Mobius stand auf, zog seinen Mantel aus und krempelte die Ärmel hoch, um das Tattoo zu zeigen. In der Zwischenzeit brachte Junali einen Stuhl mit, auf dem Mobius neben Gurung sitzen konnte. Die nächsten fünfzehn Minuten waren Stille, während alle dem Kriegsveteranen zuhörten. Havildar Gurung erzählte ihnen eine Geschichte, die er als Kind auf dem Schoß seiner Großmutter gehört hatte. Es war die Legende von Baagh Manush (Half Tiger Half Man).

„Ein solches Wesen wird aus der Erde aufsteigen, um die Gorkhas aus ihrer verstrickten Zivilisation zu befreien. Der verehrte Kriegsveteran ergriff Mobius 'linke Hand und hob sie. Sieh dir das Tiger-Tattoo an. Er ist derselbe Mann, der Manisha und Junali vor dem sicheren Tod gerettet hat. Er ist der Beschützer unseres aufstrebenden Anführers, der den Wunsch von Gorkas auf der ganzen Welt erfüllen wird, ihr Mutterland zu bilden, das Gorkhaland ist."

Plötzlich sank Gurungs Stimme zu einem Flüstern: "Die Legende von Baagh Manush ist wahr." Unerwartet brach ein Sturm aus und die Lichter von Manishas Haus gingen aus. Manisha und Junali zündeten eilig Kerzen im Wohnzimmer an. Manishas Mutter überprüfte schnell die Fenster des Hauses, als der Donner die Luft rasselte und der Blitz über den Himmel blitzte. Die verspritzten Regentropfen auf den Fensterscheiben erzeugten seltsame Reflexionen gegen das Kerzenlicht.

Mobius sagte Gurung verlegen: "Verehrter Großvater, ich bin nur ein gewöhnlicher Mensch mit einem Tiger-Tattoo."

Der alte Mann, Gurungs Finger, zeigte in den Himmel. „Hör genau auf den Wind, Enkelkind. Es spricht eine Sprache, die nur die Weisen verstehen werden. Die Legende von Baagh Manush ist wahr. Deine Mutter ist eine Gorkha, und du hast Manisha aus den Klauen des Todes gerettet. Ihr Erscheinen hier ist kein Zufall. Es ist durch heilige Vorsehung."

Obwohl er sichtlich erschüttert war, kam Mobius schnell auf den Punkt und sprach durch sein Herz zu allen, die im Wohnzimmer saßen: "Wir müssen eine Strategie hinter Gorkhaland haben."

"Das Verfahren für Staatlichkeit ist wie folgt", fuhr Mobius fort. Er begann, auf die Finger seiner linken Hand zu zeigen. "Punkt Nummer eins. Der Gesetzentwurf zur Bildung eines neuen Staates kann in jedem Haus des Parlaments eingebracht werden. Vor der Einführung des Gesetzentwurfs ist jedoch eine vorherige Zustimmung des Präsidenten erforderlich. Nummer zwei. Der Präsident sendet diesen Gesetzentwurf an die staatlichen Gesetzgeber, deren Gebiet oder Grenzen von diesem neuen Staat betroffen wären, um ihre Ansichten einzuholen. Die Staaten haben sich innerhalb der vom Präsidenten gesetzten Frist zu äußern. Punkt Nummer drei. Das Parlament ist nicht an die Ansichten oder Vorschläge der betroffenen Staaten gebunden und kann sie in den Gesetzentwurf aufnehmen oder nicht. Punkt Nummer vier. Der Gesetzentwurf muss in beiden Kammern des Parlaments mit einfacher Mehrheit verabschiedet werden. Zuletzt Punkt Nummer fünf. Nachdem es die Zustimmung des Präsidenten erhalten hat, wird es zu einem Gesetz und der neue Staat wird geschaffen."

„Danke, Herr Mukherjee. Das war eine prägnante und schnelle Wiedergabe des Verfahrens, das von der Regierung für Staatlichkeit verfolgt wurde. Die Frage ist jetzt, wie wir anfangen?", sagte Junali.

Mobius antwortete: „Ich habe untersucht, wie die Bundesstaaten Jharkhand, Chhattisgarh und Uttarakhand gebildet wurden. Leider lief nicht alles reibungslos. Es gab einen gewissen Ausfall der Staatsmaschinerie. Menschen sind bei dem Versuch gestorben, Staatlichkeit zu schaffen. Wir müssen intelligent vorgehen. Manisha, die bei Laufveranstaltungen spricht, wird eine friedliche und störungsfreie Art sein, Dinge zu tun. Es wird jedoch mehr benötigt. Wir müssen eine

Art friedliche Demonstration abhalten, wie wir es in Darjeeling getan haben. Wir müssen auch Kundgebungen in Kolkata und Delhi durchführen. Wir müssen uns an diesen beiden Orten mit den Gorkha-Verbänden abstimmen, was meiner Meinung nach aufgrund der Frau Präsidentin von GJM kein Problem darstellen wird ", erklärte Mobius mit Blick auf den Präsidenten.

„In der Zwischenzeit müssen wir bei unserer bevorstehenden Demonstration in Kalimpong ein überzeugendes Zeichen der Stärke setzen. Obwohl es sich um eine Stadt mit nur 50.000 Einwohnern handelt, hat sie das Potenzial, erhebliche Auswirkungen zu haben. Dies ist besonders wichtig, da Darjeeling eine Bevölkerung von 118.805 hat. Wir erwarten einen erheblichen Zustrom von mindestens 50.000 Teilnehmern von außerhalb Kalimpongs, der in einem Lakh-Teilnehmer bei der Kundgebung gipfelt ", fuhr Mobius fort.

Sub-Inspektor Subham sprach als nächstes: „Ich glaube, wir müssen die Gorkha-Studentengemeinschaft einbeziehen. Manisha und ich können dabei helfen, da wir zusammen an der Delhi University studiert haben. Wir stehen immer noch in Kontakt mit den studentischen Leitern unserer Zeit, die heute in der Hauptstadt feurige Reden halten. Sie werden uns helfen, da bin ich mir sicher."

Mobius intervenierte: "Sprechen Sie zufällig von Kanaiya?"

"Ja", antwortete Subham. "Er ist einer von ihnen."

Manishas Mutter sagte: „Ich denke, die Frauen unserer Gemeinde werden auch einen starken Einfluss haben, besonders in Darjeeling und Kalimpong. Ich werde dabei zusammen mit Junali helfen."

Plötzlich gingen die Lichter an. Auch das Wetter draußen beruhigte sich und wurde heiter.

Der alte Mann Gurung sagte: „Das ist ein Zeichen für ein gutes Omen. Gott hat auf unsere Gebete gehört."

Junali begann ihre Stimme klar und entschlossen: "Jetzt kommen wir zur kritischsten Diskussion unseres heutigen Treffens - dem Vision-Dokument unserer politischen Partei, das wir innerhalb von drei Wochen registrieren wollen."

Mobius warf eifrig ein: „Darauf haben wir alle gewartet. Lass es uns hören."

Junali holte einen Ordner und zog ein Blatt Papier heraus. Sie wandte sich an das begeisterte Publikum, das sich im Wohnzimmer versammelt hatte, und kündigte an: „Jeder Einzelne in diesem Raum wurde in den letzten Monaten durch zahlreiche Diskussionen ins Vertrauen gezogen, um dieses Visionsdokument zu gestalten, das aus 85 Seiten besteht. Wir wollen es abschließen, nachdem wir es mit Herrn Mobius Mukherjee besprochen haben, der unsere Sache leidenschaftlich unterstützt hat, seit Manisha und ich ihn 1995 zum ersten Mal getroffen haben, als Manisha gerade acht Jahre alt war. Seitdem hat Herr Mukherjee unermüdlich Vorträge gehalten und daran gearbeitet, Unterstützung für Gorkhaland zu gewinnen. Er hat sich an Bürokraten, Sportler, Politiker und Freunde gewandt, während er einen Vollzeitjob in seiner Organisation jonglierte. Der Grund, warum wir Herrn Mobius Mukherjees Namen nicht in unsere politische Partei aufgenommen haben, ist, dass wir seine Karriere nicht gefährden wollen. Er hat schon so viel für uns getan."

Der Raum brach mit Applaus aus, und Sub-Inspektor Subham rief: „Drei Jubelrufe für Mobius Sir! Hüftgelenk Hurra!"

Nachdem der Jubel abgeklungen war, fuhr Junali fort: „Der Name unserer politischen Partei ist die Nationale Einheitsfront von Gorkha, die sich für die Rechte und Interessen von Gorkhas in der Region einsetzt. Unsere Plattform umfasst die folgenden wichtigen Säulen:

Kultureller Erhalt: GNUF engagiert sich für den Erhalt und die Förderung der Gorkha-Kultur, -Sprache und -Traditionen. Wir glauben, dass das reiche Erbe der Gorkhas gefeiert und geschützt werden sollte.

Sozioökonomische Entwicklung: Unsere Partei konzentriert sich auf die Verbesserung der sozioökonomischen Bedingungen von Gorkhas, insbesondere in Regionen, in denen sie einen bedeutenden Teil der Bevölkerung ausmachen. Dazu gehören ein besserer Zugang zu Bildung, Gesundheitsversorgung und wirtschaftlichen Möglichkeiten.

Regionale Autonomie: GNUF unterstützt die Idee der regionalen Autonomie für Gorkha-Mehrheitsgebiete, die eine lokale Selbstverwaltung und Entscheidungsfindung in Angelegenheiten ermöglicht, die unsere Gemeinschaften direkt betreffen.

Inklusion: Wir setzen uns für Inklusion und die Zusammenarbeit mit anderen Gemeinschaften und Regionen ein, um Harmonie und gegenseitiges Verständnis zu fördern.

Umweltschutz: GNUF setzt sich auch für die Erhaltung der natürlichen Schönheit und der Ressourcen der Region ein. Wir glauben an nachhaltige Entwicklungspraktiken, die die Umwelt schützen."

Als Junali ihre Rede beendete, rief Mobius: "Jai Hind, Jai Gorkha, Jai Gorkhaland."

Junali stellte die wichtigsten Mitglieder des Ausschusses vor und stellte dem Publikum weitere Details vor:

Parteiführer und Präsident: Kriegsveteran Lachhiman Gurung

Vizepräsident: Manisha Rai

Generalsekretär: Junali Rai

Parteisymbol: Das GNUF-Symbol ist eine stilisierte Darstellung des traditionellen Gorkha-Messers, des "Khukri", das Stärke und Einheit symbolisiert.

Partyfarben: Grün und Blau

Slogan: "Gorkhas vereint für eine starke Zukunft."

Junali schloss: "Wir sind dabei, die Mitglieder unseres Arbeitsausschusses innerhalb einer Woche fertigzustellen. Zu diesem Ausschuss gehören pensionierte Armeeangehörige, Polizisten, Ärzte, Anwälte und prominente Bürger aus Kalkutta, Darjeeling, Kalimpong und den umliegenden Städten, die unsere Sache unterstützen. Darüber hinaus bitten wir Herrn Mobius Mukherjee im Namen aller in diesem Raum ernsthaft, Teil des Kernausschusses von GNUF zu sein, wenn er von seiner Organisation die Erlaubnis dazu erhält."

Mobius lächelt und antwortet: "Es wird mir eine große Freude sein, Teil des Kernausschusses zu sein, wenn meine Organisation es zulässt."

Das Hill Council Meeting in Leh und die Khardung La Challenge (2018)

Mobius blickte aus der Boeing 737, die von Delhi nach Leh flog. Der Flug dauerte nur 80 Minuten. Durch das Fenster wurde er mit einem atemberaubenden Blick auf die Himalaya Range verwöhnt. Es war 6 Uhr morgens, und das aufgehende Sonnenlicht warf ein faszinierendes Leuchten auf die schneebedeckten Gipfel. Mobius lenkte seine Aufmerksamkeit auf seine linke Seite, wo Ayushi friedlich schlief, während ihr Kopf auf seiner Schulter ruhte. Er legte ihren Arm sanft um sich selbst.

Die achtzehnjährige Ayushi hatte ein umfangreiches Behandlungsschema absolviert, das von Dr. Suman Jain, einem renommierten Gynäkologen und Fernradfahrer aus Satna, verordnet wurde. Dank ihrer Entschlossenheit und den zwei Jahren konsequenter Beratung und Behandlung war es Ayushi gelungen, die Depression und die Gewichtszunahme zu überwinden, die sie nach ihrer Krise erlebt hatte, in der sie vier Kilogramm um ihre Hüften und Oberschenkel zugenommen hatte.

Sumitra hatte darauf bestanden, dass ihr Mann Ayushi für die Khardung La Challenge mitnimmt, einen Ultramarathon auf 18.000 Fuß in Ladakh, der oft als der höchste Ultramarathon der Welt bezeichnet wird. Die Höhe des Khadungla Peak entsprach fast dem Basislager des Mount Everest. Mobius sollte am Ultramarathon teilnehmen, während Ayushi sich für den Halbmarathon entschieden hatte.

Mobius hatte jedoch auch einen anderen Grund, ein zweites Mal an der Khardung La Challenge teilzunehmen. Er sollte sich mit ausgewählten Mitgliedern des Ladakh Autonomous Hill Development Council (LAHDC) in Leh treffen. Der Rat, der nach den Wahlen am 28. August 1995 eingerichtet wurde, zielte darauf ab, den Planungsprozess zu dezentralisieren und die Bergleute an der Basis einzubeziehen, was einen bedeutenden Schritt in Richtung demokratischer Dezentralisierung darstellt.

Die Mitglieder des Hill Council hatten dieser Sitzung zugestimmt, um mit Mobius Mukherjee und Manisha Rai unter der Leitung von Dr. Tenzin Wanchuk, einem Sozialreformer, und Dropadi Namgyal, dem Eigentümer des Kanglachen Hotels, der mit einem Prinzen verheiratet war, der vom letzten König von Ladakh, Kunga Namgyal, abstammte, einen gemeinsamen Staatsplan für Ladakh und Gorkhaland zu erörtern.

Die Allianz zwischen den Gorkhas und dem Ladakhi-Volk war Mobius Mukherjees Idee, die durch seine engen Beziehungen zu Chewang Motup Goba, dem Organisator des Ladakh-Marathons, ermöglicht wurde, der jährliche Rennen in Ladakh ausrichtete, darunter einen Halbmarathon, einen Marathon und einen Ultramarathon. Dieses Mal hatte Manisha Rai beschlossen, in Ladakh zu laufen und sich für das anspruchsvollste der drei Ereignisse zu entscheiden. Mobius beschloss, die Khardung La Challenge ein zweites Mal zu laufen, um neben Manisha während des Rennens zu sein, das für einen Freitag geplant war, mit dem Marathon und Halbmarathon für den folgenden Sonntag.

Da die Höhenlage nicht für Sumitra geeignet war, hatte sie sich entschieden, ihren Mann nicht bei diesem Lauf zu begleiten, den sie aber 2016 hatte. Stattdessen bestand sie darauf, dass Ayushi mit ihrem Vater reist. Sumitra wusste auch, dass, wenn Mobius zu einer Laufveranstaltung reiste, Mandira angesichts ihrer bemerkenswerten Leistungen als Langstreckenläuferin sicher folgen würde. Sumitra war sich der engen Freundschaft ihres Mannes mit Mandira bewusst, die auf Mobius 'Doon-Schulzeit zurückgeht. Die meisten ihrer alten Fotografien von Dehradun zeigten sie als Schulkinder oder mit den Armen um die Schultern. Mandira war Mobius 'erste Liebe, und ihre tiefe Verbundenheit war bekannt, obwohl es sich um eine platonische, nichtsexuelle Freundschaft handelte. Auch nach all den Jahren bezweifelte Sumitra, dass Mandira und Mobius jemals romantisch involviert gewesen waren.

Auf der anderen Seite konnte Sumitra nicht umhin, die unverwechselbare Verbindung zwischen Mobius und Junali anzuerkennen. Junali war eine beeindruckende Frau, intellektuell scharf und ein schwarzer Gürtel im Taekwondo. Sie besaß einen fesselnden Einfluss auf Mobius, eine unbestreitbare Unterströmung sexueller Spannung, die zwischen ihnen spürbar war. Dennoch glaubte Sumitra, dass die Intensität dieser Anziehung in erster Linie von Junalis Seite stammte. Obwohl Junali Manisha häufig zu den meisten ihrer Rennen begleitete, hatte sie sich dieses Mal entschieden, Manisha auf ihrer Reise nach Ladakh nicht zu begleiten.

Sumitra wusste, dass Mandira Ayushi verehrte und sie wie ihre Tochter betrachtete, die sie nie hatte. Ayushi war Mandiras Pahadi-Prinzessin. "Sumitra war zuversichtlich, dass Mandira und Junali große Anstrengungen unternehmen würden, um Ayushi und Mobius in jeder Situation vor Schaden zu schützen.

Als das Flugzeug abstieg, blickte Mobius auf das zerklüftete Gelände von Ladakh mit seinen Schneestreuseln. Der Kapitän kündigte an, dass sie in etwa zehn Minuten am Flughafen Leh landen würden. Mobius stieß Ayushi sanft an und sagte: "Pahadi, wir landen in zehn Minuten."

Der Flughafen Leh war ein kompakter Flughafen mit einer relativ kurzen Start- und Landebahn. Die Passagiere mussten mit kleineren Flughafenbussen vom Asphalt zum Ankunftsterminal gebracht werden. Als sie aus der Ankunftslounge kamen, war Mandira die erste, die Mobius mit einer warmen Umarmung begrüßte.

"Willkommen in Leh, Mobsy-Schatz!" Rief Mandira und wandte sich dann an Ayushi. "Oh, du hast es endlich nach Leh geschafft, meine Pahadi-Prinzessin!"

Mandira bückte sich und überraschte Ayushi, indem sie sie mit ihren starken Armen vom Boden hob, und Ayushi konnte nicht anders, als erstaunt zu sein.

"Prinzessin, du fühlst dich jetzt viel fitter und stärker."

"Mandy Tante, du bist stärker als zuvor", antwortete Ayushi.

"Muss sein, wenn ich die Khardungla-Challenge mit deinem Bapi laufen muss. Es ist gut zu wissen, dass du am Halbmarathon teilnehmen wirst. Sie können es ganz einfach tun. Übe einfach nicht zu viel Druck auf dich selbst aus ", riet Mandira.

"Mandy Tante, ich wünschte, ich könnte so groß und stark sein wie du."

"Pahadi, du kannst einen ordentlichen Schlag einpacken."

"Mandy Tante, du hast mich einmal im Armkampf gewinnen lassen, nur damit ich mich auf Wolke sieben fühle, obwohl ich wusste, dass du die ganze Sache manipuliert hast. Aber ich fühlte mich so glücklich ", kicherte Ayushi.

"Eigentlich, mein starker Pahadi, hast du mich fair und unparteiisch geschlagen", sagte Mandira mit einem ernsthaften Gesichtsausdruck.

"Lügner", erwiderte Ayushi, und alle brachen in Gelächter aus.

Mobius war von der Szene bewegt. Mandira kümmerte sich wirklich um seine Tochter, und während Ayushis Kampf mit Depressionen nach ihrem Selbstmordversuch machte Mandira es sich zur Aufgabe, trotz ihres vollen Terminkalenders jeden zweiten Tag mit Ayushi zu sprechen und sie zu beraten. Sie waren wie Schwestern. Mobius fand es oft amüsant, dass alle Frauen, die ihm am Herzen lagen – Sumitra, Mandira und Junali – 1,80 m groß waren. Ayushi, die er am meisten liebte, war mit 5 Fuß 6 Zoll kürzer, und doch strahlte sie den stolzen Geist eines Gorkha aus. Sie konnte Nepali so fließend sprechen wie ihr Vater, und selbst mit sechs Jahren hatte Ayushi es geschafft, Mandira etwas Nepali beizubringen. Sie und Mandira unterhielten sich heimlich auf Nepali und teilten die Beschwerden über die Schelte, die Ayushi von ihrer Mutter erhielt, während Sumitra neben ihnen saß.

Mobius, Ayushi und Mandira kamen im Kanglachen Hotel an, und Manisha stand am Tor, um sie zu begrüßen.

„*Tapā 'Īkasarīgarnuhuncha Ayushī*", begrüßte Manisha auf Nepali.

"*Ma-laaisan-chechuh Manisha Kaki*", antwortete Ayushi in Nepali und berührte Manishas Füße ehrfürchtig.

Hill Council Meeting in Leh

Mobius und Manisha betraten das Büro des Hill Council. Sie betrachteten die achtundsiebzig Teilnehmer der ersten gemeinsamen Sitzung des Ladakh Autonomous Hill Development Council, wobei Manisha und Mobius die Gorkha-Gemeinschaft repräsentierten. Es waren einige Gorkhas anwesend, die in Leh lebten.

Dr. Tenzin Wanchuk und Dropadi Namgyal saßen in der ersten Reihe. Zwischen ihnen befanden sich zwei Stühle für Mobius und Manisha. Chewang Motup Goba erhob sich von seinem Sitz und trat vor, um sich die Hände zu schütteln, führte sie dorthin, wo Dr. Tenzin und Dropadi saßen, und stellte sie vor. Alle vier schüttelten sich die Hände und setzten sich. Chewang ging mit einem Mikrofon im spartanischen Raum zum Stand. Er sprach die kleine Gruppe von Ladakhis in der

Landessprache an, durchsetzt mit Englisch, um dem nicht-Ladakhi sprechenden Publikum zu helfen.

Chewang sprach mit einem Lächeln auf seinem Gesicht. Er war eine bekannte Persönlichkeit in Ladakh und wurde kürzlich von der Regierung mit dem Padma Shri für seine bahnbrechenden Bemühungen ausgezeichnet, der Jugend von Ladakh körperliche Fitness zu vermitteln, zunächst durch Eishockey und Klettern und später durch Laufen. Chewang sprach kurz über die Geschichte Ladakhs.

Mobius Mukherjee hörte gebannt zu, als Chewang die komplexe Geschichte des Ladakhi-Volkes erklärte. Die Definition "La" bedeutet Pässe, und "Dhak" bedeutet zahlreich, und daher ist Ladakh als "Land der hohen Pässe" bekannt. 'Leh (Ladakh) war in der Vergangenheit unter verschiedenen Namen bekannt. Es wurde von einigen "Maryul" oder niedriges Land genannt, von anderen "Kha-chumpa". Fa-Hein bezeichnete es als "Kia-Chha" und Hiuen Tsang als "Ma-Lo-Pho".

Es wurde behauptet, dass die früheste Bevölkerung von Ladakh die von Dards oder Brokpas sei. Viele antike Berichte der griechischen Historiker Herodot und Megasthenes und des Admirals von Alexander dem Großen, Nearchus, haben die Existenz der Brokpas (Dards) in Ladakh bestätigt. Spannend ist, dass Herodot auch die goldgrabenden Ameisen Zentralasiens erwähnte, was auch im Zusammenhang mit den Dardi Ladachs von Nearchus erwähnt wird. Die Kharoshti-Inschrift, die in der Nähe der Khalatse-Brücke entdeckt wurde, besagt, dass Ladakh im 1. Jahrhundert unter der Herrschaft des Kushan-Reiches stand.

Nyima-Gon, ein Vertreter des alten tibetischen Königshauses, gründete die erste Ladakh-Dynastie nach dem Zerfall des tibetischen Reiches im Jahr 842 n. Chr. Von dieser Zeit an begann die tibetische Bevölkerung mit den Brokpas zusammenzuleben. Die Gesamtbevölkerung Ladakhs bestand also nicht nur aus Brokpas und dem tibetischen Volk. Während dieser Zeit wurden auch der Buddhismus und die tibetischen Religionen von Bon in der Region verbreitet. Ein früher König, Lde-dpal-hkhorbtsan (um 870-900), war für den Bau mehrerer Klöster in Ladakh verantwortlich, darunter das Obere Manahris-Kloster.

Ladakh wurde in zwei Teile geteilt: Oberes Ladakh und Unteres Ladakh. Oberladakh wurde von König Takbumde aus Leh und Shey regiert, und Unterladakh wurde von König Takpabum aus Basgo und Temisgam regiert. Später besiegte Bhagan, ein König aus Lower Ladakh der Basgo-

Dynastie, den König von Leh, nahm den Nachnamen Namgyal (siegreich) an und gründete eine neue Dynastie, die bis heute überlebt.

Während der Regierungszeit von Sengge Namgyal, bekannt als König der Löwen, waren die Bauarbeiten in Ladakh in vollem Gange. Er beauftragte den Bau vieler Klöster in Ladakh, darunter das berühmte Hemis-Kloster. Sengge Namgyal befahl auch den Bau des Leh-Palastes und verlegte das Hauptquartier seines Königreichs vom Shey-Palast in diesen neu errichteten. Unter Sengge expandierte das Reich weiter nach Zanskar und Spiti. Später wurde er von den Mogulen besiegt, die bereits Kaschmir und Baltistan erobert hatten.

Deldan Namgyal, der Nachfolger von Sengge Namgyal, musste einen Vertrag mit den Mogulen schließen, und als Symbol dafür erlaubte er dem Mogulkaiser Aurangzeb, eine Moschee in Leh zu bauen. Später besiegte Deldan Namgyal mit Hilfe der Mogularmee unter Fidai Khan die 5. Dalai Lama-Invasion in den Ebenen von Chargyal zwischen Nimoo und Basgo.

Nach dem Zusammenbruch des Mogulreichs zu Beginn des 19. Jahrhunderts entsandte Raja Gulab Singh unter der Oberhoheit des Sikh-Monarchen Ranjit Singh 1834 General Zorawar Singh, um Ladakh zu erobern. Der damalige Herrscher von Ladakh, Tshespal Namgyal, wurde von General Zorawar Singh entthront und nach Stok verbannt, und Ladakh kam unter die Dogra-Regel. Später wurde Ladakh unter britischer Herrschaft in den Fürstenstaat Jammu & Kaschmir eingegliedert.

Ladakh wird seit der Auflösung Britisch-Indiens 1947 von Indien und Pakistan angefochten; nach dem Waffenstillstandsabkommen von 1949 ging sein südöstlicher Teil nach Indien und der Rest nach Pakistan. China erlangte die Kontrolle über seinen Teil von Ladakh, als seine Streitkräfte in den frühen 1960er Jahren in die Region eindrangen.

Seine erstklassige Lage macht es bedeutsam und strategisch wichtig für die nationale Sicherheit Indiens. Seit der Antike blieb Ladakh ein wichtiger Punkt entlang der Seidenstraße bis zur Teilung zwischen Indien und Pakistan.

Nachdem Chewang seine Rede beendet hatte, gab es viel Klatschen, und Mobius erkannte, dass Chewang die Geschichte des Ladakhi-Volkes zu einem bestimmten Zweck auf den Teller legte. Er wollte, dass Mobius und Manisha erkennen, dass der Kampf des ladakhischen Volkes um die

Eigenstaatlichkeit nicht weniger wichtig war als der Staat Gorkhaland. Mobius und Manisha sahen sich wissentlich an, wobei jeder von ihnen verstand, dass Chewangs Darstellung der Geschichte Ladakhs zielstrebig war. Dr. Tenzin Wanchuk stand auf, um zu sprechen, nachdem Chewang sich auf seinen Platz zurückgezogen hatte. Dr. Tenzin Wanchuk hatte die besten Referenzen, um die Probleme von Ladakh zu verstehen, und Mobius war sich der Angst der Zentralregierung vor Dr. Wanchuk, einem Ingenieur, Innovator und Bildungsreformer, bewusst. Er war der einzige Mann in Ladakh, der weltweit Respekt genoss.

Dr. Wanchuk gab seine Vision für die Staatlichkeit Ladakhs. Seine Rede war frei von Rhetorik, und die Einfachheit seines Rufs nach einem unparteiischen Plädoyer für Staatlichkeit für die beiden verschiedenen Rassen von Menschen fuhr direkt in die Herzen aller, die ohne Farbe und Misstrauen im Raum saßen. Für Mobius und Manisha war es das emotionalste Plädoyer für Gerechtigkeit, das in den Hügeln der einfachen, rustikalen und robusten Menschen beider Rassen widerhallte, um ihr Ziel zu erreichen.

Manisha Rai stand auf und ging zum Podium. Ihr Schritt war zuversichtlich, und mit erhobenem Kopf sprach sie über die Ungerechtigkeiten, die ihrer Gemeinde bei der Bereitstellung von Bildungseinrichtungen, Krankenhäusern und grundlegender Infrastruktur in den Bergwahlkreisen Darjeeling, Kurseong, Siliguri, Matigara und Phansidewa zugefügt wurden. Sie beendete ihre Rede, indem sie ihre Solidarität mit dem Volk von Ladakh zeigte. Es gab einen massiven Applaus, als Manisha schrie: "Jai Hind, Jai Ladakhi und Jai Gorkha!"

Mobius freute sich, dass Manisha am Ende ihrer Ansprache Standing Ovations bekam. Dr. Wanchuk trat vor und schüttelte Manisha warm die Hand. Später am Abend fanden sich Mobius und Dr. Wanchuk auf Einladung von Dr. Tenzin Wanchuk zum Abendessen in seinem Haus am Stadtrand von Leh auf der Terrasse mit Blick auf Leh City wieder. Manisha war bei den Frauen und Kindern des Hauses. Hinter ihnen ragte der Leh-Palast auf.

Dr. Wanchuk sprach zuerst, sein Tonfall war neugierig: „Herr Mukherjee, ich war immer fasziniert von Ihrer unerschütterlichen Unterstützung für Gorkhaland, insbesondere angesichts Ihres Gorkha-Erbes durch Ihre Mutter. Nach diskreten Nachforschungen bin ich zu dem unvermeidlichen Schluss gekommen, dass Ihre Kameradschaft und

Ihr leidenschaftliches Engagement für die Gorkha-Bewegung in einer tiefen Liebe verwurzelt sind, nicht für Manisha, sondern für ihre Tante Junali."

Mobius wurde von dieser Offenbarung überrascht. Noch nie in seinem Leben hatte er erwartet, dass jemand ein so persönliches Gefühl so unverblümt enthüllen würde. Obwohl es seit langem bekannt war, dass er Junali einen besonderen Platz in seinem Herzen einräumte, hatte er nie erwartet, dass jemand so direkt darauf hinweisen würde. Bevor er antworten konnte, fuhr Dr. Wanchuk mit einem schelmischen Glitzern in seinen Augen fort: "Darin liegt kein Schaden, mein Freund, solange unsere Absichten rein sind."

"Natürlich", antwortete Mobius hastig. „Aber es ist wichtig zu klären, dass meine Unterstützung für die Bergbewohner tiefe Wurzeln hat, die auf meine Kindheit zurückgehen. Junali ist kein romantisches Interesse; sie ist eine liebe Freundin, fast wie meine Familie. Es gab ein Missverständnis, und ich versichere Ihnen, Sie können meinem Engagement für die Sache vertrauen."

„Das tue ich, mein Bruder Mobius, und deshalb werde ich dich in ein Geheimnis einweihen. Vor sechs Monaten hatte ich ein geheimes Treffen mit dem Premierminister und HM, dem Herrn, den Sie als Mota Bhai bezeichnen ", sagte Dr. Wanchuk.

„Ich war ein paar Jahre in Surat. Mota Bhai bedeutet Älterer Bruder, nicht Fetter Bruder ", bemerkte Mobius lächelnd.

„Das weiß ich, Herr Mukherjee", antwortete Dr. Wanchuk grinsend und fuhr fort. "Es war ein geheimes Treffen mit niemand anderem im Raum. Ich wurde direkt vom Flughafen in das Wohnbüro des Premierministers in 7 Lok Kalyan Marg gebracht. Nach dem Treffen wurde ich für die Nacht und den Rückflug nach Leh am frühen nächsten Tag zurück zum Flughafenhotel eskortiert. Zwei Sicherheitsleute wurden für die Nacht vor meinem Hotelzimmer postiert und sie begleiteten mich, bis ich den Flug nach Leh bestieg. Ich verbrachte eine Stunde im Meeting mit dem PM und Mota Bhai. Die letzte halbe Stunde war allein mit Mota Bhai. Der Premierminister reiste früh ab, um an einer Pressekonferenz mit General Bipin Rawat teilzunehmen. Mota Bhai beugte sich eng zu mir über den Tisch und vertraute mir an: „Ich kann dir ein Unionsterritorium geben. Nimm es oder lass es. Keine Frage der Staatlichkeit. Wenn du weiter hartnäckig bleibst, werde ich dich wegen

Aufruhrs fälschlicherweise verwickeln und verhaften lassen." Ich nickte damals bejahend mit dem Kopf, aber tief in mir wusste ich, dass wir nicht die politische Schlagkraft hatten, um einen separaten Staat zu betonen. Mota Bhais Stand war klar - zwei Unionsterritorien bis Oktober nächsten Jahres - Jammu Kashmir und Ladakh, und es gab keine zwei Möglichkeiten."

„Nach einer Pause fuhr Dr. Wanchuk fort:„Also, Herr Mukherjee, wir werden bis Oktober 2019 das Unionsterritorium Ladakh und Jammu und Kaschmir haben. Aber ich bitte dich und Manisha, einen separaten Staat für Gorkhaland zu wählen. Im Gegensatz zu uns Ladakhis, die sich nicht aus unseren Häusern herauswagen, haben die Gorkhas im ganzen Land gearbeitet und sind ein integraler Bestandteil unserer Streitkräfte, sogar mit eigenen Regimentern in Frankreich und England. Mr. Mukherjee, Sie müssen alles dafür tun. Du musst all deine Ressourcen mit Politikern, Sportlern, Bürokraten, Journalisten, der Polizei und der Armee bündeln."

Mobius konnte den gequälten Schrei einer gequälten Seele spüren, der von einer tiefen Hilflosigkeit herrührte, seine Gemeinschaft mit einem Unionsterritorium, aber nicht mit der Staatlichkeit im Stich zu lassen. Mobius erkannte auch die Sinnlosigkeit der Ladakhis, die auf einen separaten Staat drängten. Sie waren nicht für den Kampf geschaffen.

Mobius streckte die Hand aus, legte seine Arme um Dr. Tenzin Wanchuk und drückte sanft auf seine Schultern. „Keine Sorge, lieber Bruder. Ich werde dich nicht enttäuschen. Wir sind jetzt zu weit voraus, um einen Rückzieher zu machen." Dr. Tenzin Wanchuks Augen glitzerten vor Tränen.

Mandiras Reise zur Selbstfindung

Am Tag vor dem geplanten Umzug von Mandira, Mobius und Manisha nach Khardung La Village mit Ayushi im Hotel beschlossen alle vier nach dem Frühstück, den Zentralmarkt in Leh zu erkunden, der eine breite Straße zwischen einer Reihe von Geschäften und Restaurants auf beiden Seiten darstellte, die in einem tibetischen Souvenirstand endete, der in einem großen roten Zelt aufgestellt war.

Ayushi tobte Hand in Hand mit Manisha, beide aufgeregt bei ihrem ersten Besuch in Leh. Mandira und Mobius folgten ihnen leicht weg, mit schwarzen Windjacken bekleidet und mit grün gefärbten Ray-Ban-Fliegern.

"Ich bin froh zu sehen, dass Pahadi ihre Verzweiflung mit PCOS überwunden hat", sagte Mandira.

"Ja, Mandy. Vielen Dank, dass Sie Pahadis offizielle Psychologin sind, was zu ihrer vollständigen Genesung geführt hat."

"Oh, das war nichts, Mobsy. Pahadi Princess ist auch wie meine Tochter."

Ahnungslos verflochten sich Mandiras Finger ihrer rechten Hand mit Mobius 'linker. Mobius zog seine Finger nicht aus ihrem Griff. Eine leere Holzbank erregte Mandiras Aufmerksamkeit.

"Setzen wir uns, Mobsy", sagte Mandira. Während sie sich hinsetzten, spionierte Mobius ein Café in der Nähe aus und winkte Mandira, sitzen zu bleiben, während er zwei Erdbeereislimonaden bekam, die klobige Erdbeerstücke enthielten, die in dem großen Glasbecher mit einem dicken Strohhalm und einem Plastiklöffel schwammen, um das Eis und die darauf schwimmenden Früchte zu schöpfen. Mandira legte ihren Arm über die Schultern von Mobius und stellte eine Frage, die enge Freunde der Familie Mukherjee auf den Lippen hatten. "Hast du jemals deinen Hintern von Sumi getreten bekommen?"

Mobius lächelte und gab Mandira zum x-ten Mal seine stereotype Antwort. "Noch nicht, Mandy, aber es gibt keine Garantie, dass es in Zukunft nicht passieren wird." Worüber Mandira lachte und sagte: "Mobsy Liebling, wie lange wird die Welt darauf warten, dass das passiert?"

"Bis das Königreich kommt", antwortete Mobius und beide lachten unisono.

"Rascal Mandy, ich beneide dich neunundsechzig mit Mil 365 Tage im Jahr", bemerkte Mobius und wechselte das Thema zu Mandiras Nachteil.

"Weit gefehlt, Mobsy", antwortete Mandira zynisch. „Die Welt ist nicht so ein glücklicher Ort, um dort zu sein. Du bist ein glücklicher Mann, Sumi als deine bessere Hälfte zu haben. Sie kümmert sich nicht nur um dich als deine Frau, sondern beschützt dich wie einen jüngeren Bruder.

Sie hat seit deiner Schulzeit viele Schwierigkeiten gehabt, dich zu beschützen. Vergiss nicht die Zeit, die sie dir erspart hat, dich in Doon rustikal zu machen, weil du eine Schwuchtel angezündet hast."

"Ich erinnere mich besser an die Eiswürfel", erinnerte sich Mobius.

"Sie liebt dich absolut. Sumi war immer besorgt, dass du in Schwierigkeiten gerätst. Weißt du, Mobsy, Sumi wurde auf diesem Planeten geboren, um dein Schutzengel zu sein. Ich bin sicher, sie kümmert sich auch gut um dich im Bett ", lächelte Mandira.

"Das tut sie. Ich bekomme eine Wunde zurück, wenn sie über Bord geht. Aber warum erzählst du mir das alles ", antwortete Mobius.

"Mobsy, du dachtest immer, Mil und ich wären das perfekte Paar."

"Wow!", rief Mobius. "Warum ja, der ganze Planet denkt so. Es gibt so viele dampfende Bilder von euch beiden in Zeitschriften, in verlockenden Kama-Sutra-Positionen. Was zum Teufel! Ich kann mir vorstellen, dass Jugendliche feuchte Träume haben, wenn sie diese Bilder sehen."

"Das denkst du, Dummkopf. Es ist weit davon entfernt."

"Mist, Mandy. Du lügst."

"Nein, bin ich nicht, Mobsy", sagte Mandira mit Tränen in den Augen.

"Du warst immer mein bester Kumpel, Mobsy, seit ich dich bei unseren ersten Treffen zwischen Welham Girls und Doscos in der Doon School auf die Wangen geküsst habe. Ich habe mich nach dem College mit Mil zusammengetan, um unsere Modelkarrieren zu beleben. Wenn Sie sich erinnern, war seine erste Pause beim Mr. World Contest, wo Richter Tanveer Bedi die entscheidende Stimme zu seinen Gunsten abgab. Nun, in der Nacht zuvor habe ich mit ihm geschlafen. Andernfalls, so wie sich die Dinge bewegten, würde der Schwede zweifellos gewinnen, nachdem er bereits drei Kategoriesieger gewonnen hatte, wobei Mil bei einem blieb."

"Du meinst Mandy; Du hast den Deal für Mil mit seinem Solo-Kategorie-Gewinner in der Kategorie Beste Persönlichkeit gegen den Gewinner in der Kategorie Schwedens Beste Physis, Bestes Gesicht und Beste Intelligenz abgeschlossen? Verdammter Mann, weiß sonst noch jemand davon?"

"Nein, du Schwachkopf. Selbst Mil ist sich dessen nicht bewusst. Nun, ich sage dir das nach so vielen Jahren aus einem bestimmten Grund. All diese glühenden Bilder von Mil und mir waren bloße mechanische Bewegungen ohne Emotionen."

"Aber die auffälligen, extravaganten Bilder haben uns eine andere Geschichte erzählt", argumentierte Mobius

"Alles zusammengesetzt aus einem Team von Modellkoordinatoren, Fotografen und Fotodirektoren", konterte Mandira.

"Nun!", rief Mobius. Einige von ihnen waren fast pornoartig, genug, um einem Mann eine Erektion zu geben."

"Das sollten sie vermitteln, nincompoop!"

„Nun, warum jetzt all die Enthüllungen?", fragte Mobius.

"Weil, meine liebe Mobsy", antwortete Mandy, ihr Ton war von Herablassung geprägt. „Es ist entscheidend für eine Frau, sich gewollt zu fühlen. Bei einer Beziehung zwischen einem Mann und einer Frau geht es nicht nur um Liebe. Es ist die komplizierte Verschmelzung von Bedürfnis und Verlangen, die eine unzerbrechliche Verbindung zwischen einem Ehemann und einer Ehefrau entzündet. Die Wahrheit ist, Mobsy, du hast Sumi in deinem Leben gebraucht, und sie hat sich revanchiert. Mil und ich brauchten einander, um in unseren jeweiligen Karrieren voranzukommen. Es gab jedoch eine Leere in uns. Sogar unser Liebesspiel wurde mechanisch. Einige meiner befriedigendsten Momente waren, als ich dich während unseres Liebesspiels als Mil vorstellte."

Mobius war verblüfft und rief: „Mandy, du bist verrückt! Ich habe dich nie in diesem Licht gesehen."

"Das liegt daran, dass Sumi sich fleißig um dich gekümmert hat, so wie es jede gute Frau tun würde, um das Glück ihres Mannes zu sichern und ihn davon abzuhalten, sich zu verirren", erklärte Mandy.

"Nun, Mandy, ich fühle mich verrückt, das nach all den Jahren zu sagen. Wir waren beide wie Wendy und Peter Pan in Neverland ",erinnert sich Mobius.

Mandiras Augen waren feucht von Tränen der Selbstverleugnung. Heute fühlte sich ihr Geist seltsam leicht an, als sie ihren Kopf auf Mobius 'Schulter auf dem Marktplatz in Leh legte. Sehr sanft spürte sie, wie

Mobius 'Hand die Haare von ihren Wangen streichelte und seine Handfläche dort auflegte. Mandira schloss die Augen und hob die Lippen, um Mobius 'Handfläche zu küssen. Eine erhabene Aura der Ruhe senkte sich auf die beiden liegenden Figuren auf der Straßenbank, während sich die Menge nonchalant um sie herum bewegte.

Die Khardung-La-Herausforderung

Es war 8 Grad Fahrenheit um 3 Uhr morgens. 75 Läufer standen an der Startlinie der Khardungla Challenge, einem 72 Kilometer langen Ultra von Khardungla Village nach Leh über den Khardungla Peak, zusammen mit Manisha, Mandira und Mobius. Mandira und Mobius hatten das Ultra vor zwei Jahren in 10 Stunden flach gemacht, waren auf der Strecke auf und ab gegangen und hatten sich gegenseitig ermutigt. Das war auch das Jahr, in dem Mobius den Gouverneursrat der Doon School gebeten hatte, einem Ladakhi-Jungen die Zulassung für die gesamte Amtszeit vom 7. Standard bis zum 12. Standard des ICSE-Boards im Rahmen eines Stipendiums für unterprivilegierte Personen zu gewähren. Gautam Thapar, Präsident des Board of Governors und ein Jahr jünger als Mobius in der Schule, hatte einen Vorbehalt gemacht, dass der Junge den Aufnahmetest für die Zulassung mit Englisch, Hindi, Mathematik und Allgemeinwissen bestehen muss.

Mobius hatte Hilfe von seiner Klassenkameradin Valentina Trivedi gesucht, einem facettenreichen Talent, das für ihre Fähigkeiten als Schriftstellerin, Schauspielerin und Dastangoi-Darstellerin bekannt ist, einer wiederbelebten Kunstform des alten Urdu-Geschichtenerzählens. Valentina war weit darüber hinausgegangen, indem sie vier Wochen vor seinem Aufnahmetest in Dehradun private Nachhilfestunden mit Prabha Sethy für den kleinen Jungen Stanzin Dolma organisiert hatte. Sie hatte auch die Initiative ergriffen, um Stanzin eine erschwingliche Unterkunft in Dehradun zu bieten.

Stanzin Dolma war ein Junge aus der Lamdon Senior Secondary School, Leh. Sumitra und Mobius hatten durch die freundliche Unterstützung von Chewang Motup Goba 17 Schüler von fünf der besten Schulen aus Leh dazu gebracht, zu diesem Zeitpunkt zum Interview zu kommen.

Nach der Auswahl von drei der besten, basierend auf einem englischen Essay über Leh City für 45 Minuten, interviewten Sumitra und Mobius die drei und wählten Stanzin aus. Das Aufnahmeformular für Doon wurde von Stanzins Vater mit Hilfe von Sumitra ausgefüllt. Die Aufnahmetestgebühr von Rs. 30.000/- wurde von Mobius und zwei seiner Batch-Kollegen in Doon auf ihr Beharren hin bezahlt, Hotty und Sama, der als bester wissenschaftlicher Boxer in der Schule ausgezeichnet wurde. Stanzin machte sich innerhalb von zwei Jahren einen Namen, als er im Juniors School Team in Fußball und Badminton und im School Team für Quiz und Schach war. Einmal rief Gautam Thapar ihn an, um Mobius zu seiner perfekten Wahl des ersten Studenten aus Ladakh zu gratulieren, der in Doon aufgenommen wurde. Dieser Akt des Wohlwollens machte Mobius bei der örtlichen Gemeinde in Leh, einschließlich Dr. Tenzin Wanchuk, beliebt.

Chewang Motup Goba pfiff an der Startlinie und alle Läufer begannen ihre 72 Kilometer lange Reise nach Leh City. Mandira und Mobius, beide erfahrene Läufer, hatten geplant, mit Manisha zu laufen und sie vor dem Cut-off-Timing von 14 Stunden über die Ziellinie zu bringen. Der Spielplan war einfach - die Strecke von 30 Kilometern zurückzulegen, um den ersten der vier Grenzwerte am Khardungla Peak zu erreichen, der in sechs Stunden bergauf war, was ihnen eine Hebelwirkung von zwei Stunden ab dem ersten Grenzwert von 8 Stunden gab. Von Khardung La Peak ging es 42 Kilometer bergab. Der Sauerstoffgehalt am Khardung La Peak war etwa 30% geringer als auf Meereshöhe. Alle Läufer liefen bei eingeschaltetem Scheinwerferlicht in der Dunkelheit. Mobius konnte sehen, wie die Scheinwerfer des Läufers auf und ab schwankten, als sie die Bergroute hinauf liefen. Manisha rannte zwischen Mandira vor und Mobius hinterher. Alle drei trugen Kompressionsärmel an den Beinen mit Shorts darüber. Eine dreilagige Kleidung mit Jacke, T-Shirt mit langen Ärmeln und ärmelloser Weste darunter. Auf dem Gesicht bedeckt ein Halstuch die untere Gesichtshälfte mit einer Wollmütze. Hinter ihnen wurde ein Trinkbeutel mit 1,5 Liter Wasser, einigen Elektrolytgelen, Trockenfrüchten und einer 500 ml Plastikflasche mit Glukosegetränk mit Orangengeschmack festgeschnallt. Nach drei Stunden Laufen wechselte Mandira die Positionen mit Mobius, der den Weg vorbereitete. Manisha rannte bequem zwischen ihnen hin und her.

Selbst um 6 Uhr morgens war es noch dunkel, nur ein Lichtstreifen streifte zwischen zwei Berggipfeln über den Himmel. Die Sonne würde in weiteren fünf Minuten aufgehen. An der 20-Kilometer-Marke wurde Mobius langsamer und signalisierte Manisha und Mandira, 20 Minuten lang zügig zu gehen. Die Idee war, knapp unterhalb der Laktatschwelle zu laufen. Mobius und Mandira waren es im Alter von 48 Jahren gewohnt, Ultras mit einer Geschwindigkeit von 05:45 Minuten pro Kilometer zu laufen, planten aber, mit der Geschwindigkeit von 06:30 Uhr zu laufen, um mit Manishas Geschwindigkeit übereinzustimmen. Manisha hatte vor der Veranstaltung vier Monate lang mit Junali in den Hügeln von Kalimpong geübt. Sie hatte in den vorangegangenen sechs Wochen vor dem Renntag drei separate Läufe von 60 Kilometern, 63 Kilometern und 65 Kilometern absolviert. Die anderen Läufe waren hauptsächlich Tempoläufe, die von einem Halbmarathon (21 km) bis zu einem Vollmarathon (42 km) reichten. Die Sonne traf die Augen der Läufer am Khardung La Peak. Alle drei zogen ihre Farbtöne an und aßen ihre Energiegele.

Bei der Annäherung an den Khardungla Peak begann ein leichter Schneefall und die Temperatur sank auf minus 8 Grad Fahrenheit. Auf Mobius 'Rat zogen Mandira und Manisha das Bandana unter den Augen und zogen die gestrickte Wollmütze über die Ohren. Auf dem Khardung La Peak gab es Knoblauchsuppe mit Zwiebeln, die von freiwilligen Rennfahrern serviert wurden.

Nach einer zehnminütigen Pause am Khardung La Peak begann das Trio seinen 42 Kilometer langen Abstieg nach Leh City. Die Route war eine kurvenreiche den Berg hinunter. An der 60-Kilometer-Marke erkannte Mobius, dass Manisha aufgrund der dünnen und sauerstoffarmen Umgebung Schwierigkeiten beim Atmen hatte.

Mandira, der die Schrittmachertabelle beibehielt, erinnerte Mobius daran, dass Manishas Tempo drastisch reduziert wurde. Es war besser, sich zehn Minuten auszuruhen, sich gut zu hydratisieren und dann weiterzumachen. Während sie sich ausruhte, massierte Mandira Manishas Wadenmuskulatur mit einem Schmerzbalsam, zog ihre Schuhe aus und streckte ihre Zehen. Manisha schrie vor Schmerz. Mandira versicherte ihr, dass sich ihre Zehen sehr bald wohlfühlen würden. Nachdem Mandira Manishas Schuhe geschnürt und ihr auf die Füße geholfen hatte, erkannte Manisha nach ein paar Schritten die erholsamen Vorteile von Mandiras Massage.

Nachdem sie eine Stunde vom letzten Ruhepunkt gerannt war, bemerkte Manisha fröhlich: „Millionen Dank, Mandy Didi. Meine Beine fühlen sich jetzt viel besser an."

„Großartig! Jetzt beruhige dich einfach. Stellen Sie sich vor, Sie nehmen an einem olympischen Marathon teil. Wir müssen ein konstantes Tempo beibehalten. Folge weiterhin Baagh Bhai. Ich bin dicht hinter dir, um dich zu fangen, wenn du fällst. Stolpern Sie nicht auf den Steinen darunter", sagte Mandira ermutigend.

Mobius meldete sich zu Wort: „Manisha, du bist ein Rockstar. Jetzt nicht mehr rauslassen. Folge mir einfach."

Am Ziel, unter viel Jubel und Fanfare, überquerte Manisha die Ziellinie der mächtigen Khardung La Challenge innerhalb von 30 Minuten nach dem Cut-off, wobei Mobius und Mandira neben ihr liefen und Worte der Ermutigung riefen. Manisha rief: "Jai Bharat, Jai Gorkha, Jai Ladakhi!"

Nachdem Mobius die Ziellinie überquert hatte, fegte er Manisha von den Füßen und trug sie wie ein Baby in seinen Armen. Chewang Motup Goba und Dr. Tenzin Wangchuk waren am Ziel, um das Trio zu begrüßen. Ayushi sprang fröhlich auf und umarmte Manisha fest, gefolgt von ihrem Vater und besten Freund Mandira.

Später, auf beiden Seiten mit Mandira oder ihrem Vater Händchen haltend, vertraute Ayushi an: "Mandy Tante und Bapi, ich bekomme Gänsehaut, wenn ich an den Halbmarathon am Sonntag denke."

Mandira legte ihre Hände auf Ayushis Kopf und optimierte spielerisch ihr Ohr. „Gute Nachrichten, meine Pahadi-Prinzessin. Deine Mandy Tante hat sich auch für den Halbmarathon angemeldet und wird dich auf das gleiche Tempo einstellen."

Ayushis Freude kannte keine Grenzen. "Wirklich, Mandy Tante? Wooh! Fühlst du dich nach 72.000 heute nicht müde, die 21.000 am Sonntag zu machen?"

Mandira antwortete: "Auf keinen Fall, ich werde es vermissen, mit meiner besten Freundin, Pahadi Princess, zu rennen."

Ein Nachrichtenbericht über Darjeelings vergangenes Jahr im Rückblick (Oktober)

Das gerade vergangene Jahr war mit grenzenloser Gewalt konfrontiert, gefolgt von einem Streik, der ab dem 15. Juni 2017 in Darjeeling 104 Tage dauerte. Die unmittelbaren Folgen der Gewalt waren die

Einstellung des Pflückens von Premium Second Flush Teeernte und die aufeinander folgenden Monsun- und Herbstspülungen führten zu einem Gesamtverlust von mehr als 550 Rupfen im Teegeschäft. Der neu gewählte Vorstand der Gorkhaland Territorial Administration (GTA) unter der Leitung des Vorsitzenden Binay Tamang hatte jedoch versprochen, aufgrund des Streikaufrufs keine Kompromisse mit dem Teegeschäft einzugehen.

Es gibt 87 Gärten, die sich über 17.600 Hektar erstrecken und den feinsten aromatisierten Tee der Welt produzieren, der in 40 Länder exportiert wird. Die Erntezeit, die Mitte Mai beginnt und im Juni ihren Höhepunkt erreicht, wurde im vergangenen Jahr durch die Unruhen in den Hügeln behindert. Die Unruhen haben Darjeeling, das für seinen Tourismus, seine Internate, Gastfamilien, Hotels, Spielzeugeisenbahnen und andere umsatzgenerierende Branchen bekannt ist, schwer gestört, was zu Störungen im Straßenverkehr, blutiger Gewalt und schwindenden Touristen geführt hat.

Die Bedrohungswahrnehmung hat mehrere Fragen aufgeworfen. Einige mögen es eine Forderung nach der Abspaltung von Gorkhaland aus Westbengalen nennen, da es seit über hundert Jahren seit der Kolonialzeit existiert. Die Hillman's Association of Darjeeling hat 1907 dem Morley-Minto-Reformgremium ein Memorandum vorgelegt und eine separate Verwaltungseinheit gefordert. Während der Agitation von 1986-88, angeführt von Subash Ghisingh, dem Führer der Gorkha National Liberation Front (GNLF), wurde die Forderung nach einem eigenen Staat laut. Später wurde die Bewegung von Gorkha Janmukti Morcha (GJM) Anführer Bimal Gurung und seinen Mitarbeitern vorangetrieben. Bimal Gurung trat 2017 als Chief Executive der Gorkhaland Territorial Administration zurück.

Die Bewegung hat auch viele Gründe für den Anspruch auf eine separate Staatlichkeit für die Gorkhas angeführt und in erster Linie angeführt, dass Darjeeling nie geografisch zu Westbengalen gehörte. Viele Think Tanks unterstützen diese Idee, indem sie auf den anglo-nepalesischen Krieg (1814-16) und den Vertrag von Segauli (1815) zwischen dem König von Nepal und der East India Company hinweisen, unter dem einige der nepalesischen Kontrollgebiete, darunter Darjeeling und Terai, unter britische Kontrolle gekommen waren.

Ein nicht so bekannter Aspekt, der kürzlich ans Licht gekommen ist, ist der Artikel 8 des Indo-Nepal-Vertrags über Frieden und Freundschaft aus den 1950er Jahren, in dem eindeutig erwähnt wird, dass alle früheren Verträge zwischen Britisch-Indien und Nepal sofort aufgehoben würden. Artikel 7 desselben Vertrags verpflichtet sich, den Staatsangehörigen eines Landes in den Gebieten des anderen Landes auf der Grundlage der Gegenseitigkeit dieselben Privilegien in Bezug auf Wohnsitz, Eigentum, Teilnahme an Handel und Gewerbe, Freizügigkeit und andere Vorteile ähnlicher Art zu gewähren.

Die Gorkhaland Territorial Administration (GTA) besteht aus drei Hügelunterteilungen - Darjeeling, Kurseong und Mirik, zusammen mit einigen Gebieten der Siliguri-Unterteilung und dem gesamten Kalimpong-Distrikt unter ihrer Autorität. GTA wurde durch eine dreiseitige Vereinbarung zwischen der Landesregierung, dem Zentrum und Gurkha Janmukti Morcha (GJM) zur Verwaltung der Darjeeling-Hügel mit exekutiver, administrativer und finanzieller Macht ohne gesetzgebende Gewalt gebildet. Das Konzept von GTA war ein fortschrittlicheres Modell als das ehemalige Darjeeling Gorkha Hill Council (DGHC), das ebenfalls in gleicher Weise während des Bengalischen Linken Regimes unter der Führung von Ministerpräsident Jyoti Basu geschaffen wurde. Die geografische Zusammensetzung von Darjeeling, von der die GJM glaubt, dass sie zu Gunsten von Gorkhaland ausfallen wird, muss länger sein, um als Staat konstituiert zu werden. Die Fläche von Darjeeling beträgt 3149 Quadratkilometer mit einer Bevölkerung von 1846.825 Einwohnern laut Volkszählung 2011. Der neu gebildete Bezirk Kalimpong besitzt 1053 Quadratkilometer Fläche mit 251.642 Einwohnern.

In der ursprünglichen Gorkhaland-Karte wurden Terai- und Dooarse-Gebiete einbezogen, obwohl die Bevölkerung hauptsächlich aus Bengalen und Biharis besteht. Die übrigen Menschen in den Berggebieten sind vor allem Lepchas, Bhutias, Marwaris und Tibeter. In Anbetracht der historischen Verbundenheit der Gorkhas in diesen Gebieten werden die anderen Gemeinschaften das Gorkhaland-Konzept jedoch nicht widerlegen.

Die Unterstützung des nationalen Gesetzgebers (2019)

Hindustan Times, Siliguri
Artikel von Pramod Giri
11. November

Viele pro-Gorkhaland politische Parteien, darunter die Gorkha Janmukti Morcha (Bimal Gurung Fraktion), die Gorkha National Liberation Front, die All India Gorkha League und die Kommunistische Partei der Revolutionären Marxisten, waren anwesend. Beeinflusst durch den Schritt des Zentrums, die Unionsterritorien Jammu und Kaschmir und Ladakh zu schaffen, forderte das Nationale Gorkhaland-Komitee (NGC) die Schaffung des Unionsterritoriums Gorkhaland in der westbengalischen Darjeeling-Hügelregion.

Der UT-Status, sagte das Komitee am Sonntag, wäre ein Schritt, um eine dauerhafte politische Lösung für die mehr als 100 Jahre alte Forderung nach Trennung von Westbengalen zu finden. Viele ehemalige Armeeoffiziere und Bürokraten aus der Gorkha-Gemeinschaft waren Mitglieder von NGC, einer panindischen unpolitischen Organisation von Gorkhas, die von Generalleutnant (retd.) Shakti Gurung.

Bezeichnenderweise wurde die Forderung auf einer Medienkonferenz in der Stadt Siliguri in Nordbengalen in Anwesenheit von Darjeelings Gesetzgeber der Bharatiya Janata Party, Neeraj Zimba Tamang, erhoben.

Viele pro-Gorkhaland politische Parteien, darunter die Gorkha Janmukti Morcha (Bimal Gurung Fraktion), die Gorkha National Liberation Front, die All India Gorkha League, die Gorkha National Unity Front und die Kommunistische Partei der Revolutionären Marxisten waren ebenfalls anwesend.

„Die NGC hat die Gewährung des Unionsterritoriums (Status) an die Gorkha-Gemeinschaft in Nordbengalen betont. Dies wird als Zwischenmaßnahme und als Sprungbrett zur Vollendung der

Staatlichkeit empfohlen ",sagte Lt. General (retd.) Shakti Gurung sagte bei der Freigabe eines Visionsdokuments.

"Die Empfehlung, das Gebiet vom Staat Westbengalen zu trennen, ist aus Gründen der nationalen Sicherheit, die sich auch um die Identität der Gorkhas kümmern würde", sagte er.

In den Hügeln des Bezirks Darjeeling kam es 2017 zu einer 104-tägigen Schließung, um die Forderung nach einem separaten Bundesstaat Gorkhaland zu unterstützen. Dreizehn Menschen wurden während der Agitation getötet. Seitdem hat sich Bimal Gurung, Chef von Gorkha Janmukti Morcha, der die Bewegung anführte, versteckt.

"Die Nation muss der Nachfrage nach Gorkhaland in ihrem eigenen Interesse nachgeben, und die NDA-Regierung wird den Gorkhas gerecht werden", sagte Neeraj Zimba Tamang.

In den am Sonntag angenommenen Resolutionen sagte NGC: „Wenn das Gebiet von Ladakh empfindlich ist, ist es auch das Gebiet der Darjeeling-Hügel, einschließlich des Siliguri-Korridors. Wenn Ladakh eine andere Kultur und Sprache als das Kaschmir-Tal hat, dann auch die Gorkhas aus Bengalen. Während die Bevölkerung von Ladakh nur 2,5 Lakhs beträgt, übersteigt das Gebiet der Darjeeling-Hügel dies bei weitem."

NGC-Sekretär Munish Tamang sagte, dass drei Resolutionen einstimmig verabschiedet wurden.

"Die Forderung von Gorkhaland sollte frühestens unter Berücksichtigung der Wahlversprechen der NDA-Regierung, eine dauerhafte politische Lösung zu finden", heißt es in einer der Resolutionen.

Ein anderes forderte Gespräche unter Einbeziehung aller Interessengruppen, um die Sackgasse zu überwinden und zu einer „politischen Lösung mit dem größeren Interesse der nationalen Integration" zu gelangen.

Die dritte Resolution forderte Frieden und Fortschritt und einen Staat Gorkhaland als verfassungsmäßige und dauerhafte Lösung.

Der nationale Lockdown, Covid und der Tod eines Schauspielers (2020)

März

Es war der 24. März 2020, als der Premierminister eine landesweite Sperre für 21 Tage vom 25. März 2020 bis zum 31. Mai 2020 ankündigte. Die Ankündigung der Premierministerin erfolgte, als Milind Dandekar mit ihrer Mutter in Rourkela war. Milinds Telefon klingelte. Es war ein wütender Mandira auf der Linie.

"Was zum Teufel machst du in Rourkela Mil? Bist du verrückt geworden?" , ermahnte Mandira am Telefon.

"Ich bin bei meiner Mutter Mandy und wollte morgen früh mit dem Utkal Express abreisen, aber sie hat sich zurückgezogen, also werde ich alleine gehen." "Nitwit, schaust du fern oder nicht? Der Lockdown beginnt am Sonntag um 7 Uhr. Ihr Zug kommt am Samstag um 23:15 Uhr an. Jetzt hör mir zu, Dummkopf. Ich fahre am Samstagabend von Bhopal nach Katni. Sie werden um 23:15 Uhr vom Bahnhof Katni Murwara abgeholt. Dieser Zug ist immer pünktlich. Sollte in der Lage sein, zurückzufahren und Bhopal am Sonntag um 6 Uhr morgens zu erreichen, zwei Stunden vor der nationalen Abriegelung. Stellen Sie sicher, dass Sie pünktlich in den Zug steigen, der am Samstag um 9:15 Uhr von Rourkela aus fährt."

„Mandy, könntest du bitte vorerst deine Schimpfwörter reduzieren?", antwortete Milind gereizt.

"Über meine Leiche, du Arschloch! Du hältst zuerst dein Wort und besteigst den verdammten Zug. Ich kann nicht verstehen, wie um alles in der Welt Sie den Vertrag für die Modenschau in Raipur hätten unterzeichnen können, wenn Abschnitt 144 bereits in der Stadt durchgesetzt wurde ", konterte Mandira wütend.

Milind verteidigte seine Entscheidungen und sagte: "Die Umstände haben sich über Nacht geändert, Mandy. Nur zu deiner Information, ich hätte fünf Lakh-Rupien verdient. Außerdem gab es keinen einzigen Covid-19-Fall in Chhattisgarh und nur einen in Odisha, der ordnungsgemäß behandelt wurde. Aber mit der jüngsten Ansprache des Premierministers ging alles schief. Und übrigens, ich bin nicht Mobsy, jemand, den man mit Spott beschimpfen kann."

Mandira konterte fest: „Vorerst, Herr Milind Dandekar, sind Sie nicht mein Ehemann, sondern mein Lebenspartner. Und, ich muss sagen, du gibst Mobsy einen Lauf für sein Geld in der IQ-Abteilung. Zumindest hört er auf die Vernunft."

Um 23:15 Uhr stieg eine sichtlich verärgerte Milind an der Katni Murwara Station auf Gleis Nummer drei. Der Chauffeur, der zusammen mit Mandira am Bahnsteig wartete, hob Milinds Gepäck auf, spürte, dass etwas nicht stimmte, und war nicht überrascht, als Milind sich entschied, vorne zu sitzen, anstatt mit Mandira dahinter. Die drei fuhren schweigend nonstop zu Milinds Haus in Bhopal. Auf dem Weg, während der Nacht, auf dem National Highway 30, beobachteten sie Lastwagen, die Barrikaden entlang der Straße entladen. Als sie an einem Freitag um 6:15 Uhr am Stadtrand von Bhopal ankamen, war es bereits Tageslicht. Einige der Barrieren waren teilweise vorhanden und blockierten die Hälfte der Straßen, wobei Polizisten auf Lautsprechern die Fahrzeugbesitzer drängten, ihr Ziel schnell zu erreichen.

Juni
Covid-19-positive Chandrika

Mobius beobachtete Republic TV im Wohnzimmer, wo sie über das jüngste Gefecht im Gurwan Valley zwischen chinesischen und indischen Soldaten diskutierten. Der Vorfall führte zu Verletzten und gab Anlass zur Sorge.

Sein Handy klingelte. Shiv war in der Leitung. Mobius drückte seine Besorgnis aus und sagte: „Die jüngsten Ereignisse im Gurwan-Tal sind zutiefst besorgniserregend. Die Feinde verdienen einen Tritt in den Hintern. Es besteht kein Bedarf an Diplomatie in dieser Angelegenheit."

Aus der Küche schrie Sumitra zu Mobius hinüber, um das Gespräch höflich zu halten und starke Sprache zu vermeiden. Mobius nahm ihren Rat an, fuhr mit einem gedämpfteren Ton fort und wechselte auch das Thema und fragte Shiv: „Wie ist die Situation in Ihrer Nähe? Befindet es sich immer noch in einer Eindämmungszone?"

Shivs Stimme war wackelig: "Chandrika ist Covid-positiv."

"Verfluchter Mann. Wie ist das passiert? Ihr habt euer Haus in den letzten zwei Monaten nicht verlassen!", rief Mobius.

Shiv antwortete: „Ich habe das Dienstmädchen letzte Woche hereingelassen. Chandrika hat es von ihr bekommen. Da Chandrika leichte Rückenschmerzen hatte, dachte ich, es wäre eine gute Idee, unser reguläres Dienstmädchen anzurufen, das in unserem Gebäude in der Wohnung gegenüber von uns arbeitet. Sowohl das Dienstmädchen als auch Chandrika wurden positiv getestet. Die Stadtverwaltung hat das Gebäude versiegelt. Niemand geht hinaus und niemand kommt herein. Sie haben auch einen Polizisten am Eingang des Gebäudes untergebracht, um die Quarantäne durchzusetzen. Derzeit befindet sich Chandrika in unserem Hauptschlafzimmer. Ich wurde gebeten, außerhalb ihres Zimmers zu bleiben und das Essen an der Schlafzimmertür auf einem Tisch zu übergeben. Dann sagten sie mir laut der Übung, dass ich fünf Schritte zurückgehen müsse. Chandrika öffnet dann die Schlafzimmertür und nimmt das Essen auf. Das medizinische Team hat mir eine Reihe von Medikamenten gegeben, die sie haben soll, und eine separate Reihe von Medikamenten für mich. Dies geschah gestern Morgen, nachdem sie sich über Fieber und Halsschmerzen beschwert hatte. Mobsy, zum ersten Mal in meinem Leben habe ich Angst. Sie kommen nach zwei Tagen, um nach ihr zu sehen. Wenn sich ihr Zustand verschlechtert, wird sie in das Covid-Quarantänezentrum des nahe gelegenen Bezirkskrankenhauses Jabalpur verlegt."

"Shivvy, bleib ruhig. Bull, das ist eine höllische Situation. Wie geht es Chandrika heute?«, fragte Mobius.

"Sie sieht okay aus. Außer nachts muss sie alle drei Stunden ihre Temperatur notieren. Im Moment liegt die Temperatur bei 100. Wir leben im selben Haus, aber ich muss über das Handy mit Chandrika sprechen. Das macht mich verrückt, Mobsy."

"Hör zu, Kumpel", versicherte Mobius. "Keine Panik. Solange die Temperatur nicht über 100 hinausgeht, ist das eine gute Sache. Das Medikament braucht Zeit, um zu reagieren. Habe Vertrauen in Baba Loknath."

Zwei Finger stießen Mobius von hinten auf den Kopf. Es war Sumitra. Mobius drehte sich um, um zu sehen, wie Sumitra ihm signalisierte, ihr das Telefon zu geben.

Sumitra bemerkte besänftigend: „Shivvy, keine Panik; der Mann meiner Schwester ist Arzt am Cuttack Medical College. Er ist derzeit für die Covid-Station verantwortlich. Ich werde es mit ihm besprechen. Bitte machen Sie eine Momentaufnahme der verschriebenen Medikamentenliste von Chandrika und teilen Sie sie Mobsy über WhatsApp mit. Kühl halten. Ich werde etwas später mit Chandrika telefonieren."

Shivvy, der sich besser fühlte, antwortete: „Vielen Dank, Sumi. Ich weiß deine Hilfe wirklich zu schätzen."

Nachdem Mobius sein Handy ausgeschaltet hatte, verabreichte Sumitra ihrem Mann erneut eine Dosis, um am Telefon keine Sprüche zu verwenden, und wies ihn an, Dadabhai (den Ehemann der Schwester der Frau) zu kontaktieren.

Dadabhai war im Covid Center, als Mobius anrief. Mobius war daran interessiert, die Station zu sehen, und Dadabhai wechselte in WhatsApp-Anrufen in den Videomodus. Mobius beobachtete viele Männer in weißen Anzügen, die von Kopf bis Fuß mit Masken, Visieren, Mützen und Schutzkleidung bedeckt waren. Auf der Intensivstation befanden sich zehn Betten mit kastenartigen Strukturen gegen jedes Bett. Jedes Gerät hatte ein kurzes, transparentes Röhrchen, das an der Box befestigt war, bei dem es sich um Beatmungsgeräte handelte. Von der Gesamtzahl der Betten waren drei belegt. Einer der Patienten hatte den Beatmungsschlauch an einer Gesichtsmaske befestigt. Es war ein beunruhigender Anblick für Mobius.

Sumitras Stimme drohte hinter Mobius. "Mobsy, Liebes, kannst du dir bitte später das Video ansehen und zuerst deine Arbeit machen?"

Dadabhai informierte Mobius, ein WhatsApp-Foto der verschriebenen Medikamente Chandrika zu senden, sowohl oral als auch injizierbar. In diesem Moment kam Shivs WhatsApp-Nachricht an, die er an Dadabhai weiterleitete. Nach fünfzehn Minuten kam Dadabhais Nachricht und empfahl zusätzlich ein weiteres orales Medikament, Dexamethason 4 mg Tabletten zweimal täglich für drei Tage. Dadabhai sprach mit dem medizinischen Offizier, der Chandrika behandelte, nachdem er seine Nummer von Shiv über Mobius erhalten hatte. Der Arzt, nachdem er von Dadabhais Zeugnissen gehört hatte, stimmte zu und erklärte, dass er am nächsten Tag selbst mit der Medizin zu Shiv nach Hause kommen würde.

Am nächsten Tag gab es keine Temperaturänderung, und Dadabhais verschriebene Medikamente wurden Chandrika drei Tage lang verabreicht. In der dritten Nacht rief Shiv Mobius an, um zu sagen, dass Chandrika jetzt eine durchschnittliche Temperatur hatte, negativ getestet wurde und sich viel besser fühlte. Der Arzt des COVID-Centers hatte jedoch für beide eine weitere Woche eine gesetzliche Quarantänezeit verhängt, in der sie jedoch unter normalen Umständen zusammenlebten. Tränen strömten über Shivs Gesicht, als er Mobius und Sumitra am Telefon dankte. Mobius sprach ein kleines Gebet in seinem Herzen. Baba Loknath hatte auf ihn gehört.

August

Tod eines Schauspielers

Milind kratzte sich ungläubig am Kopf. Er wurde am 22. August im DRDO Guest House, das sich auf Ganesh Chaturthi befand, zu einem Verhör durch CBI-Beamte bezüglich des Todes des Bollywood-Schauspielers Sumit Singh Rathod am 14. Juni unter ungewöhnlichen Umständen gerufen. Die Nachricht erreichte ihn über WhatsApp, gefolgt von einer Person, die sich als CBI-Offizier aus Mumbai ausgab. Er hatte drei Tage Zeit, um Mumbai von Bhopal aus über die Straße zu erreichen.

Bhopal war bereits von der Corona-Pandemie betroffen, und sein Haus in Gandhi Nagar befand sich in der roten Zone. Er plante, Ganesh Puja zu Hause mit seiner Mutter und Mandira zu feiern, aber jetzt wäre es nicht möglich. Trotz Milinds Beharren darauf, dass Mandira ihn nicht nach Mumbai begleiten sollte, hatte Mandira nichts davon und beschloss fest, mit ihm nach Mumbai zu gehen. Am selben Tag sollten Pithani, Sanjay und Sandeep zum zweiten Mal gemeinsam von CBI befragt werden. Die Schlinge wurde auch bei Priya Chatterjee enger, weil er Mitglied des Bollywood-Drogenkartells war und Sumit Singh Rathod von November 2019 an bis zu seinem Tod unter mysteriösen Umständen am 14. Juni kontrolliert unter Drogen gesetzt hatte. Oder wurde er in der Nacht des 13. Juni ermordet und sein Körper aufgereiht, um wie Selbstmord auszusehen?

Das waren die zahlreichen Fragen, die Milind in den Sinn kamen. Am 12. Juni, zwei Tage bevor Sumits Leiche von seinen Mitbewohnern oder Schuldigen entdeckt wurde, hatte Sumit Milind um 19:30 Uhr angerufen, um zu sagen, dass er von seinem eigenen Mitbewohner Pithani in dem Saft, den er ihm gebracht hatte, stark unter Drogen gesetzt worden war, und er an Halluzinationen litt. Könnte er die Polizei informieren? Milind, die für einen Modelauftrag in einem Hotel in Santa Cruz übernachtete, diskutierte die Angelegenheit sofort mit Mandira, der neben ihm war. Sie riet ihm, zur Polizeistation Santa Cruz zu gehen und eine TANNE einzureichen. Milind erreichte zusammen mit Mandira um 20:30 Uhr die Polizeistation in Santa Cruz.

Als er sie sah, stand der SHO auf und bat sie, zwei Minuten zu warten, während er am Telefon sprach. Milind setzte sich und sah sich in seinem Büro um. Es gab ein schwarz-weißes Bild von Mahatma Gandhi, das die Wand hinter seinem Rücken schmückte, und ein Bild von Maharaj Shivaji auf der rechten Seite. Im Bücherregal neben dem SHO befand sich interessanterweise ein rotes Buch über das indische Strafgesetzbuch. Milind erklärte dem SHO, der aufmerksam auf den Anruf von Bollywood-Star Sumit hörte. Der SHO, der vorübergehend von Mandiras Frontalvermögen abgelenkt war, trat in Aktion und sprach mit dem Polizeikommissar, dessen Büro sich in der Nähe der Polizeistation Bandra befand. Er signalisierte Milind, dass er mit der großen Perücke sprach.

Der KP schien geduldig zuzuhören und erkundigte sich, wer diese Frage stellte. Der SHO gab Milind das Telefon, die erklärte, dass Sumits Leben in unmittelbarer Gefahr sei. Der KP informierte Milind, dass er innerhalb von fünf Minuten einen Inspektor mit zwei Polizisten zu Sumit Singh Rathods Wohnung schickte. Milind fühlte sich erleichtert und dankte dem SHO ausgiebig, bevor sie die Polizeistation Santa Cruz mit Mandira verließ, der ihn überredete, sich um 22 Uhr mit Sumit in Verbindung zu setzen. Als Milind Sumits Nummer anrief, sagte eine Stimme, dass Sumit schlief und nicht gestört werden konnte. Als Milind fragte, ob jemand ihr Haus in den letzten zwei Stunden besucht habe, wurde das Telefon getrennt. Milind versuchte es sofort erneut, nur um zu erkennen, dass Sumits Telefon ausgeschaltet war. Später erfuhr Milind, dass dies der letzte eingehende Anruf an Sumits Nummer vor seinem mysteriösen Tod war. Mandira hatte nichts davon und bestand darauf, dass sie Sumits Haus am nächsten Tag besuchten.

Am nächsten Tag, gerade als sie sich darauf vorbereiteten, zu Sumits Haus zu gehen, kam ein Anruf von einer Person, die erklärte, dass er ein Regisseur sei, der Milind in seinem kommenden Film eine wichtige Rolle geben wollte. Es sollte eine sofortige Videokonferenz geben, die um 9:00 Uhr beginnen sollte. Milind ließ sich vor seinem Laptop nieder. Milind wurde eine Stunde lang gewartet, während Mandira argumentierte, dass sie die wichtige Rolle ficken und Sumits Haus besuchen sollten. Mandira versuchte es mehrmals mit Sumits Nummer und stellte fest, dass sie ständig ausgeschaltet war. Milind verbot Mandira, Sumits Haus allein zu besuchen.

Während Mandira schwärmte und schimpfte, wurde Milind drei Stunden lang von der Assistentin des Direktors mit der Videokonferenz beschäftigt, mit einem Follow-up-Meeting am Nachmittag nach einer kurzen Pause. Trotz Mandiras Tirade, dass diese Videokonferenz arrangiert wurde, nur um sie daran zu hindern, Sumits Haus zu besuchen, dachte Milind anders und musste sich viele Sprüche von Mandira anhören.

Die Videokonferenz war um 18:00 Uhr vorbei. Als Milind die Veranda erreichte, hatte Mandira bereits ihr Auto gestartet, ein Hyundai Santro, der von einer Autovermietung gemietet wurde. Sie brauchten 45 Minuten, um zu Sumits Haus in Bandra zu gelangen, das 12 Kilometer entfernt war. Aufgrund der Verkehrsstaus am Freitagabend dauerte die Fahrt weniger als eine Stunde.

Nachdem er dreimal an Sumits Tür geklingelt hatte, öffnete ein Mann die Tür und stellte sich als Sumits Manager vor. Milind konnte eine Flut von Aktivitäten hinter dem Manager spüren. Die Stimme des Managers hatte eine unheimliche Ähnlichkeit mit der Stimme am Telefon, mit der er gestern Abend gesprochen hatte. Es schien, dass sich etwa sechs Personen im Haus befanden. Sumit war nirgends zu sehen. Milind fragte höflich den Manager, dass er Sumit sehen wolle, und stellte sich als Sumits Trainer für das Marathontraining vor. Der Manager antwortete, dass Sumit mit Geschäftspartnern beschäftigt sei und nicht gestört werden könne.

Milind bemaß die Situation und schaute die Leute im Raum an, die über die Schulter des Managers guckten. Er wusste, dass etwas nicht stimmte, und der einzige Weg, um nach Sumit zu gelangen, war, sich durch die Bande von Ganoven zu drängen. Milind hielt seine Hand fest auf dem Türknauf an der halb geöffneten Tür, signalisierte Mandira, zurückzubleiben, und drückte plötzlich hart auf die Tür. Der Manager, der etwa 1,80 Meter groß war, war Milinds 1,80 Meter großem Rahmen nicht gewachsen. Milind stieß ihn mit der rechten Faust zweimal auf die Stirn und den Solarplexus. Der Manager ging wie ein Sack Ziegelsteine unter. Milind befragte das Wohnzimmer, in dem sich etwa vier Personen befanden. Sumits Schlafzimmer war teilweise offen. Zwei Gauner waren drinnen und stritten sich mit Sumit, der auf dem Bett saß. Er sah müde, zerzaust und betäubt aus.

Alle sechs Gauner drehten ihre Köpfe zu Milind, die im Wohnzimmer war und sich auf den Weg zu Sumits Schlafzimmer machte. Milind schrie Sumit an, aus dem Raum zu kommen. Drei der Kapuzen waren wie Gorillas gebaut. Milind ging mit schwingenden Armen zu ihnen. Aber sehr bald erkannte er, dass es ein verlorener Kampf war. Bald hielten die drei Gorillas mit ihren starken Armen Milinds Arme und Hals in einem schraubenartigen Griff. Trotzdem hat Milind die verbliebenen Angreifer rausgeschmissen. Er verband sich mit zwei von ihnen und schickte sie taumelnd auf die Glasregale dahinter, deren Scheiben durch den Aufprall zerbrachen. Langsam und stetig brachten vier der Kapuzen Milind zu Boden. Einer der Affen überspannte Milind und saß auf seiner Brust. Ihm wurde eine Spritze von einem anderen Affen übergeben. Der Affe, der auf Milinds Brust saß, lächelte, als er versuchte, Milinds Handgelenk zu halten, um die Nadel zu tauchen, die eine farblose Flüssigkeit in der Spritze hatte. Plötzlich gab es einen Aufruhr. Mandira erschien von hinten, packte die Spritze des Affen aus seinen Händen und stach die Nadel in seinen Hals. Der Affe schrie und fiel nach hinten. Milind machte einen rückwärtsgerichteten Salto und legte beide Kapuzen auf den Boden.

Einer von ihnen klammerte sich noch an Milinds Hals. Milind stand auf und schlug die Kapuze mit seinen Knöcheln mit einem Rückwärtsschwung auf den Raum über dem rechten Ohr. Die Kapuze brach vor Schmerzen zusammen und hielt seinen Kopf mit beiden Händen fest. Währenddessen verriegelten die beiden anderen Hauben in Sumits Schlafzimmer die Tür von innen.

Nun waren drei von ihnen auf den Beinen - Milind, Mandira und der Kapuzenpullover. Der Kapuzenpullover griff Mandira von hinten an und versuchte, sie zu erwürgen. Bevor Milind Mandira helfen konnte, beugte sie sich vor und zog das rechte Bein des Affen zwischen ihren Beinen hervor. Als der Affe fiel, drehte sich Mandira um und steckte zwei Finger in die Augen des Affen. Der Affe schrie vor Schmerzen und versuchte blind zu rennen, schlug gegen die Wohnzimmerwand und bröckelte zu Boden. Milind fing Mandiras Handgelenk und verschraubte sich mit der Haustür. Der Manager, der als stiller Zuschauer in der Ecke kauerte, spürte Milinds Zorn, als Milind seinen Ellbogen mit solcher Kraft auf die Zähne des Managers schlug, dass ein Schneidezahn aus seinem blutenden Mund auf den Boden fiel. Als er hinfiel, trat Mandira auf dem Weg zur Haustür wild auf seine Leistengegend. Der Manager stieß einen durchdringenden Schrei aus und klammerte sich an seine verletzten Genitalien.

Bis dahin standen vier vorübergehend betäubte Kapuzen vom Boden auf. Einer von ihnen hatte einen Taser in der Hand, den Mandira in den USA als Tragetasche für Polizisten anerkannte.

Mandira flüsterte Milind zu: „Mil, wir sind in der Unterzahl. Sumits Schlafzimmer ist von innen verschlossen. Wir müssen fliehen."

Sowohl Mandira als auch Milind rannten aus der Haustür. Der Santro parkte auf der Straße gegenüber dem gemieteten Haus von Sushant, als Milind den Zündschlüssel drehte. Sie gingen direkt zur Polizeistation Bandra.

Der SHO sah sie eintreten, stand auf und bat sie, sich hinzusetzen. Milind und Mandira berichteten über die Abfolge der Ereignisse und drängten die SHO, Maßnahmen zu ergreifen. Der SCHO sprach mit dem Polizeikommissar über sein Handy. Der SHO verließ den Raum, und sowohl Milind als auch Mandira konnten durch die offene Tür ein langes flüsterndes Gespräch zwischen den beiden beobachten. Schließlich legte der SHO sein Handy ab und trat in den Raum. "Ich gehe mit einem Team dorthin", sagte der SHO, als er seine Mütze aufsetzte. "Ihr beide könnt nach Hause gehen", sagte er. "Wir werden uns um die Situation kümmern". Bevor entweder Milind oder Mandira antworten konnten, verließ der SHO blitzschnell sein Zimmer. Milind und Mandira gingen nach Hause, besorgt über das Ergebnis.

Am nächsten Tag, um 16 Uhr, machte die Nachricht von Sumit Singh Rathods angeblichem Selbstmord im Fernsehen und in den sozialen Medien die Runde. Es traf Milind und Mandira damals und da, dass dies kein Selbstmord war, sondern ein vorsätzlicher kaltblütiger Mord, der in der 13. Nacht selbst stattfand.

Milind gab bei seinem Verhör mit dem CBI sehr detailliert das Gefecht wieder, das er am Tag vor seinem angeblichen Selbstmord in Sumits Haus mit den Ganoven hatte. Das CBI-Team hörte aufmerksam zu und bat Milind, eine schriftliche Erklärung zu unterzeichnen, die sie nach dem Verhör vorbereitet hatten. Milind gab auch grafische Details darüber, wie Sumits Manager Pithani seinen Frontzahn durch seinen Ellenbogen brach.

Drei Tage nach Sumits Selbstmord traf ein Brief ein, der per Schnellpost an Milinds Wohnsitz in Bhopal geschickt wurde. Darin war ein Scheck über 5 Lakhs von Sumit Singh Rathod zugunsten der Run Manisha Run Foundation. Mandy schrie ungläubig auf, als Milind ihr den Scheck zeigte.

"Sieh dir die Unterzeichner an, Mil", rief Mandira. "Es gibt zwei von ihnen." Eines war das von Sumit und das andere vom Direktor, der Milind belästigt hatte, als Milind und Mandira am Morgen Sumits Haus erreichen sollten."

Mandira tobte weiter: „Mil, der Motherfucker hat dich den ganzen Tag verlobt, damit wir Sumits Residenz nicht besuchen konnten. Dies wurde absichtlich getan, um uns davon abzuhalten, ihn rechtzeitig zu erreichen und ihn aus den Klauen der Ganoven zu retten. Der Direktor ist mit den Gaunern unter einer Decke. Nachdem Sie Sumit wegen einer Spende für die Stiftung kontaktiert haben, muss er den Scheck unterschrieben und seinem Kontoinhaber zur Unterschrift übergeben haben und ihn gebeten haben, ihn an die Ihnen angegebene Adresse zu senden. Der Direktor ist nicht, was du denkst, sondern ein verdammter Mistkerl und Sumits Rechnungsführer, der mit den Ganoven unter einer Decke steckt. Mil, du nincompoop, du wurdest mit Haken, Schnur und Platine getäuscht. Wenn du nicht so dumm wärst, hätten wir Sumits Leben retten können. Mist, Mil, wir hätten Sumits Leben retten können. Ich habe dir immer wieder gesagt, dass dieser Direktor ein fischiger Kerl war; höre nicht auf ihn. Jetzt zahlen wir für die Konsequenz."

Milind schlägt bestürzt auf den Kopf. Er hatte Mandira keine Worte zu sagen. Mandira konnte unterdessen ihre Tränen nicht kontrollieren, die weiter flossen. Nach fünfzehn Minuten Weinen griff Mandira nach ihrem Telefon, rief Mobius an und erzählte ihre Leidensgeschichte.

Mobius antwortete am Telefon. "Beruhige dich, Mandy, was getan wurde, ist getan. Wir können jetzt nichts tun. Es hat keinen Sinn, Mil zu sprengen. Er ist unschuldig. Es war schwierig, diese kniffligen Bastarde herauszufinden. Nichts kann Sumit mehr zum Leben erwecken. Da Sie den Scheck in der Hand haben und er drei Tage vor seinem Tod datiert wurde, können Sie Manisha auch sagen, dass sie ihn einlösen soll. Rechtlich gesehen sollte die Bank den Scheck einlösen, es sei denn, sie erhält Sperranweisungen von den gesetzlichen Vertretern von Sumit. Gib Mil das Telefon."

Mobius sagte: „Mil, es war nicht deine Schuld. Diese Jungs waren einfach zu schlau für uns. Keine Sorge. Kühl halten. Mandy ist aufgebracht. Ihr streitet euch nicht untereinander. Es gibt nichts, was irgendjemand von uns in diesem Fall hätte tun können. Ich hatte Sumit einmal getroffen, als er den Halbmarathon von Mumbai lief. Ich habe auch einige seiner Filme gesehen. Ich bin wirklich traurig, dass so ein heller Stern diesen Weg gehen musste. Finger nicht die Polizei oder CBI, weil sie in dieser Kette zusammen sind. Einige Prominente geben das Sagen; ich vermute auch Sumits Freundin. Dieses Bong-Girl gibt unserer Community einen schlechten Ruf.

Milind reagierte verzweifelt. "Danke, Kumpel, dass du mich getröstet hast. Hätte auf Mandy hören sollen. Meine Gier nach Ruhm auf der Leinwand trübte mein Urteilsvermögen."

"Es ist okay, Mil. Pass auf dich auf", antwortete Mobius.

November

Ein Nachrichtenbericht

Bimal Gurung tauchte so mysteriös und dramatisch wieder auf, wie er vor drei Jahren im Jahr 2017 aus der Öffentlichkeit verschwunden war. Noch dramatischer war seine Ankündigung im Januar 2020, die Beziehungen zur BJP abzubrechen, der seine Partei, die Gorkha Janmukti Morcha (GJM), half, eine Basis in den Darjeeling Hills zu errichten. Bimal Gurungs wahrgenommene Kapitulation gegenüber der westbengalischen Ministerpräsidentin Mamata Banerjee hat die politische Komplexität in Darjeeling vertieft, wo die Forderung nach einem separaten Staat Gorkhaland, der Teile der Ebenen Nordbengalens umfasst, seit Jahrzehnten, insbesondere seit Mitte der 1980er Jahre, das zentrale Thema ist.

Bimal Gurung, jetzt 56 Jahre alt und zwischen 2007 und 2017 ein beliebter Anführer der Gorkhas, war seit 2009 maßgeblich daran beteiligt, dass die BJP dreimal die Darjeeling Lok Sabha gewann. Er knüpfte am 21. Oktober 2020 Verbindungen zur BJP, beschuldigte die BJP des Vertrauensbruchs und unterstützte sein Plädoyer für Staatlichkeit nicht.

Der GJM-Führer ist seit Juni 2017 auf der Flucht, als die westbengalische Polizei viele nicht anfechtbare Klagen gegen ihn nach dem indischen Strafgesetzbuch und dem Gesetz über rechtswidrige Aktivitäten (Prävention) einreichte. Berichten zufolge hat er sich in Sikkim, Nepal, Neu-Delhi und Jharkhand versteckt.

BJP gewann 2019 den Lok Sabha-Sitz in Darjeeling mit einer Marge von mehr als 4 Lakh-Stimmen, trotz der von Binay Tamang geführten GJM-Fraktion, die sich im September 2017 abspaltete und sich solidarisch mit dem Trinamool Congress (TMC) zeigte. Weder 2009 noch 2014 betrachtete die BJP die Staatlichkeit, versprach aber, die lange anhängigen Forderungen der Gorkhas mitfühlend zu berücksichtigen. 2019 deutete die BJP eine dauerhafte politische Lösung für die Hills an. Derzeit scheint der Einfluss von GJM zu schwinden, da sowohl Bimal Gurung als auch Binay Tamang, beide von GJM, auf der Seite von Mamata Banerjee stehen, nachdem sie seit 2007 das dominierende Outfit der Hills sind. Die zweijährige gewaltsame Agitation, die von der militanten Gorkha National Liberation Front (GNLF) von 1986 bis 1988 angeführt wurde, endete mit der Bildung des halbautonomen Darjeeling Gorkha Hill Council (DGHC).

Seitdem hat die GNLF in den Hügeln das Sagen, musste aber 2007 ihre Büros schließen, nachdem Bimal Gurung, einst ein enger Mitarbeiter von Subash Ghising, sich getrennt hatte, um seine eigene Partei zu gründen. Die GJM startete dann eine weitere Runde militanter Bewegung, die nach Staatlichkeit strebte. Die Rebellion von Bimal endete schließlich mit der Bildung der GTA (Gorkhaland Territorial Administration), einem halbautonomen Rat für die Bezirke Darjeeling und Kalimpong des Staates Westbengalen in Indien. (Die GTA wurde 2012 gegründet, um den Darjeeling Gorkha Hill Council zu ersetzen, der 1988 gegründet wurde und die Darjeeling Hills 23 Jahre lang verwaltete).

Die GNLF, jetzt angeführt von Subash Ghising's Sohn, Man Ghising, machte ein Comeback seit der Agitation 2017, als Bimal Gurung anderen Bergorganisationen angesichts des aggressiven Gegenangriffs von Mamata Banerjee Raum gab. Im Jahr 2019 unterstützte der GNLF gemeinsam mit Bimal Gurung die BJP bei den Wahlen in Lok Sabha und bei den gleichzeitig abgehaltenen Nachwahlen in Darjeeling. GNLF-Führer Neeraz Zimba Tamang gewann als BJP-Kandidat, obwohl er ein GNLF-Führer bleibt. Die öffentliche Stimmung gegen Polizeiexzesse während der Agitation 2017 zwang GJM und GNLF, sich zu versöhnen.

Im November 2020 tauchte Bimal Gurung in Kolkata wieder auf, kündigte den Abbruch der Beziehungen zur BJP an und trat dem Trinamool Congress (TMC) unter der Leitung von Mamata Banerjee bei. Diese wahrgenommene Kapitulation vor dem westbengalischen Chief Minister vertiefte die politische Komplexität in Darjeeling, wo die Forderung nach einem eigenen Bundesstaat Gorkhaland seit Mitte der 1980er Jahre das dominierende Thema ist. Laut dem Buch „No Path in Darjeeling is Straight" von Parimal Bhattacharya ist das Fehlen einer einzigen politischen Identität, die stark genug ist, um mit der aktuellen Situation in Bezug auf die Bildung von Gorkhaland umzugehen, beklagenswert unzureichend.

Sanjai Banerji

Der Showdown und eine übersehene Aktion (2021)

Nach drei Jahren im Untergrund war es ein heißer und heißer Tag in Darjeeling, als Bimal Gurung vor einer Mammutversammlung in Darjeeling sprach. Manisha und Junali schauten unbeeindruckt von der Menge zu. Es schien, dass Bimal, eines der bekanntesten Gesichter der Gorkhaland-Bewegung, nur ein Schatten seines früheren Selbst war. Das Getöse in seinem Tonfall war verschwunden. Das Gesicht war gedämpft und beschämt. Es war schwer zu verstehen, dass dies die gleiche Person war, die als Gründer der Gorkha Janmukti Morcha, dem primären politischen Vehikel der Gorkhaland-Bewegung, galt und zuvor Vorsitzender der Gorkhaland-Territorialverwaltung war, einer autonomen Verwaltung, die die Gorkha-Mehrheitsregionen vertrat. Es war schwer zu glauben, dass der Mann einst als der Fackelträger galt, der die Gorkhaland-Bewegung anführte und auf einen separaten Staat drängte, um die nepalesischsprachige Gemeinschaft entlang der nördlichsten Ausläufer Westbengalens zu vertreten.

Sehr zum Leidwesen der Gorkhas bei den jüngsten Parlamentswahlen in Westbengalen, der fünften Phase, die alle Regionen der GTA umfasste, die am 17. April stattfand, erlitt Gurungs GJM einen schweren Verlust und verlor alle drei Hügelsitze in der Gorkha-Mehrheitsregion an eine wiederauflebende Bharatiya Janata Party und eine abtrünnige Fraktion seiner eigenen Partei. In den beiden Sitzen, die die BJP gewann, wurden die beiden Fraktionen der GJM höher befragt, wenn ihre Stimmen hinzugefügt wurden, was darauf hindeutet, dass die Wahl eher ein Verlust für Bimal selbst als für die Gorkhaland-Bewegung war.

Manisha wandte sich an Junali und sagte: "War das die gleiche Person, für die du 2017 vergöttert und dein Leben riskiert hast?"

Junali antwortete verlegen: „Die Person hat sich jetzt umgedreht. Im Jahr 2017 leitete Bimal einen 104-tägigen Bandh und forderte, dass die Territorien der GTA in einen vollen Zustand gebracht werden. Der Protest begann nach der Entscheidung der Regierung von Westbengalen, Bengalisch in Schulen im ganzen Staat obligatorisch zu machen. Bimal's Gesicht war allgegenwärtig und drängte den Protest durch Videos auf WhatsApp und Facebook, die jeder Jugendliche auf seinen Handys zu sehen schien. Anstelle von emotionalen Aufrufen zur Schaffung eines Staates Gorkhaland bittet Bimal darum, das GTA auf die Tieflandgebiete Terai und Dooars auszudehnen und 11 Stämme in die Kategorie Geplante Stämme aufzunehmen. Er hat sich der westbengalischen Regierung kompromittiert. Wie auch immer, lasst uns trotzdem seinen Cousin Arjun Gurung treffen." Junali zwinkerte Manisha also zu.

Manisha sagte in einem humorvollen Ton: "Ich habe Tante gehört, du warst einmal Arjuns Penner."

Junali streifte spielerisch ihr Knie gegen Manishas Hintern.

Als Arjun Junali und Manisha sein Büro betreten sah, erhob er sich von seinem Stuhl und sagte: „Hallo Junnu! Treten Sie ein. Ich habe dich in der Menge erkannt. Schön, dich nach langer Zeit wiederzusehen. Scheint wie in alten Zeiten ", und trat vor, um Junali zu umarmen.

Junali trat zur Seite und machte einen Namaste. „Danke, Arjun Saab. Ja, wir sehen uns nach langer Zeit. Du hast dich immens verändert. Ich habe dich einen Moment lang nicht erkannt."

Arjun sagte lachend und berührte sein Gesicht: „Mein Gesicht. Ich weiß es wirklich nicht. Aber nimm etwas an Gewicht zu."

Junali ernsthaft: „Nein, Arjun Saab. Ich spreche vom Wandel eurer Ideologien. Sie haben einen vollständigen Backflip durchgeführt. Ich frage mich, wie sehr Didi dich bestochen hat. Muss dir viel Land und ein Haus dafür geboten haben."

Plötzlich wurde es ernst und Arjun sagte: „Nein, nichts dergleichen. Mein angestammter Reichtum reicht aus, um mich zu ernähren. Jemand hat deinen Verstand vergiftet."

Junali antwortete in einem verurteilenden Ton: "In diesem Fall, warum hat Ihre Partei bei den letzten Parlamentswahlen so schlecht abgeschnitten, und wie kommt es, dass Sie plötzlich BJP für den Trinamool-Kongress verlassen haben?"

Arjun antwortete besänftigend: „Die Regierungspartei ist ein Betrüger. Sie haben mich benutzt, um zu gewinnen, und mich dann wie ein Kartenspiel weggeworfen. Du kennst die wahre Geschichte nicht. Sie lesen in das hinein, was die Regierungspartei den Medien gesagt hat. Du bist ihnen in den Schoß gefallen."

Junali antwortete genervt: „Ja, das sagst du mir. Du hast mir beigebracht, meine Augen und Ohren offen zu halten. Ich habe gerade von dem Grundstück erfahren, das dir die Regierungspartei für einen Hungerlohn geschenkt hat. Zehntausend Rupien für drei Hektar Land. Du hast uns betrogen, liebe Gorkhas, die du an dein Streben nach Staatlichkeit geglaubt hast."

Arjun sagte irritiert: „Niemand spricht so mit mir. Wenn du keine Frau wärst, wäre dein Kopf unter meinem Khukri gerollt."

Junali erhob sich, ging durch den Raum und schloss die Tür von innen ab. Sie zog ihren Windcheater aus und warf ihn in die Ecke des Raumes, wobei sie ein blaues T-Shirt mit dem schwarzen Friedenssymbol auf ihrer Brust enthüllte.

"Okay, Arjun Sahab. Kämpfen wir Mann gegen Frau mit bloßen Händen. Nur Manisha ist hier, die du seit ihrer Kindheit kennst. Sie wird es niemandem erzählen. Machen wir weiter."

Arjun, der Junalis schnellen Übergang in die Haltung eines Boxers beobachtete, erkannte sofort die Schwere seines Fehlers. Es dämmerte ihm, dass Junali, der ihn einst während der im Entstehen begriffenen Phasen seiner politischen Reise beschützt hatte, eine gewaltige Kampfkunst besaß, die unter der Leitung von Ran Bahadur Bogati, einem Schwarzen Gürtel 10. Grades im Taekwondo, verfeinert wurde. Junali konnte einen Mann so mühelos töten, wie man einer Henne den Hals auswringen könnte.

"Whoa, Junnu, lass uns einen Schritt zurücktreten. Es tut mir leid, dass mein Ärger mich überwältigt hat. Auch wenn unsere Freundschaft an ihre Grenzen gestoßen ist, lassen Sie uns zu freundschaftlichen Bedingungen gehen. Der Kampf um Gorkhaland ist noch lange nicht beendet, und Westbengalen CM wird uns zu einer Lösung führen." Mit einem respektvollen Namaste deutete er auf den Ausgang.

Manisha sah ihre Tante besorgt an: "Lass uns gehen, Tante."

Junali holte ihren Windcheater und zog ihn mit einer Handbewegung an. Sie packte Manishas Arm und verließ den Raum. Außerhalb des Raumes richteten die beiden Bodyguards von Arjun, die auf einer Bank saßen, den Rücken auf und sahen das Duo wachsam an. Sie konnten spüren, dass etwas nicht stimmte.

Vor Arjun Gurungs Büro klingelte Junalis Telefon. Die Stimme am anderen Ende antwortete: „Hi, Junali. Es ist Milind. Du musst Arjun in Darjeeling in den Hintern treten."

Junali lachte: „Na ja, fast. Wie ist das Leben, Milind Bro?"

Milind antwortete: "Du und Manisha kommt nach Bhopal. Die ersten Impfstoffe stehen der Plus-45-Altersgruppe in der Stadt zur Verfügung. Ich werde die Fäden ziehen und Manisha auch fertig machen, obwohl sie 32 ist."

"Wow, Milind! Das ist furchtbar süß von dir. Lassen Sie mich die Logistik sehen."

"Ich gebe Mandy das Telefon", antwortete Milind.

Mandy kam auf die Leitung: „Hi, Junali. Ich hoffe, du entspannst dich. Hör zu, ich akzeptiere kein Nein als Antwort. Ich finanziere Ihren und Manishas Flug von Bagdogra nach Delhi, Delhi nach Bhopal und umgekehrt. Du bleibst ein paar Tage bei uns. Die Impfung wurde für die Altersgruppe ab 45 Jahren für die Öffentlichkeit zugänglich gemacht. Für Manisha wird Milind die Fäden ziehen. Das ist das Mindeste, was ich für die treuen Gorkhalands tun kann. Mobsy, Sumi und Pahadi werden auch hier sein. Es wird ein Wiedersehen sein, denn nach Pahadis Missgeschick waren wir nie alle zusammen. Shivvy und Chandrika haben versprochen, mit ihrem Sohn Dipesh hier zu sein."

Junali sagte: „Cool. Die Finanzierung war nicht notwendig. Aber wir werden beide kommen."

Mandira antwortete: „Das ist großartig. Ich bestehe auf der Finanzierung. Wir haben ein schönes Resort direkt gegenüber unserer Wohnkolonie. Ich habe drei Flitterwochen-Cottages für dich und Manisha, Mobsy, Sumi und Ayushi sowie Shivvy, Chandrika und Dipesh gebucht. Wenn Sie hier sind, werden wir über die Gorkhaland-Frage nachdenken. Für Gorkhaland wurde bereits viel getan, aber es muss noch mehr getan werden. Mobsy hat ein paar Ideen."

Junali sagte: „Cool. Ich wusste, dass die Impfung nur ein Trick war! Du hattest etwas anderes im Sinn. Ihr habt schon so viel geholfen. Ich bin für das Leben verschuldet."

Mandira sagte: „Werde nicht sentimental. Ich werde Sie informieren, wenn beide Ihre Flugtickets gebucht sind. Bis dahin, entspann dich einfach."

Mai

Der Arbeitsplatz Ungerechtigkeit und Rebellion

Mobius Mukherjee hatte schlechte Laune. Er hatte gerade seinen Beurteilungsbericht erhalten. Er erhielt Ausgezeichnet, aber ohne Beförderung. Der Zuwachsbetrag war fair, aber was Mobius verärgerte, war, dass er selbst nach fünf Jahren keine Beförderung erhielt. Während er drei Jahre in der Handelsabteilung unter dem Drecksack Hitesh Gambhir, Präsident Commercial, war. Drei Jahre lang belästigte er die beiden weiblichen Offiziere in seiner Abteilung sexuell, indem er unzüchtige Kommentare abgab und Pornos auf seinem Handy zeigte, als sie über den Tisch saßen. Hitesh rief häufig die beiden Frauen in seiner Abteilung in seine Kabine. Er verriegelte die Tür von innen und zwang die Frau, sich nur mit Unterwäsche auszuziehen. Dann fotografierte er mit seinem Handy. Beide Frauen erhielten in all ihren Bewertungen „Ausgezeichnet", mit kräftigen Schritten, um ihr Schweigen zu wahren. Darüber hinaus wurden beide innerhalb von zwei Jahren nach ihrer Amtszeit in der Abteilung befördert.

Mobius, Nummer drei in der Abteilung, wusste, dass hinter den verschlossenen Türen etwas Fieses vor sich ging. Hiteh Gambhirs Kabine hatte keine Öffnung außer der Haupttür, die keine Glasscheibe hatte. Das Zimmer war fast schalldicht. Mobius versuchte gelegentlich, den beiden Frauen die Informationen zu entlocken, aber sie waren engstirnig. Im zweiten Jahr empfahl Mobius der Personalabteilung jedoch, alle hölzernen Kabinentüren zu entfernen und durch Milchglastüren zu ersetzen. Hitesh Gambhir erfuhr, dass Mobius dahinter steckte, und verdarb Mobius 'Einschätzung, indem er ihm einen Durchschnitt gab. Mobius erhob einen Ton und weinte darüber und übermittelte die ausschweifenden Taten von Hitesh Gambhir an das Top-Management, einschließlich des Geschäftsführers und Corporate Head of HR in ihrer Unternehmenszentrale in Mumbai.

Der Corporate HR Head rief Mobius ins Corporate Office und erklärte, dass er Beweise brauche, nicht nur Hörensagen. Mobius bat Trisha, HR ihre Version zu geben. Trisha stimmte zu, nachdem Hitesh Gambhir mutiger wurde und eines Tages, trotz der Glastür, ihre Brüste streichelte. Als Hitesh von der bevorstehenden Erklärung erfuhr, machte er sofort einen Brief, in dem er eine besondere Sanktion für einen Autokredit zu stark reduzierten Zinsen gab, die nur an die General Manager-Ebene und darüber gegeben wurde. Trisha war eine stellvertretende Managerin, die letztes Jahr befördert wurde, und versprach, innerhalb eines Jahres eine Managerin zu werden. Sehr zu Mobius 'Unzufriedenheit trat Trisha zurück, als sie von Corporate HR in die Zentrale gerufen wurde.

Kurz nachdem Mobius sein drittes Jahr in der Handelsabteilung absolviert hatte, empfahl Hitesh Gambhir während der Beurteilungsphase dem Management, dass Mobius in der Handelsabteilung nicht mehr benötigt werde. Der Wise MD verstand, was im Werk in Satna vor sich ging, und bat den Personalleiter des Werks, ein Schreiben herauszugeben, in dem Mobius von Commercial auf eine neu geschaffene Position im Corporate Image des Werks übertragen wurde. So wie Mobius den Brief erhalten würde, machte er den Kardinalfehler, Hitesh Gambhir einen Schimpansen mit einem niedrigen IQ zu nennen. Es gab Aufruhr unter den obersten Rängen des Unternehmensbüros und des Werksbüros in Mumbai, der von Ungehorsam und Disziplinlosigkeit geprägt war.

Sumitra ahnte die Konsequenz, eilte gegen den Wunsch ihres Mannes zum Büro des Unternehmens in Mumbai und entschuldigte sich persönlich beim Geschäftsführer. Der Geschäftsführer verstand die Gegebenheiten vor Ort und forderte die Personalabteilung des Werks auf, das Überweisungsschreiben auszustellen. Mobius berichtete an Manoj Pratap Trivedi's, Senior Vice-President Administration, in einer neuen Position, die für Corporate Image verantwortlich war, mit dem bestehenden Gehalt und der Bezeichnung. Manoj, ein enger Freund von Hitesh Gambhir, beschloss, Mobius schrittweise, aber ohne Beförderung, im Corporate Image zu halten. So waren es drei Jahre ohne Beförderung in Commercial und zwei Jahre im Corporate Image ohne Änderung, was zu fünf Jahren ohne Beförderung für Mobius Mukherjee führte. Er hatte allen Grund, verärgert zu sein, konnte aber nichts dagegen tun. Nachdem Mobius seinen Beurteilungsbrief erhalten hatte, schwärmte und schimpfte er im Büro von Manoj Pratap Trivedi.

"Sir, ich wurde nach fünf Jahren in der Organisation nicht befördert. Ist das Gerechtigkeit? Einige Schwachköpfe können kaum lesen oder schreiben und werden alle zwei bis drei Jahre befördert. Sykophantie und Vetternwirtschaft gehen in unserem Satna-Werk Hand in Hand ", beklagte Mobius.

Manoj antwortete: „Mobius, du wurdest auf mich gestoßen. Ich wollte dich nicht. In unserem Werk in Satna haben wir eine spezielle Abteilung für Sie eingerichtet. Die Abteilung Corporate Image existiert praktisch nur in unserem Corporate Office. Ich habe dir gute Zuwächse gegeben. Du kannst nicht um die Welt bitten."

Mobius konterte trotzig: „Sir, ich werde im Büro Anstand und Unternehmensetikette wahren. Sobald ich diese Organisation verlasse, schwöre ich bei Baba Loknath, werde ich in den Tempel gehen, die Glocken läuten und meine Kritiker verfluchen. Meine Seele wird nur dann in Frieden ruhen, wenn meine Feinde bei einem schrecklichen Verkehrsunfall sterben. In ihrem Todesmoment sollten sie mein Gesicht mit Buße in ihren Augen sehen. Aber das werde ich erst tun, wenn ich die Organisation verlasse. Ist Ihnen bewusst, dass Herr Hitesh Gambhir ein Ausschweifer und Schmeichler ist und in seiner Abteilung Sünden begangen hat?"

Manoj antwortete: „Mobius, du hast keinen Beweis dafür. Also lasst uns nicht darüber reden."

"Sir, seien Sie nicht so selbstgefällig. Wenn es nach deinem Freund gegangen wäre, hätte er es sich mit deiner Frau gemütlich gemacht."

"Mobius, du überschreitest die Grenzen. Du wirst mit einem weiteren Quietschen von dir aus der Organisation sein."

In diesem Moment trat Vijay Shrivastav, Senior General Manager (Mineral Resources) ein und zog Mobius aus Manojs Kabine. "Hör zu, Dummkopf, bist du verrückt, so mit deinem Chef zu reden, der dich bei 6 Fuß 4 Zoll wie eine Jelly Bean zerquetschen kann? Ich habe das ganze Gespräch vor der Tür gehört. Hör zu, Kumpel, tu, was du tun willst, aber diskret. Du musst ihm nicht alles erzählen. Gehe zum Tempel. Läute die Glocken. Verkünde deinen Fluch. Mein lieber Mobius, du kannst nicht gegen das Establishment kämpfen. Komm abends auf ein Bier zu mir nach Hause. Wir werden die Dinge besprechen. Sie werden sich besser fühlen. Hör zu, Mobius, das Top-Management mag dich im Corporate Office. Warum sonst sollten sie zustimmen, all Ihre Rennen landesweit zu sponsern, einschließlich zwei Marathons in Kuala Lumpur und einem in Singapur? Du bist ein Rockstar in Satna. Jeder kennt dich hier. In den Zeitungen kommt alle paar Tage etwas über dein Laufen heraus. Sie haben sogar ein Buch über das Laufen geschrieben, das bei Amazon und Flipkart gut läuft. Was willst du mehr? Eine pummelige Beförderung bedeutet nicht viel im Leben."

Mobius antwortete: „Vijay, du bist eine Person in der Organisation, die meine Notlage kennt. Wie auch immer, ich habe Manoj angelogen. Ich warte nicht mehr auf den Ruhestand. Ich gehe heute in den Tempel in unserer Kolonie, und wie du gesagt hast, um es diskret zu tun."

Vijay hielt sich beide Hände an den Kopf und schrie verzweifelt auf. "Mobius, du bist die Grenze. Wie auch immer, da du mein Kumpel bist, unterstütze ich dich."

Mobius besuchte den Tempel auf dem Gelände der Kolonie, läutete die Glocke und betete die Statuen von Lord Shiva, Durga Mata, Ganesha und Hanuman an. Er bückte sich und flüsterte Nandi, dem heiligen Stierkalb, Torhüter von Lord Shiva, ins Ohr: "Nandi, lass Hitesh Gambhir und Manoj Pratap Trivedi bei einem Verkehrsunfall sterben und in der Hölle brennen!"

Mobius kam aus dem Tempel, legte einen Zwanzig-Rupien-Schein in die Spendenbox, klingelte wieder bei der Tempelglocke und kam nach Hause. Sumitra stand auf dem Balkon und sah Mobius aus der entgegengesetzten Richtung einfahren. Sie fragte: "Wie kommt es, dass du von der Tempelseite der Kolonie zurückkehrst und nicht vom Büro?"

"Ich hatte etwas Arbeit im Tempel."

"Das ist wirklich cool", sagte Sumitra, "nachdem du die brodelnde Wut in dir gesehen hast, nachdem du deinen Beurteilungsbrief am Morgen erhalten hast, ist es gut zu wissen, dass du Frieden mit Gott gefunden hast."

"Bulle, ich bin gegangen, um Frieden zu finden. Ich wollte zwei Hurensöhne mit einem tödlichen Fluch belegen."

"Mach mich nicht fertig, Mobsy. Sag mir genau, was passiert ist."

Mobius beschließt, die Bohnen zu verschütten. Sumitra schob die Kaffeetasse auf den Tisch und erhob sich. Mobius stand auch mit einer Kaffeetasse in der Hand auf. Bei fünf Fuß zehn sahen beide wie Krieger aus, die im Begriff waren, die Schwerter zu kreuzen.

Mobius sagt zu Sumitra: "Sumi, kann ich meinen Kaffee friedlich zubereiten?"

Ein verärgerter Sumitra antwortet: „Nein, lieber Mobsy, das darfst du nicht. Stellen Sie die Kaffeetasse ab. Wir gehen jetzt zum Tempel, um den Fluch zurückzunehmen."

Ayushi meldete sich von hinten: „Bapi, ich habe alles gehört. In neunzig Prozent Ihrer Argumente mit Ma habe ich Sie unterstützt. Diesmal nicht, Bapi. Niemand hat das Recht, einem das Leben zu nehmen, auch nicht bei einer Blasphemie."

Als er Mobius ansah, erwiderte Sumitra: „Schau, Mobsy, selbst deine Tochter hat mehr Verstand als du. Sie hat absolut recht. Selbst bei Blasphemie haben Sie kein Recht, ein Leben zu nehmen. Gehen wir jetzt zum Tempel. Ich kann garantieren, dass selbst Mil, Mandy, Shivvy und Chandrika niemals zustimmen würden, was du getan hast. Und ja, sogar Junali."

Mobius zögerte, auf dem Rasen in der Nähe der Veranda in ihre Honda City einzusteigen. Sumitra stieg auf den Fahrersitz und winkte Mobius hinein. Ayushi, die in der Nähe ihres Vaters stand, sagte: „Bapi, ich habe Ma noch nie in meinem Leben so wütend gesehen. Dadu erzählte mir, dass ihr beide ihn an Modesty Blaise und Willie Garvin erinnert. Er gab mir das Buch zum Lesen. Es steht geschrieben, dass Willie gewinnen würde, wenn Modesty und Willie einen unbeschwerten Kampf hätten. Aber in einem ernsthaften Kampf wäre es Bescheidenheit. Bapi, dein Bizeps ist 14 Zoll groß und Ma ist mit 13 Zoll etwas kleiner. Ich denke, du solltest auf Ma hören ", und lachte.

Mobius lachte und sagte: "Pahadi Prinzessin, du hast meinen Sinn für Humor und den Intellekt deiner Mutter geerbt."

Dann legte Mobius seine Hände auf die Schultern seiner Tochter und rief: "Gut, Pahadi, es ist nicht umgekehrt passiert." Beide lachen unaufhörlich.

Ayushi verdoppelte sich fröhlich. "Bapi, bitte hör auf damit. Ich bekomme Lachkrämpfe."

Am Tempel stürzte sich Sumitra in einen Zug. Mobius sagte von hinten: "Was ist, wenn ich dir nicht zustimme?"

"Du wirst einen Clip hinter deinen Ohren bekommen, wenn du deinen Fluch nicht zurücknimmst. Erinnerst du dich, was passiert ist, als du acht Jahre alt warst?", antwortete Sumitra.

"Oye Sumi, du hast mich mit acht Jahren auf den Boden geheftet, weil meine Füße auf dem Gras rutschten."

Sumitra lächelte leicht: "Mobsy, schubse mich nicht und lass die Geschichte sich wiederholen."

Mobius lächelte und sprach mit sich selbst, laut genug, dass Sumitra hörte: „Was zum Teufel? Mit meiner Frau wegen zweier dreckiger Bastarde streiten? Okay, ich werde mit dir gehen, Sumi. Aber nur dieses Mal."

"Jetzt weiß ich, warum Mandy dich so liebt. Ihr seid beide gut darin, Sprüche zu verwenden ", sagte Sumitra.

Nach fünfzehn Minuten braute Sumitra gekonnt drei Tassen Kaffee und stellte die vertraute Routine für die Familie Mukherjee in der Durabuild Cement Limited Colony, Satna Plant, nahtlos wieder her, begleitet von einer lebendigen Mischung aus Fröhlichkeit, Pandämonium und Kameradschaft.

Juli

Eine strategische Unternehmensmission

Nachdem Mobius eine Reihe hitziger Auseinandersetzungen über seine Beförderung mit seinem unmittelbaren Vorgesetzten Manoj Pratap Trivedi hatte, wurde er in die Zentrale in Mumbai gerufen.

Mobius wurde gebeten, in der Lounge zu warten, die mit dem Zimmer des Arztes verbunden war. Nach zehn Minuten kam der MD herein und Mobius stand auf.

„Guten Morgen Mobius", sagte der Arzt lächelnd. Sie trug einen pastellfarbenen Chiffon-Sari, der ihre schlanke Figur akzentuierte. Der MD erinnerte Mobius an eine Schauspielerin, Kitu Kidwani. Sie winkte Mobius, sich hinzusetzen.

»Guten Morgen, Madame. Sehr schön, dich zu sehen ", antwortete Mobius.

"Was ist los, Mobius im Werk Satna? Hast du gehört, dass dein Wortschatz an der Front der "Sprüche" zunimmt?", fragte der MD.

"Tut mir leid, Madam. Ich werde mich verbessern ", antwortete Mobius beschämt.

"Verbessere deine Auswahl an Sprengstoffen, Mobius", sagte der MD und lächelte mit hochgezogenen Augenbrauen.

"Nein, nein. Was ich meinte, war, Ausdrücke aus meinem Wortschatz zu entfernen."

"Das ist unmöglich, Mobius", sagte der MD und lächelte immer noch. "Du weißt es genauso gut wie ich. Nun, es ein wenig einzudämmen, ist alles, was ich sage."

»Natürlich, Madam. Ich bin vielleicht zu weit gegangen. Ich entschuldige mich aufrichtig."

"Nun, Mobius, ich habe dich angerufen, um nicht über die Feindseligkeit zwischen dir und Herrn Manoj Pratap Trivedi zu sprechen. Das ist etwas, das ihr beide untereinander klären müsst. Wie geht es Ihrer Frau Sumitra? Ich habe sie ein paar Mal bei Familienfeiern im Werk während Diwali und dem jährlichen Sporttag unserer Kolonie getroffen. Ich erinnere mich, Sumitra getroffen zu haben, als sie vor ein paar Jahren kam, um sich für Ihre unangemessene Sprache gegen den ehemaligen Präsidenten des Handels, Herrn Hitesh Gambhir, zu entschuldigen."

»Ex-Präsident, Madam?«, fragte Mobius verwirrt. "Ich habe ihn vor ein paar Tagen in der Fabrik gesehen."

Der Geschäftsführer antwortete: "Unsere tiefsten Ängste wurden erkannt, und der Verwaltungsrat beschloss gestern, ihn sofort zu entfernen. Er hat eine Woche Zeit, die Kolonie mit Tasche und Gepäck zu verlassen. Er darf das Werksgelände seit gestern nicht mehr betreten. Erinnerst du dich an das Mädchen Trisha? Sie hat mir vor einer Woche die Bohnen verschüttet. Sie sprach mit meiner Sekretärin. Normalerweise überlasse ich es der Personalabteilung, solche Fälle zu bearbeiten. Aber sie wollte verzweifelt mit mir reden. Sie drohte, Selbstmord zu begehen, wie mir meine Sekretärin sagte. Da ich damals bei der Sekretärin war, beschloss ich, mit ihr zu sprechen. Trisha vertraute an, dass Herr Hitesh Gambhir ihr in den letzten fünf Jahren zwei Out-of-Turn-Promotionen gegeben hatte, was bedeutet, dass sie in sechs Jahren drei Promotionen hatte. Herr Gambhir überlegte sich eine Amortisationszeit und wollte Sex mit Trisha haben und lud sie letzten Samstag unter dem Vorwand einer inoffiziellen Diskussion über Kalksteinversand zu sich nach Hause ein."

"Mr. Hitesh Gambhir ist selbst die Inkarnation des Teufels", rief Mobius verächtlich.

Der MD schimpfte: „Mobius, bitte bremse deine Sprengsätze. Obszönität wird bei dir zur Gewohnheit. Hat Ihre Frau nichts dagegen?"

Mobius antwortete verlegen: „Ich bekomme oft ein Ohr von ihr. Ich schätze, alte Gewohnheiten sterben hart!"

Der MD antwortet: "Mobius, ich mag deinen Sinn für Humor. Aber dir ist klar, dass ich dich nicht immer an dieser Front beschützen kann. Wie auch immer, zurück zu dem Punkt, an dem ich angefangen habe. Die Frau von Herrn Gambhir war im Haus ihrer Eltern in Noida. Trisha erzählte mir auch, dass sie Sie über die Gräueltaten von Herrn Gambhir in der Vergangenheit informiert hatte und Sie HR entsprechend informiert hatten. Aber im richtigen Moment zog sie sich von einem Treffen mit dem Personalchef zurück, als sie von Herrn Gambhir einen weichen Autokredit erhielt. All das war mir zu Ohren gekommen. Jetzt halte das vertraulich, Mobius. Der Vorsitzende ist, wie Sie wissen, mein Vater. Er hat ein paar enge Geschäftspartner, und Herr Gambhir, der Neffe eines von ihnen, erhielt den Pflaumenposten des President Commercial. Natürlich war Herr Gambhir für den Job qualifiziert. Jetzt hat mein Vater seinen Fehler erkannt und uns gesagt, dass wir handeln sollen."

"Gut, Madam. Es war eine sehr richtige Entscheidung. Jeder im Werk wird erschüttert sein." Mobius fühlte sich sehr erleichtert und glücklich. Er konnte seine Aufregung nicht zurückhalten.

Mobius bestätigte weiter mit einem Ohr-zu-Ohr-Grinsen: "Madam, selbst Mr. Trivedi würde erschüttert werden, da er Mr. Hitesh Gambhirs enger Kumpel war."

Der Arzt bemerkte das große Grinsen und sagte: „Mobius, ich wusste, dass Sie sich über die Nachricht freuen würden, also dachte ich, ich würde sie Ihnen persönlich geben. Das ist jedoch nicht der Grund, warum ich dich heute angerufen habe."

„Ich habe viel über Ihre Unterstützung der Gorkhaland-Bewegung gehört. Wie ernst nehmen Sie diesen Kreuzzug?"

"Madam, ich habe meine persönlichen Absichten nie mit meiner beruflichen Laufbahn überschneiden lassen. Beide sind getrennte Einheiten. Praktisch geht mein gesamter Urlaub in die Gorkhaland-Frage. Zum Glück war die Personalabteilung sehr großzügig und hat mir Sonderurlaub für meine Rennen gewährt, was sich gut ausgleicht. Dank Ihnen, Madam, bin ich Ihnen sehr dankbar."

„Mobius, wir haben dich in der Zentrale sehr lieb. Unsere Vorliebe für Sie sollte jedoch nicht für die Verwendung von Ausdrücken und Fehlverhalten bei Senioren missverstanden werden."

"Madam, es wird nicht wieder vorkommen, das verspreche ich Ihnen."

"So sei es dann", antwortete der MD.

„Kommen wir nun zur anderen Angelegenheit. Wir planen, einige Einbrüche in die Zementherstellung in der Region Westbengalen zu machen, die als Gorkhaland und die nordöstlichen Staaten diskutiert wird. Wir planen, mit den Bezirken Darjeeling und Kalimpong zu beginnen. Darjeeling, der nördlichste Bezirk der Jalpaiguri-Division, ähnelt einem umgekehrten Keil, dessen Basis auf Sikkim ruht und dessen Seiten Nepal, Bhutan und den Jalpaiguri-Distrikt in Westbengalen berühren. Im Gegensatz dazu wurde Kalimpong am 7. Februar 2017 ein Distrikt."

"Aber, Madam, es gibt keine Kalksteingürtel in diesen Gebieten."

"Wir werden das gesamte Rohmaterial auf der Straße in Lastwagen bekommen; unsere fertigen Produkte werden den gleichen Weg gehen", antwortete der MD.

Nach einer Pause fuhr der MD fort. „Es gibt etwa ein Dutzend Zementunternehmen im Nordosten, hauptsächlich in Assam und Meghalaya. Sternzement in Meghalaya ist der größte Akteur."

„Ja", erwiderte Mobius. "Sie haben Pflanzen in Meghalaya, Assam und Westbengalen. Darüber hinaus genießen die in der Nordostregion tätigen Zementunternehmen im Rahmen der North East Industrial Investment Promotion Policy (NEIIPP) Konzessionen und Steuererleichterungen."

"Und wenn Gorkhaland gebildet wird, wird eine Menge Infrastruktur in diesem Bereich aufgebaut", fügte der MD hinzu. "Das ist, wenn überhaupt Gorkhaland gebildet wird."

"Natürlich wird Gorkhaland geboren."

"Wirst du der Vater sein?", fragte der MD in einem humorvollen Ton.

"Mein Bauchgefühl, Madam, ist, dass Gorkhaland Indiens 30. Bundesstaat werden wird. Es besteht kein Zweifel, dass wir gewinnen werden ", antwortet Mobius ernsthaft.

"Mobius, du hast eine Gorkha-Mutter. Du sprichst fließend Bengali, Hindi, Nepali und Englisch. Unser Top-Management möchte, dass Sie Ihre Sache für Gorkhaland fortsetzen, ohne mit dem Gesetz in Konflikt zu geraten. Ich habe diese Angelegenheit mit dem Vorsitzenden und dem Verwaltungsrat besprochen. In einstimmiger Entscheidung vermitteln wir Sie in ein spezielles Projekt zur Verbreitung von Tentakeln in Westbengalen und dem Nordosten. Ich stelle mit Ihnen ein junges Team auf. Sie sind weiterhin für die Corporate Image-Abteilung verantwortlich, verbringen aber weniger Zeit damit. Sie bleiben in den Räumlichkeiten der Kolonie im Werk Satna, da Ihre Frau Sumitra ihr Büro in Satna für CSR-Arbeit hat. Aber jeden Monat müssen Sie in den ersten Monaten möglicherweise eine Woche in Westbengalen und Assam verbringen. Später vielleicht Meghalaya. In Corporate Image wird Ihre Assistentin, Vandana Singh, befördert, berichtet aber an Sie. Ich befördere dich, Mobius, zum stellvertretenden Vizepräsidenten - Sonderprojekte. Hier ist Ihr Brief, Mr. Mobius Mukherjee." Der MD fischte den Brief in einem Umschlag heraus und reichte ihn Mobius.

Mobius war fassungslos. Er war sprachlos. Der MD fuhr fort. "Sie werden nicht mehr an Herrn Manoj Pratap Trivedi berichten, sondern an den Finanzleiter Jaspinder Singh Arora in der Finanzabteilung des Werks."

"Wow", murmelte Mobius. "Das ist großartig! Ich habe keine Worte zu sagen, Madam. Ich danke Ihnen auf ewig für Ihr Leben, Madam!" Mobius 'Augen wurden feucht.

"Okay, Mobius, ich habe in fünf Minuten ein Meeting. Alles Gute ", sagte die Ärztin, die aufstand und ihre Hand ausstreckte, und dann mit einem Augenzwinkern:„Mach den neuen Auftrag Mobius nicht kaputt." Beide lachten herzlich.

Mobius erhob sich und sprach ernsthaft: „Madam, ich habe eine bescheidene Bitte. Manisha Rai, die derzeitige Präsidentin der Gorkha National Unity Front, die nach dem Tod des Kriegsveteranen Lachhiman Gurung die Zügel in die Hand nahm, hat mich eingeladen, ihrem Kernkomitee beizutreten, sofern dies mit der Politik von Durabuild Cement Limited übereinstimmt. Bemerkenswerterweise schlug sie sogar die Rolle des Vizepräsidenten vor, die zweithöchste Position. Manishas Tante Junali, die als Generalsekretärin fungierte, versicherte mir, dass ich nicht an allen ihren Sitzungen teilnehmen müsse. Junali ist seit der Gründung der Gorkhaland-Bewegung eine führende Kraft für Manisha."

MD lächelte und antwortete: „Sicher, Mobius. Bitte fahren Sie fort. Ich werde eine besondere Genehmigung unseres Vorstands einholen. Sie erhalten die notwendige Erlaubnis, um an den Sitzungen des GNUF-Kernausschusses teilzunehmen. Tatsächlich begrüße ich diese Zusammenarbeit. Ihr Engagement bei GNUF steht im Einklang mit den Zielen unseres Unternehmens. Wir können diskret Mittel aus unserem Corporate Social Responsibility-Konto zuweisen, um ihre Sache zu unterstützen. Wir werden diese Angelegenheit klug angehen. Mobius arbeitet daran, GNUF zu fördern und ihnen zu helfen, an Zugkraft zu gewinnen. Ermutigen Sie ihren Erfolg bei den bevorstehenden Wahlen. Begleiten Sie bei Bedarf Manisha Rai und ihre Tante Junali zu einem Treffen mit dem Innenminister in Delhi. Ich habe Verbindungen im Innenministerium, die die Vereinbarung erleichtern können."

Der Geschäftsführer hielt kurz inne und fragte dann: „Übrigens, Mobius, wie würden Sie Ihre Beziehung zu Junali beschreiben?"

Etwas verblüfft antwortete Mobius vorsichtig: "Junali und ich teilen eine Bindung, die der von Geschwistern ähnelt."

Als sie sich der Tür ihres Büros näherte, drehte sich MD um, lächelte und bemerkte: „Das ist wunderbar zu hören, Mobius. Dränge weiter auf Gorkhaland."

September
Das Gorkhaland-Dilemma meistern

Im Büro des Premierministers herrschte überirdisches Schweigen. Es war nach 23 Uhr mit der regulären Z-Sicherheit vor dem Raum. Der Premierminister hatte seine Sekretärin gebeten, nach Hause zu gehen.

Der Innenminister saß am Tisch. Es war niemand sonst im Raum. Der Innenminister sprach: "PM Sir, eine kleine Bitte: Was auch immer ich Ihnen sage, bleibt vertraulich. Kein Wort zu einem Ihrer Berater oder Minister."

Der Premierminister streichelte seinen weißen Bart und antwortete: „Motabhai, du hast mein Wort. Habe ich dich jemals im Stich gelassen?"

Nach einer Pause fuhr der Innenminister fort: „Ich habe das Gorkhaland-Problem in Westbengalen genau verfolgt, ungeachtet der Beiträge, die ich von Didi bekomme. Sie ist stark voreingenommen und vermittelt immer ein verdorbenes Bild der Gorkhaland-Bewegung. Nach den Unruhen in Darjeeling wurde mir klar, dass die westbengalische Regierung den Gorkhas einen rohen Deal gegeben hatte. Sie haben den Gorkhas absichtlich nicht erlaubt, eine angemessene Ausbildung in ihren Bezirken zu erhalten. Die meisten guten Schulen in Pedong und Kalimpong sind selbsttragende Missionsschulen. Ein Flammpunkt war der Protest, der begann, nachdem die westbengalische Regierung am 16. Mai 2017 angekündigt hatte, dass die bengalische Sprache in allen Schulen im ganzen Staat obligatorisch sein sollte. Dies wurde vom von Gorkha Janamukti Morcha (GJM) verwalteten Gebiet, in dem die meisten Menschen Nepali sprechen, als Auferlegung einer fremden Kultur interpretiert."

Der Premierminister unterbrach: "Aber Motabhai, jeder Staat hat das Vorrecht, darauf zu bestehen, dass seine Staatssprache auf allen Schulstufen unterrichtet wird."

Die HM erklärte: „Die Gorkha-Kinder sprechen bereits fließend Englisch, Hindi und Nepali. Die nepalesische Sprache ist eine akzeptierte indische Sprache. Auf unseren Banknoten der Reserve Bank of India sind 15 Sprachen aufgedruckt. Dies ist zusätzlich zu dem Hindi, das in der Mitte und Englisch auf der Rückseite der Notiz angezeigt wird. Die in der nepalesischen Schrift erwähnte Bezeichnung befindet sich in der neunten Zeile zwischen den Marathi- und Oriya-Schriften. Die Gork haben in all den Jahren nie Probleme gemacht, außer für politisch motivierte Personen, die abtrünnig wurden. Didi behandelte sie mit eiserner Hand. Selbst jetzt, wenn frühere Amtsträger einer verbotenen Gorkha-Organisation auftauchen, wird die Polizei von Westbengalen sie verhaften und ihnen Ärger machen."

Nach einer Pause fuhr der HM fort: „Aber was ich Ihnen sagen werde, ist ein großes Geheimnis. Ein Lumpenteam macht sich langsam, aber stetig auf den Weg zu einer neuen Staatlichkeit - Gorkhaland. Nichts, worüber man sich beunruhigen müsste ", antwortete der HM.

Der Premierminister bemerkte: „Dann ist es egal. Verschwenden wir nicht unsere Zeit."

Der HM antwortete: "Machen Sie sich keine Sorgen, PM Sir. Wenn es ein solches Problem gibt, werde ich mich persönlich darum kümmern. Einige Zivilisten stehen hinter dieser engagierten bunten Gruppe für die Gorkhaland-Sache. Würde mich nicht wundern, wenn einige von ihnen Nicht-Gorkhas sind."

Der Premierminister antwortete: "Kein Problem damit, solange es keine ausländischen Elemente wie die CIA, den KGB oder ISI-Agenten gibt."

"Glaubst du, Putin könnte dahinter stecken?", kicherte der HM.

"Vielleicht, Motabhai. Jede ethnische Säuberung in unserem Land kann zu Destabilisierung führen. All die Großkonzerne wie China, USA und Russland würden es lieben, wenn sich Indien vor inneren Störungen winden würde."

Der Premierminister wechselte das Thema und fuhr fort: „Das Land möchte die Minderheitengruppe, die geplanten Kasten oder Stämme umarmen. Die eigentliche Minderheit in unserem Land sind die sogenannten Pandits. Sie hatten einen rohen Deal in Kaschmir."

Der Herr antwortete: "Trotz ihrer Intelligenz, ihres Reichtums und ihrer königlichen Abstammung bedauern es die Pandits heute. Ich bemitleide sie."

"Was ist zu tun, Motabhai? Wir können nur einige Leute glücklich machen. Heutzutäge ist es gut, entweder eine niedrige Kaste oder eine Frau zu sein - viele Anreize für sie. Ich erinnere mich, dass es vor vielen Jahren im Obersten Gerichtshof von Kerala in Kochi (damals Cochin) einen tatsächlichen Fall eines medizinischen Sitzes unter der reservierten Quote gab, der an einen geplanten Kastensohn eines Richters am Obersten Gerichtshof ging, der nur durchschnittliche Noten hatte. Im Gegensatz dazu erhielt der Sohn eines Brahmanen Peon im selben Gericht keinen Sitz, obwohl er sehr gute Noten erhielt und die Top 20 der allgemeinen Quote knapp verfehlte. Die Öffentlichkeit war schockiert, und die Presse kämpfte mit Zähnen und Klauen um den Sohn des Brahmanen Peon, aber am Ende spitzte sich alles zu. Nichts änderte die Gleichung. Das ist die Ironie hinter dem Gesetz des Landes."

Der Abteilungsleiter antwortete schnell: „Es gibt nichts, worüber man sich falsch fühlen könnte, PM Sir. Wie du richtig gesagt hast, ist dies nur das Gesetz des Landes. Manchmal werden unsere Prinzipien kompromittiert. Manchmal, wenn wir Staaten wie Uttarakhand, Chhattisgarh und Jharkhand haben, warum nicht Gorkhaland? Die Gorkhas sind erheblich von Soldaten oder Wächtern aufgestiegen. Außerdem könnten wir unsere Party dort installieren, wenn wir Gorkhaland aus Westbengalen abschneiden lassen. Wir können wegen dieser Frau keine Streifzüge nach Westbengalen unternehmen. Sie bereitet uns Kopfschmerzen, nicht die Gorkhas."

Der PM lächelte. „Motabhai, du wirst alt, senil und emotional. Es ist jetzt fast Mitternacht. Ich muss um 4 Uhr morgens für meine Yogastunde aufstehen. Gute Nacht, Motabhai."

Der HM antwortete: "PM Sir. Gute Nacht."

Der Kalimpong-Plan, Adresse und Flucht (2022)

Das Wetter in Kalimpong war im Juli ungewöhnlich feucht. Mobius und Junali vermessen das Hauptspielfeld der Stadt, auf dem Fußballspiele stattfanden. Es wurde erwartet, dass sich 80 Prozent der lokalen Bevölkerung und andere Besucher aus nahe gelegenen Dörfern und Darjeeling in zwei Tagen versammeln würden. Der Fußballplatz war eingezäunt, mit nur einer Öffnung zum Betreten und Verlassen. Das erste, was Mobius mit Junali besprach, war die Anordnung der Zuschauer auf dem Spielfeld.

Von einem erhöhten Punkt mit Blick auf das Fußballfeld bemerkte Mobius: „Schlechte Wahl, Junali. Jeder wird eingezäunt sein. Viele Menschen kommen aus Darjeeling, Jalpaiguri, Siliguri und anderen Orten, um Manisha zu hören. Ich habe Subham Golam am Morgen getroffen. Er erzählte mir, dass seit gestern Abend bereits 20 Polizisten mit ihren Pferden in Kalimpong waren und sich in der Polizeikaserne aufhielten. Etwa 50 Polizisten und Frauen kamen heute Morgen in Kampfausrüstung in Helmen, Gesichtsschilden und Schlagstöcken an. Sie haben auch Ellenbogenpolster und Schienbeinschoner darauf. Das bedeutet, dass sie Ärger machen werden. Die westbengalische Regierung will nicht, dass diese Rede erfolgreich ist."

"Mobsy, du bist zu pessimistisch. Die Polizei ist nur hier, um uns Angst zu machen. Das ist alles. Sie werden nichts tun ", antwortete Junali.

Mobius überlegte: „Nein, Junali. Das ist ernst. Polizisten auf dem Pferderücken und Polizisten und Frauen, die vollständig mit Schutzkleidung bekleidet sind. Sie sind hier, um Ärger zu machen. Recht und Ordnung nicht aufrechtzuerhalten. Du musst die Politik Westbengalens besser verstehen als ich Junali. Ich bin von einer gemischten Rasse. Halb Gurkha, halb Bengali. Es ist CMs Amortisationszeit. Ist Ihnen aufgefallen, dass es heute keine Journalisten hier in Kalimpong gibt? Da stimmt etwas nicht. Ich werde jetzt meine Journalistenfreunde anrufen."

Mobius telefonierte ein paar Mal.

"Junali, meine Vermutung war richtig. Alle Pressefahrzeuge wurden heute daran gehindert, Kalimpong zu betreten. Die Polizei hat Barrikaden errichtet und überprüft jedes Fahrzeug. Alle Autos mit einem PRESSESTICKER werden aufgefordert, zurückzukehren."

"Aber das ist gegen das Gesetz", antwortete Junali in einem verärgerten Ton.

"Junali. Dies ist das Gesetz, das auf Geheiß des Chief Ministers gegen das Gesetz verstößt. Gut, dass wir Subham an unserer Seite haben, der alle Informationen über polizeiliche Aktivitäten weitergibt. Jedenfalls habe ich meine Buddy-Journalisten von Anandabazar Patrika, Ganashakti und Ei Samay Sangbadpatra informiert, um so schnell wie möglich ohne den Presseaufkleber hierher zu gelangen. Ganashaktis Journalist ist zum Glück für uns in Jalpaiguri und besucht seine Dadima (Großmutter). Er kommt mit dem Fahrrad und wird mit seinem Kameramann von Jalpaiguri anreisen. Sie werden wie Touristen gekleidet sein, so dass die Videokamera keine Aufmerksamkeit erregt. Einige andere Journalisten, die zurückgeschickt wurden, haben mich gebeten, Bilder auf WhatsApp mit **einer** kurzen Beschreibung von Manishas Rede zu senden. Sie werden es in den Zeitungen veröffentlichen."

Junali jubelte: „Wow, Mobsy! Du hast wirklich ein gutes Verhältnis zur Presse."

"Junali, ich habe es dir nicht gesagt. Ich bin Goldmedaillengewinner in meinem Postgraduiertenstudium in Journalismus. Ich habe meinen Journalismuskurs parallel zu meinem regulären MBA absolviert. Früher habe ich Abendkurse für meinen Journalismus-Kurs besucht ", antwortete Mobius bescheiden.

"Okay. Deshalb kennen Sie sich mit Staatlichkeit und der Funktionsweise des politischen und rechtlichen Systems des Landes aus. Das ist toll. Ich entdecke jeden Tag einen neuen Mobius Mukherjee. Sumi ist auch Ihr perfekter Partner. Ihr macht eine Gewinnkombination."

Mobius lächelte: "Je weniger gesagt, desto besser." Mobius und Junali lachten unisono.

In diesem Moment kam Subhams Anruf durch: „Mr. Mukherjee. Weitere Probleme nach den Reitern und der Bereitschaftspolizei, fünf

Polizeiwagen sind gerade in Kalimpong angekommen. Ich fürchte, es sieht nicht gut aus."

„Danke für die Informationen, Subham. Halte mich auf dem Laufenden."

Mobius sah Junali an, der schnell nachdachte. "Ich rufe Manisha an, um uns im Barsana Restaurant an der Upper Cart Road zu treffen und das Restaurant von der Hintertür der Küche aus zu betreten."

Das Restaurant war ziemlich überfüllt und hatte eine obere Etage, die klimatisiert war. Es hatte auch fünf Zimmer für Mieter, die der Familie des Eigentümers bekannt waren. Also, offiziell stellte das Restaurant die Zimmer nicht dem typischen Touristen aus, der Kalimpong besuchte. Da Junali den Besitzer kannte, erhielten sie einen Platz, um einen guten Blick auf das Feld zu bekommen, auf dem die Rallye stattfinden würde. Auch ohne Bestellung wurde ein Tablett mit drei Limonadenlimonaden und drei Tellern Chicken Momos in den Raum geschickt.

Mobius sagte zu dem Duo: „Aufgrund von Junalis Gastfreundschaft. Es macht mir nichts aus, mich in Kalimpong niederzulassen."

"Vielleicht werden Sie und Sumi Didi sich eines Tages hier niederlassen, Baagh Bhai, und wenn das passiert, werde ich mich zutiefst geehrt fühlen", lächelte Manisha als Antwort.

„Danke, Manisha. Jetzt ist etwas Ernstes aufgetaucht. Die Polizei ist hier in Kalimpong in voller Kraft - 20 Polizisten zu Pferd, 50 Polizisten und Frauen in voller Ausrüstung und 5 Mini-Polizeibusse mit einer Kapazität von jeweils 20 Verletzern. Es bedeutet, dass sie planen, mindestens 100 Demonstranten zu verhaften. Alle werden freigelassen, aber es würde bedeuten, die Namen, Adressen und Kontaktnummern aller prominenten Mitglieder der Gorkha National Unity Front und der Mitglieder der Run Manisha Foundation, die an der Kundgebung teilnehmen, in zwei Tagen zu notieren.

In diesem Moment rief Subham an: „Herr Mukherjee, auch Tränengaskanister sind eingetroffen. Du und Junalis Namen stehen auf der Trefferliste für eine Verhaftung. Herr Mukherjee, das ist ein schlechter Zeitpunkt für eine Kundgebung. Die Würfel werden gegen dich geladen. Ich bitte euch, Manisha Didi und Junali Tante, die Kundgebung abzusagen. Sie könnten sogar so weit gehen, Manishas Eltern zu verhaften."

"Subham. Vielen Dank für die Info. Keine Panik. Wir werden etwas planen."

"Okay, Mr. Mukherjee. Wenn Manisha Didi bei Ihnen ist, sagen Sie ihr bitte, dass ich mein Bestes geben werde, um meine Schwester zu schützen, aber ich habe Angst um sie, Junali-Tante, und Sie, Sir."

"Bleib cool, Subham. Mach dir keine Sorgen."

Mobius wendet sich an Junali und Manisha: „Die Polizei ist bei den Verhaftungen unschlagbar. Sie zielen auf Junali und mich. Nun, das ist etwas, was wir tun müssen. Zum einen verkünden wir zum geplanten Zeitpunkt der Rallye um 14 Uhr, dass die Rallye auf 18 Uhr verschoben wird. In Kalimpong geht die Sonne um 18:30 Uhr unter. Wir werden die Generatorlichter um 18:15 Uhr einschalten. In den ersten fünfzehn Minuten wird es eine kleine Einführung von mir auf Bengalisch geben. Dann wird Junali fünfzehn Minuten lang auf Hindi sprechen und einen Überblick über Manishas bevorstehende Rede geben. Manisha beginnt um 18:30 Uhr auf Nepali zu sprechen. Ihre Rede dauert eine Stunde. Als sich die Polizei in der Gegend ansammelte, schalteten wir plötzlich das Licht aus. Außerdem wird Junali die Ladenbesitzer in der Gegend informieren, dass sie bei Problemen das Licht ausschalten sollen. Junali, wir müssen auch Vorkehrungen treffen, um den Bambuszaun an etwa sechs oder sieben Stellen abzuschneiden, damit die Öffentlichkeit nach eigenem Ermessen ein- und ausziehen kann und nicht eingeengt wird."

Junali antwortete prompt: „Fertig. Unsere Freiwilligen werden diese Punkte besetzen, um ein Eingreifen der Polizei an diesen Punkten zu verhindern. An jedem dieser Punkte werden mindestens drei gut gebaute Männer sein. Das erhöhte Feld, auf dem die Bühne einen kleinen Streifen hinter sich hat, auf dem die wichtigsten Mitglieder des GNUF-Komitees durch Edwards Bäckerei schlüpfen können, und anstatt durch die gewundene Straße darunter zu gehen, ziehen sie durch die Hintertür zur privaten Residenz von Subhams Onkel, einem pensionierten Armeeoffizier, Major Golam. Die sechs Ausschussmitglieder verstecken sich darin. Bis dahin wird es so viel Chaos geben, dass die Polizei nicht daran denken wird, die Residenz von irgendjemandem zu betreten, geschweige denn das Haus eines Soldaten."

Mobius intervenierte: "Ich und Manisha werden auf der Bühne bleiben und verhaftet werden."

Manisha entgegnete: „Das Ballspiel ändert sich hier, Baagh Bhai. Nur ich werde verhaftet. Nicht du. Junali und ich hatten etwas geplant, bevor du in Kalimpong ankamst. Junali bringt Sie den Teesta-Fluss hinunter, der 10 Kilometer lang ist. Von hier aus auf einem abgelegenen, ihr wohlbekannten Weg. Sie fahren mit dem Boot weiter entlang des Teesta-Flusses, um mit Rudern nach Sikkim zu gelangen. Junali wird dir den Weg von dort nach draußen zeigen. Die Polizei von Westbengalen kann dich in Sikkim nicht anfassen."

Mobius mutmaßte: "Was ist falsch daran, mich verhaften zu lassen?"

Manisha rekapitulierte mit gefalteten Augenbrauen: „Baagh Bhai, du hast bereits genug Opfer für unsere Gemeinschaft gebracht. Im Gegensatz zu mir bist du verheiratet und hast eine Tochter. Ich kann unmöglich deine Familie in einer politischen Kontroverse gefährden, obwohl du Vizepräsident der Gorkha National Unity Front bist. Außerdem sind Sie in einem regulären Unternehmensjob. Auf keinen Fall, Baagh Bhai. Ich befehle dir, mit Junali zu fliehen." Dann, nach einer Pause, mit einem Grinsen: "Du solltest manchmal auf deine kleine Schwester hören, Baagh Bhai."

Mobius lächelte. "Okay, Bossschwester. Jetzt machen wir uns auf den Weg. Wir haben viel zu tun. Übrigens, gute Nachrichten, das Top-Management hat nichts gegen meinen Kreuzzug für Gorkhaland."

Junali jubelte mit jubelnder Stimme: „Herzlichen Glückwunsch, lieber Mobsy! Bevor wir etwas weiter planen, lassen Sie uns die Momos fertigstellen." Junali packte ihren Teller.

Die Kalimpong-Adresse

Mobius hielt seine Adresse in Bengali, während die Sonne uber dem Berggipfel schwebte. Als er neben Manisha auf dem Podium saß, wusste er, dass die Sonne untergehen würde, wenn Junali ihre Rede auf Hindi in 15 Minuten beenden würde. Wie geplant beleuchtete der Generator um 18:15 Uhr das Feld mit einem unheimlichen gelben Leuchten. Auf Stichwort stand Manisha auf, um zu sprechen und schritt auf das Podium. Es gab einen großen donnernden Applaus, der quer durch das Tal hallte. Intermittierend gab es Schreie von "Manisha Behene Zindabad!"

Manisha machte einen Namaste und winkte der Menge, sich auf den Boden zu setzen. Manisha sprach zuerst über den Ruhm, ein Gorkha zu sein. Dies war der erste Teil der Rede. Als sie fertig war, begann die

Menge Jai Hind Jai Gorkha Slogans zu singen. Mobius beobachtete, dass Polizisten auf Pferden im Hintergrund trabten. Er konnte 20 von ihnen zählen. Subham hatte vollkommen Recht. Die Menge wurde unruhig, als Manisha mit dem zweiten Teil ihrer Rede über die Ungerechtigkeit der Gorkhas begann. Immer mehr Polizisten zu Fuß in Kampfausrüstung tauchten auf dem Feld auf. Die stämmigen Gorkhas, die die Zaunöffnungen besetzten, verhinderten jedoch, dass sie in das Gebiet eindrangen. Junali hatte die Männer gut ausgewählt. Alle von ihnen waren lokale Fitnessstudio-Mitglieder und hatten einen gewölbten Bizeps von 16 Zoll und mehr.

Inspektor Subham Golam stand an der nordwestlichen Ecke des Feldes. Er gab Mobius das Signal, indem er seine Mütze abnahm und sich die Stirn mit einem Taschentuch abwischte, was darauf hinwies, dass die Polizei ihren Zug machen würde.

Mobius 'Augen scannten die Umgebung des Feldes. Sie waren von berittener Polizei und Polizei in Kampfausrüstung umgeben. Manishas Stimme erhob sich zu einem Crescendo. Die Menge skandierte auf Nepali: „Geburt einer neuen Staatlichkeit! Tod denen, die sich der Staatlichkeit widersetzen! Tyrannen kehren zurück!"

Subham sah die aufgeregte Menge an, und eine wachsende Panik überkam ihn. Er wusste, dass sein Bruder Gorki die heilige Waffe Khukri in ihrer Kleidung getragen hatte. Die berühmte Allegorie um seine Gemeinde beinhaltete das Ziehen von Blut, wenn der Khukri aus seiner Scheide entfernt wurde. Daher wusste Subham, dass der Khukri, sobald er ausgezogen war, Blut abziehen musste. Eine kleine Kerbe an der Klinge, von wo aus sie mit dem Griff verbunden wurde, sorgte dafür, dass der Gorkha seinen eigenen Daumen kratzte und Blut zog, für den Fall, dass er den Khukri nicht benutzen wollte, nachdem er ihn abgezogen hatte. Dies schuf in den Köpfen der Gorkha ein Verständnis dafür, dass das Erbe seiner Vorfahren nicht gefährdet war.

Durch den Augenwinkel sah Subham einen Gorkha, der den Schlachtruf der Gorkhas sang: „AYO GORKHALI!" In seiner ausgestreckten rechten Hand befand sich der nackte Khukri, die Klinge, die das Licht der Röhrenlichter im Feld reflektierte. Shubham blinzelte mit den Augen, um einen Blutfleck auf der Kerbe des Khukri zu sehen. Die Zeichnung des Kukri aus seiner Hülle war eine symbolische. Es wurde jedoch von der Bereitschaftspolizei als Zeichen der Aggression missverstanden. Fünf Bereitschaftspolizisten gingen mit hochgehaltenen

Schlagstöcken auf Tor Nummer drei zu. Subham nahm sofort seine Mütze ab und wischte sich mit einem weißen Taschentuch die Stirn ab. Mobius nahm das Stichwort und signalisierte dem Mann auf der östlichen Seite des Feldes. Der Generator stotterte zum Stillstand. Alle Lichter auf dem Feld wurden ausgeschaltet. Die Ladenbesitzer, die auf das Signal warteten, schalteten ihre Lichter in den Geschäften aus und begannen, ihre Rollläden herunterzufahren. Nun lagen das gesamte Feld und die Umgebung im Dunkeln. Pandämonium löste sich. Manisha stand still auf dem Podium und hob die Hände, um die Menge zu beruhigen. Junali packte Mobius 'Hand und rannte den schmalen Weg zu Edwards Bäckerei hinunter. Junali hatte eine Bleistifttaschenlampe in der anderen Hand. Sie konnten die Schreie der Frauen und die Schlachtrufe der Gorkhas im Einklang hören.

Die Kalimpong-Jagd

Ein granitgefliester Weg von der Hintertür der Edwards Bakery führte zu einer kleinen Nebenstraße, die sich zu einem Waldweg hinunter zum zehn Kilometer entfernten Teesta River schlängelte. Junali hielt am Anfang des Waldweges an. „Aus offensichtlichen Gründen werden wir nicht den Weg hinuntergehen, sondern durch die Eichen. Ich kenne diesen Ort seit meiner Kindheit, also mach dir keine Sorgen. Was war deine bisher beste 10.000?"

Mobius antwortete: "An einem schlechten Tag kann ich es immer noch in 52 Minuten schaffen."

"Gut, aber du musst hinter mir herlaufen. Gehen wir." Der Mond war halbmondförmig und überschüttete seine Mondstrahlen, was nur ausreichte, um sich durch die Bäume zu bewegen, aber nicht, um sich für andere sichtbar zu machen. Mobius konnte Junalis Schweiß riechen, der hinter ihr lief und sie anmutig über Kalimpongs grünes Feld schreiten sah, was angenehme Erinnerungen an die 25 km mit Junali in Kalkutta zurückbrachte.

Sie waren fast 15 Minuten gelaufen, und Mobius konnte sehen, wie der Teesta-Fluss das Mondlicht wie Silbersplitter reflektierte, die den Fluss hinunterrutschten. Aber genauso weit hinten war das Geräusch von bellenden Hunden. Mobius und Junali erkannten sofort, dass sie Polizeispürhunde waren, höchstwahrscheinlich Deutsche Schäferhunde, vor denen Subham Mobius gewarnt hatte.

Junali packte Mobius 'Arm und sagte: „Wir werden niemals in der Lage sein, die Elsässer zu überholen. Aber ich hatte damit gerechnet." Junali holte einen kleinen Beutel mit schwarzem Pfeffer heraus und begann, ihn um eine große Eiche zu streuen. Das Bellen wurde lauter, und zusammen mit den Hunden ertönte das Geräusch von laufenden Schritten von Polizisten, die auf das Unterholz von gefallenen Zweigen und Blättern traten. Junali sagte Mobius, dass sie schnell wie Affen auf die Eiche klettern müssten. Junali kletterte wie ein Affe auf den Baum. Mobius folgte, wenn auch ungeschickter. Sie hatten fast die Spitze der Eiche erreicht, als die Schnüffelhunde den Stamm des Baumes erreichten.

Der Geruch von schwarzem Pfeffer trübte die Sinne der Geruchsnerven des Deutschen Schäferhundes. Der Halbmond, der nur eine minimale Beleuchtung gab, sah Mensch und Tier in einem verwirrten Gemütszustand um die Eiche huschen. Überall strahlten Fackellichter. Geflüsterte Gespräche im Dunkeln. Mobius hatte beide Arme um einen großen Ast, der in einer verdrehten Windung von dem Baum mit einer Aufwärtsneigung ausging. Junali lag auf einem parallelen stabilen Ast vor Mobius. Zu ihrer Verachtung hielten die Hunde und Polizisten inne. Einer der Polizisten zündete eine Zigarette an, und Mobius konnte das metallische Feuerzeug flackern sehen und brach dann in eine Flamme aus. Plötzlich glitt etwas an Mobius 'Hand vorbei und ruhte auf seinem Arm. Mobius schaute auf seinen Arm und sah, dass es ein Baby-Skunk mit einem starken Geruch war.

"Nichts, worüber man sich Sorgen machen müsste", flüsterte Junali. "Es ist ein nicht aggressives Säugetier. Bleib einfach still; es wird verschwinden." In diesem Moment huschte das Stinktier davon. Die Hunde waren niedergeschlagen, weil sie den Düften nicht folgen konnten, schlängelten sich mit ihren Schwänzen unter den Beinen davon, angeführt von ihren Betreuern, die an ihrer Miete zogen.

"Wir werden noch fünfzehn Minuten warten, bevor wir runterkommen", sagte Junali. Unmittelbar über Junali befand sich eine Mulde auf dem Ast, und Mobius sah so etwas wie eine dunkle Schlange auftauchen. Mobius warnte Junali und war erstaunt über ihre Reflexe. Junali fegte die Schlange mit einer Handbewegung vom Ast. Die Schlange fiel auf den Ast unten, wickelte sich um sie herum und glitt davon, aber nicht bevor sie ihren hässlichen Kopf hob und ihren gegabelten Stamm enthüllte. Als Junali sich verdrehte, um die Schlange zu sehen, rutschten ihre Beine auf den Ast darunter und kamen mit beiden Händen an dem Ast, der die Hauptlast ihres Körpers trug, weg. Junali sah hilflos zu, wie sich ihr Griff am Ast löste. Es war ein 30-Fuß-Abfall darunter, mit mehreren Zweigen dazwischen. Junali erkannte, dass es eine schwere Verletzung für sie sein würde, wenn sie überlebte.

Mobius, zunächst von der Schlange erstarrt, stellte sich schnell zusammen und streckte Junali den Arm entgegen. "Gib mir deine Hand, Junali", sagte Mobius. "Ich werde versuchen, dich hochzuziehen."

Junali antwortete mit guter Laune: "Zuerst, Mobsy, dachte ich, du hättest um meine Hand in der Ehe gebeten."

"Junali, überspringe die Witze und greife mein Handgelenk mit deiner linken Hand."

Junali fühlte sich beruhigt, als Mobius ihre Hand mit seiner klammerte. Es dauerte etwa drei Minuten anfänglichen Kampfes, um Junali auf den Ast zu ziehen. Junali benutzte geschickt ihre Beine, um sich um den Ast zu kräuseln und sich hochzuziehen. Sicher und gesichert auf dem Ast zog Junali sich neben Mobius.

"Danke, Mobsy-Schatz, dass du mein Leben gerettet hast. Ich weiß nicht, wie ich es dir zurückzahlen kann, aber im Moment muss ich dich einmal küssen." Junali zog Mobius 'Kopf an ihren heran, und ihre Lippen ruhten auf ihm und hebelten sie auf, um ihre sondierende Zunge nach innen zu drücken. Mobius, der sich ein wenig genervt von Junalis Eskapaden fühlte, erwiderte widerwillig. Als Mobius von dem riesigen Baum herunterkam, wies er Junali an, die SIM-Karte von ihrem Handy zu entfernen, und tat dasselbe für sich selbst. Mobius wandte sich an Junali und sagte: "Auf diese Weise wird die Polizei uns nicht mit GPS aufspüren können."

Junali antwortete: „Es war klug von dir, aber ich bin mir dessen auch bewusst und habe es getan, bevor wir vom Podium gesprungen sind. Im Moment habe ich ein Dabba-Telefon (Nicht-Android-Handy) mit einer nicht identifizierten Sim."

Als Junali das Flussufer erreichte, wandte er sich an Mobius. "Jetzt warten wir, bis die Morgendämmerung anbricht, bis mein Freund Mowgli auf einem Gummifloß aus Sikkim paddeln wird. Jetzt haben wir Zeit zu töten, also lasst uns schlafen. Es gibt leeren Raum an diesem Ende in der Nähe der Ufer des Teesta-Flusses." Sagte Junali und zeigte mit dem Finger in die entgegengesetzte Richtung des Flusses. „Die wilden Tiere wagen sich normalerweise nicht ans Flussufer. Wir müssen uns abwechseln, um wachsam zu bleiben, also ist es jetzt meine Mahnwache."

"Also, Mobsy Liebling, geh schlafen. Ich werde meinen Rücken auf diesem Holzscheit ausruhen. Du kannst deinen Kopf auf meinen Schoß legen und schlafen gehen. Okay."

"Cool", antwortete Mobius und schlief ein, wobei er seinen Kopf auf Junalis Schoß legte und ihre Handfläche sanft auf seiner Wange ruhte. Mobius war ein leichter Schläfer und wachte bald auf, um Junali beim Einschlafen zu sehen.

"Junali, es wäre gut, wenn wir beide schlafen gehen würden. Keine wilden Tiere werden uns stören."

"Ja. Ich denke schon ", murmelte Junali und rieb sich die Augen, als sie neben Mobius lag.

Mobius wandte Junali den Rücken zu, um einzuschlafen. Durch das Rascheln der Kleidung hinter ihm spürte er, dass Junali sich auszog. Er drehte sich um, um Junali völlig nackt zu sehen. Es gab Festigkeit an ihrem Körper, die ihr Alter leugnete. Ihre Brüste hinkten nicht, obwohl sie die Launen der Natur aushielten, was unten zu einer erstaunlich flachen Taille mit einem leichten Hauch von sechs Bauchwürfeln führte. Ihre wohlgeformten Schultern hatten eine maskuline Note. Junalis Beine waren muskulös und glatt, mit genau der richtigen Fülle in ihren Waden.

"Junali, bitte deck dich. Es ist kühl hier draußen ", sagte Mobius, zog seine Jacke aus und gab sie Junali.

"Zumindest zieh das an", sagte Mobius und ging dann in einen tiefen Schlaf mit einer leichten Bedrohungswahrnehmung, die in seinem Kopf nagte. Sein schlimmster Albtraum wurde wahr, als er spürte, wie Junali sich mit einem Arm um seinen Hals und dem anderen um seine Taille kuschelte. Mobius 'Sinne waren teilweise wach, als er ein angenehmes Gefühl in seiner Leiste spürte, verursacht durch Junalis Handfläche, die daran reibt.

"Bitte keine lustigen Sachen", sagte Mobius zu Junali und beobachtete den Sternenhimmel. Er konnte das Sternbild Großer Bär am Sternenhimmel erkennen. (Es ist während der Sommerzeit im frühen Nachtteil zu sehen). Er spürte, wie Junalis geschickte Finger seine Hose mit ihren Lippen am Hals aufknöpften.

"Lass unseren Körper sprechen, Mobsy, Liebes", flüsterte Junali Mobius ins Ohr. "Danke, dass du mein Leben auf der Eiche gerettet hast. Dies ist das zweite Mal, dass Sie es nach Nathu La Pass getan haben ", sagte Junali und setzte ihre unerbittliche Aufgabe fort, indem sie Mobius 'Hose sanft herunterzog. Im richtigen Moment änderte Junali schnell die Position, wobei ihre muskulösen Oberschenkel Mobius 'Kopf einhielten. Ihr Mund und ihre Finger machten am anderen Ende unparteiisch Überstunden. Mobius lag hilflos da, bis ihn die Schmerzen seines Orgasmus in den siebten Himmel erhoben. Ein Wolf, der einzige Zeuge, heulte in der Nähe, schlich sich aber schweigend an die ungläubige Szene. Junali und Mobius schliefen nach der kurzen, aber erfreulichen Begegnung gut, wobei die Sterne auf sie herabblickten.

Beim ersten Anflug von Licht gingen Mobius und Junali das Ufer des Teesta-Flusses hinunter und warteten auf das Boot.

Mobius murrte Junali an: "Die Provokation der letzten Nacht war unangebracht."

"Mach dir keine Sorgen. Ich habe mich dir aufgedrängt, Mobsy-Schatz. Du warst unschuldig."

"Es war trotzdem nicht richtig", entgegnete Mobius.

„Kein Mensch hat uns gesehen. Du hast geträumt. Es ist nie passiert ", antwortete Junali.

Mobius antwortete: „Du hast dich zur Blasphemie verpflichtet. Ich wollte es nicht."

Junali nadelte Mobius: "Glaub nicht, dass ich nichts über dich und Mandys verliebte Toben im Wald weiß."

Mobius empört mit hochgezogenen Augenbrauen: „Ich schwöre beim heiligen Evangelium, es gab keinen einzigen Moment des Sakrilegs mit Mandy, obwohl ich sie aus der Schulzeit kannte. Du kannst sie fragen, wenn du willst."

Junali antwortete: "Mobsy, versuchst du, lustig zu sein oder so zu tun, als wärst du dumm? Hören Sie mir jetzt zu und stellen Sie die Fakten klar. Laut Marriam-Webster, Wörterbuch, ist "Geschlechtsverkehr" definiert als der heterosexuelle Geschlechtsverkehr, bei dem der Penis in die Vagina eindringt. Nun, das ist nicht passiert, also bist du in Sicherheit. Die Position "Neunundsechzig" ist legitim. Außerdem habe ich die ganze Arbeit gemacht und schau, was ich bekommen habe. Kein einziges Wort des Lobes, sondern Vorwürfe der Bigotterie!"

Junali, der Mobius am Kragen erwischte, sagte: „Halte dein Gewissen rein, Mobsy, Liebling. Sogar die Götter wissen es. Du bist ein unschuldiger Sterblicher. Ich habe dich verführt, schlicht und einfach."

Mobius wechselte das Thema und sagte: "Warum können wir Manisha nicht von Ihrem Dabba-Telefon aus anrufen und mehr Details darüber erfahren, was letzte Nacht nach ihrer Rede passiert ist?"

Junali sagte nachdenklich: „Noch nicht, die Polizei ist schlau. Sie können plötzlich beschließen, ihr Telefon zu beschlagnahmen und alle Anrufe auf ihrem Handy zu verfolgen, sowohl eingehende als auch ausgehende. Subham hat mich vorhin darüber informiert, dass die Polizei von Westbengalen auf dich schießt. Dies ist ihre beste Zeit, um dich zu verhaften. Die hohen und mächtigen in den oberen Rängen der Macht haben nicht vergessen, wie Sie das Image der Kolkata-Polizei untergraben haben, als sie Manisha im vergangenen Dezember im Tata Steel Kolkata 25K in illegale Haft genommen haben. Sie haben sich ihren Zorn verdient, indem Sie im Pressebriefing die AUSGRABUNG der Westbengalen-Polizei in die Folter von Manisha verwickelt haben, alle blutigen Details beschrieben und den Pressereportern Manshas blutbefleckte Unterwäsche und medizinischen Bericht gezeigt haben. Du musst zusammen mit Mowgli und ihrer Mutter drei Tage im Dorf Sindrong in der Nähe der Stadt Pelling in Sikkim bleiben. Dann gehst du zum Flughafen Bagdogra unter einer gefälschten Identität mit einer gefälschten Aadhar und Wählerkarte im Namen von Indrajeet Banerjee, einem Marathonläufer, der in Kalkutta wohnt und dir sogar sehr ähnlich sieht, mit Ausnahme seiner Größe, die 5 Fuß 7 Zoll gegen deine 5 Fuß 10 Zoll ist. Sein Körperbau und sein Teint passen zu deinem. Wir haben ihn vor drei Monaten ausgewählt, um deine gefälschte Identität zu erstellen."

"Du meinst Manisha, und du hast das Ganze geplant?", fragte ein erschrockener Mobius.

Junali antwortete: "Mobsy, es gibt viel, was du nicht über mich weißt. Ich war eines der Gründungsmitglieder des inzwischen aufgelösten Gorkha Women's Vigilance Wing. Ich wurde von Bimal Gurung ausgewählt, um für seine Sicherheit verantwortlich zu sein. Ich bin in Kampfkunst ausgebildet. Ein schwarzer Gürtel im Taekwondo. Ich beherrsche fünf Sprachen und bin auch darauf trainiert, einen Mann auf 15 verschiedene Arten zu töten."

Mobius sagte: „Ich habe letzte Nacht eine der Methoden erlebt, als du meinen Kopf zwischen deinen starken Oberschenkeln wie einen Schraubstock gehalten hast. Ich fühlte mich hilflos in deinem Griff!"

"Mobsy, Liebes, bitte lösche die Erinnerung an letzte Nacht oder verbanne sie in einen angenehmen Traum. Plappere Sumi nicht darüber, sonst wird sie dein genauso gut haben wie meins."

"Natürlich, Junali, aber sie kennt mich in- und auswendig. Vielleicht wird sie es vermuten, aber du hast Recht. Es hat keinen Sinn, meinen Hintern unnötig treten zu lassen."

"Oye Mobsy, sieh dir das an", zeigte Junali am Flussufer entlang. Ein Boot trieb auf dem Fluss, und eine winzige Person war am Ruder. Junali winkte und schrie in Richtung des Bootes. Die Person drehte sich zu Junali um und begann, das Boot in ihre Richtung zu rudern.

Mobius besorgt: „Woher wissen Sie, dass die Person im Auftrag ist?"

Junali antwortete: „Das Boot sollte grün gestrichen sein, und die Person trug ein orangefarbenes T-Shirt. Beide passen zusammen."

Als sich das Boot näherte, konnte Mobius sehen, dass die Person ein Junge war, vielleicht um die fünfzehn. Er winkte beiden zu, als sich das Boot dem Flussufer näherte. Junali sprang in das Boot, als es das Ufer berührte, umarmte den Jungen und rief auf Nepalesisch: "Willkommen im Kalimpong-Distrikt und viel Lob für deine erfolgreiche Reise." Junali hielt die Hand des Jungen und trat vom Boot herunter. "Das ist Mowgli aus dem Dorf Sindrong in der Nähe der Stadt Pelling in Sikkim."

Mobius sagte: „Schön, dich kennenzulernen, Mowgli. Ich habe es knapp verpasst, deine Kumpels Balu und Bagheera gestern Abend im Dschungel zu treffen."

"Das bedeutet, dass du Kiplings Dschungelbuch gelesen hast", rief Mowgli aufgeregt.

"Ja, ich habe das Buch in der Schule gelesen, als ich in deinem Alter war", antwortete Mobius.

Auf dem Boot öffnete Mowgli eine Flasche Suppe und gab Junali und Mobius jewuils ein Papierpaket sowie zwei Stahlbecher für die Suppe, die das traditionelle Lepcha-Lebensmittel "Khoori" enthielten, im

Wesentlichen Buchweizenpfannkuchen aus Spinat und hausgemachtem Käse, Bambussprossen und Gemüsesuppe, die von Mowglis Mutter liebevoll zubereitet wurden. Während Mobius die Ruder übernahm, sprach Mowgli über seine Familie, zu der seine Mutter gehörte, eine Obst- und Gemüseverkäuferin mit eigenem Laden in Pelling. Mowgli enthüllte, dass er studieren und Ingenieur werden wollte und seine 10. in der Government Pelling Senior Secondary School absolvierte, die 1964 als englische Medium-Koedukationseinrichtung gegründet wurde, die dem CBSE angeschlossen ist und vom Bildungsministerium der Regierung von Sikkim verwaltet wird.

Mowglis Vater war ein Sepoy in der indischen Armee. Er wurde bei einem Aufstandsangriff von einer islamischen Gruppe getötet, während sie in einer Patrouillengruppe in Kaschmir waren. Unter schwerem Feuer stand Mowglis Vater vor seinem verwundeten kommandierenden Offizier, Major Chhetri, und nahm 15 Kugeln in seinen Körper, während er den Offizier beschützte und drei der Extremisten tötete. Die Regierung von Sikkim betrachtete Sepoy Lepchas außergewöhnlichen Mut und schenkte seiner Witwe Land, um ihr dauerhaftes Zuhause zu bauen. Mowgli wurde zwei Monate nach dem Tod seines Vaters geboren. Mowgli hatte eine Träne im Auge, als er dies offenbarte. Junali umarmte ihn fest. Mobius zitierte ein Couplet von Tagore in Bengali. *„Jodi tor daak sune keyu naashe tobey ekla cholo reh, ekla cholo reh."* (Wenn niemand Ihrem Ruf folgt, gehen Sie alleine, gehen Sie alleine.

Die Sechserbande und ein Treffen mit dem MD (2023)

Juni

Mobius Mukherjee dachte über sein Firmenleben und das Gorkhaland-Problem in den letzten 15 Jahren nach und saß in der IRCTC-Lounge im ersten Stock des Bahnhofs Neu-Delhi auf der ersten Plattform. So weit, so gut; das Plateau in Pahadis Leben hatte sich eingeebnet. Sie befand sich sicher in Delhi IIT, wo sie ihr Chemieingenieurwesen machte. Ihr PCOS (Polyzystisches Ovarialsyndrom), ein hormonelles Ungleichgewichtsproblem, das verhindert, dass sich eine Eizelle in den Eierstöcken normal entwickelt, was zu unregelmäßigen Menstruationszyklen und verpassten Perioden führt, war lange vorbei und vollständig geheilt. Dank des Lauf- und Radsport-Kumpels Dr. Suman Jain, der zwei Jahre lang intensiv behandelt und trainiert wurde, konnte Pahadi ihre Schulausbildung in Satna an der Christ Jyoti Senior Secondary School abschließen. Sowohl Sumi als auch Mobius hatten den starken Wunsch, Pahadi in die Welham Girls 'School in Dehradun zu bringen, aber angesichts ihrer ständigen Gesundheitsprobleme als Teenager änderten sie ihre Meinung. Nachdem sie die JEE Main- und JEE Advanced-Prüfungen geknackt hatte, rangierte sie unter den ersten fünfhundert und erhielt schnell ihre erste Wahl in Delhi.

Mobius sprach ein stilles Gebet zu Baba Lok Nath. "Danke, Baba Loknath, dass du Pahadi die Intelligenz ihrer Mutter gegeben hast."

Mobius saß auf dem bequemen Liegesofa und öffnete seinen Laptop. Es war 20 Uhr, und die geräumige Lounge hatte nur fünf weitere Personen, von denen einige schliefen. Sein Zug nach Satna fuhr um 23 Uhr von Gleis Eins aus. Er würde nur fünf Minuten brauchen, um den Zug von der IRCTC-Lounge zu erreichen. Es gab viel Zeit, um sein Gehirn gut zu nutzen. Die Anstrengungen, die erforderlich waren, um die gewünschten Ergebnisse zu erzielen, nachdem Gorkhaland in Delhi, Kolkata, Darjeeling, Kalimpong und sogar Ladakh so viel herumgelaufen war. Vor seinem tiefen Nachdenken über Gorkhaland, jetzt als Vizepräsident der Gorkha National Unity Front, musste er seine Hungersnöte beseitigen. Mobius ging zur Rezeption und bestellte eine

Masala-Dosa und einen Teller mit knusprigen gebratenen Vadas, die innerhalb von zehn Minuten zu ihm gebracht wurden. "Schneller Service", lächelte Mobius und sagte zum Kellner, der einer Person von den Hügeln ähnelte.

Mobius fragte den Kellner: "Sind Sie aus Delhi?"

"Nein, aus Jalpaiguri, Westbengalen", antwortete der Kellner.

"Das bedeutet, dass du ein Gorkha bist. Großartig. Ich muss mit dir reden. Bitte setzen Sie sich ", bat Mobius.

"Sicher, Sir." Der Kellner setzte sich zögernd hin.

"Keine Sorge, ich habe eine Gorkha-Mutter. Nur ein paar Fragen."

"Wie kommt es, dass du diesen Job von Jalpaiguri machst?"

"Nun, Sir. Ich bin nur ein einfacher Absolvent. Vater ist Angestellter in der Abteilung für Viehzucht. Mutter kümmert sich um unser Zuhause. Zwei unverheiratete Schwestern. Das Leben ist ein Kampf. Zumindest kann ich Rs. 4000/- jeden Monat an meine Eltern senden. Ich teile mir nachts ein gemietetes Zimmer mit zwei anderen Gorkha-Wächtern, so dass ich nachts das gesamte Zimmer für mich habe."

Der Kellner lächelte und fuhr fort: „Mein Anteil an der Miete beträgt Rs.1000/- pro Monat. Den Strom und das Wasser zahlen wir zum Istwert. Aber wenn es geteilt wird, übersteigt es nicht Rs 500/- für jeden von uns. Wir drei kochen unser eigenes Essen. So komme ich mit einem Gehalt von Rs.10000 pro Monat zurecht und schicke Rs. 4000 nach Hause. Die Geschäftsführung stellt mir ein Waschgeld für drei Uniformen und ein Paar Schuhe zur Verfügung. Weil wir drei Gorkhas zusammenleben, können wir überleben. Zufälligerweise verdienen wir alle 10.000 Rupien - jeder, obwohl ich Absolvent bin und andere immatrikulieren ", und er lachte.

Mobius schloss sich dem Lachen an. „Was halten Sie von einer neuen Staatlichkeit, die Gorkhaland umfasst? Dies würde zu mehr Bildungseinrichtungen, Krankenhäusern und neuen Beschäftigungsmöglichkeiten für die Gorkha-Jugend führen."

Der Kellner antwortete, nachdem er einige Zeit nachgedacht hatte. "Nein, Sir. Keine Verwendung. Die Regierung von Westbengalen sperrt diejenigen ein, die für die Eigenstaatlichkeit kämpfen. Es gab eine junge Läuferin namens Manisha Rai, die Führerin der Gorkha National Unity

Front. Sie kämpfte wie eine Tigerin. Aber sie wurde in einer rein weiblichen Polizeistation in Kalkutta verhaftet und gefoltert, hörte ich."

"Du hast richtig gehört", antwortete Mobius und vermied seine Verbindung zu GNUF.

"Also hast du das Gefühl, dass es keine wirkliche Hoffnung auf Staatlichkeit gibt?"

„Manchmal besprechen wir drei Gorkhas diese missliche Lage am Morgen, wenn sie vom Nachtdienst zurückkehren, und ich mache mich bereit für die Arbeit. Es gibt eine Strategie, die wir diskutieren. Ich entscheide noch, ob es klappt. Schließlich denken zwei Immatrikulierte und ein Absolvent."

Mobius, der sehr interessiert war, ermutigte den Kellner. "Sicher, mach weiter. Jede Idee zählt für die Staatlichkeit, und kein Gedanke ist klein oder irrelevant."

"Nun", vermutete der Kellner, seine schrägen Augen wurden in jedem Moment schmaler. "Ich weiß nicht, ob Sie diese Berichte in digitalen Magazinen und im Netz hören."

"Mach weiter. Reden Sie, junger Mann«, überredete Mobius.

„Es gibt Berichte, dass viele Gorkha-Jugendliche aus Nepal der Wagner-Gruppe beitreten, der privaten Armee in Russland. Einige von ihnen sind auch aus der nepalesischen Armee ausgeschieden. Die nepalesische Regierung kann nichts dagegen tun, da sie in individueller Eigenschaft vorgegangen ist. Darüber hinaus gerieten die Beziehungen zwischen Nepal und Indien vor einem Jahr unter Druck, als die indische Regierung die Langzeitbeschäftigung durch kürzere Vertragslaufzeiten und keine Rente ersetzte. Anschließend hat Nepal, wie Sie vielleicht gehört haben, den 200 Jahre alten Rekrutierungsprozess gestoppt, bis es mehr Klarheit gab."

Mobius antwortete: „Sie scheinen sehr gut informiert zu sein, wahrscheinlich aufgrund Ihrer Vorliebe, Nachrichten im Netz zu lesen. Es ist eine ausgezeichnete Angewohnheit. Tatsächlich gilt die Wagner-Gruppe als effizienter als die russische Armee, insbesondere nachdem die Söldner der Wagner-Gruppe die russische Kontrolle über Bakhmut, eine kleine, aber strategisch günstig gelegene Stadt in der Ostukraine, erlangt haben. Vor wenigen Tagen, nämlich am 23. Juni 2023, revoltierte die Wagner-Gruppe gegen Präsident Wladimir Putin (russischer

Präsident). Sie sind jedoch jetzt auf dem Weg zurück zu ihrer Basis, nachdem Putin zugestimmt hat, ihrem Anführer, Jewgeni Prigoschin, zu erlauben, Verratsanklagen zu vermeiden und das Exil in Belarus zu akzeptieren."

Der Kellner antwortete: „Am 16. Mai 2023 haben die russischen Behörden den Zugang zur russischen Staatsbürgerschaft nach einem Jahr Militärdienst erleichtert. Tatsächlich sparen meine beiden Kollegen genug Geld, um Russland als Touristen zu besuchen und dann auf Vertragsbasis in die russische Armee rekrutiert zu werden. Die Wagner-Gruppe rekrutierte früher Armeeangehörige unter Ausländern und inhaftierten Verurteilten aus russischen Gefängnissen sowie desillusioniertes russisches Armeepersonal, das Wagner wegen des höheren Gehalts und der besseren Lebensbedingungen bevorzugte. Wissen Sie, Sir, es gibt ein Konzept, das drei von uns jeden Morgen besprechen. Ein Wunsch nach Staatlichkeit, der die aktuelle Situation der Gorkha-Rekrutierung in Russland ausnutzt."

"Mach schon", sagte Mobius zum Kellner. "Ich bin ganz Ohr."

Der Kellner antwortete: „Denken Sie nur nach, Sir. Gorkhas haben eine unauslöschliche Geschichte mit Nepal. Ursprünglich stammten die Gorkhas aus Nepal. Was ist, wenn alle Gorkhas in den Streitkräften in Indien zusammenkommen und erklären, dass sie der russischen Armee beitreten wollen, wenn auch zunächst auf Vertragsbasis, für ein höheres Gehalt und bessere Lebensbedingungen?"

"Du sprichst von den Gorkha-Regimentern in der indischen Armee, nicht wahr?" Fragte Mobius und atmete schwer.

"Genau, Sir. Wenn es plötzlich zu einer Rebellion unter allen Gorkhas in den indischen Streitkräften kommt, wird die indische Regierung sehr beunruhigt sein. Sie würden den Gorkhas Eigenstaatlichkeit gewähren, um sie zu beschwichtigen, damit sie sich nicht auflehnen und nach Russland gehen, um sich ihrer Armee anzuschließen."

Begeistert antwortete Mobius mit einem Lächeln: „Wissen Sie, Sie drei Think Tanks - zwei Immatrikulierte und ein Absolvent - haben eine unglaubliche Lösung gefunden. Das Gefühl der Zugehörigkeit, das ihr für eure Gemeinschaft habt, wird die indische Regierung dazu bringen, die Staatlichkeit zu überdenken. Brillante Idee."

Als er sich umsah und aufstand, sagte der Kellner: „Sir, ich muss an die Arbeit. Es war schön, mit Ihnen zu sprechen, Sir. Manchmal, wenn wir

Gorkhas reden, werden wir sentimental in Bezug auf Fragen der Staatlichkeit. Heute ist eine solche Zeit. Träumen kann manchmal zu fruchtbaren Ideen führen. Mein Name ist Thaman Regmi." Die Augen des Kellners wurden feucht.

Mobius antwortete: "Irgendeine Beziehung zu dem bekannten Gorkha Mahesh Chandra Regmi, Autor von" Imperial Gorkha ", einem Bericht über die Gorkhali-Herrschaft in Kumaun von 1791 bis 1815? Ich habe das Buch vor vielen Jahren gelesen."

"Ja, Sir. Ich bin dem großen Gorkha fern verwandt «, sagte der Kellner stolz.

Mobius stand auf und umarmte den Kellner. "Kein Wunder, dass du so klug und gut informiert bist. Sie haben die intellektuellen Gene des Autors geerbt. Staatlichkeit wird kommen. Keine Sorge. Gott ist auf unserer Seite. Ayo Gorkhali Thaman Regmi!"

"Ayo Gorkhali, Sir."

Mobius aß seine Masala-Dosa und Vadas leise mit eiserner Entschlossenheit. Bald darauf geschah etwas Lustiges. Er überprüfte und antwortete auf seine E-Mail. Er erkannte, dass er Zeit hatte, in den Zug einzusteigen, und beschloss, über seinen Facebook-Account zu gehen. Seine Laufvideos wurden immer beliebter, und er machte es sich zur Aufgabe, auf jedes Posting zu antworten. Bevor er Schluss machte, sah er den Post von seiner Kollegin in der Abteilung Corporate Image, Vandana Singh. Sie hatte ein ausgezeichnetes Stück mit einem GIF gepostet. Das Posting endete auch mit einem Lächeln und einem Liebes-Icon. Mobius gab eine kurze Antwort zusammen mit einer Liebes- und Namaste-Ikone. Kurz darauf schickte ihm Sumitra eine Nachricht auf WhatsApp. "Steigst du in den Zug ein? Was hast du zu Abend gegessen?"

Mobius tippte: „Noch nicht. Hatte Masala-Dosa und Vada zum Abendessen."

Aufgrund der Algorithmus-Software auf seinem Handy erschien bei Sumitra: „Noch nicht. Ich hatte Masala Dosa und Vandana zum Abendessen."

Einen Bruchteil einer Sekunde später realisierte Mobius die Arbeit eines Algorithmus auf Facebook, der sich mit WhatsApp verband. Bis dahin war es zu spät zu löschen, da zwei blaue Häkchen auf der Nachricht anzeigten, dass Sumitra sie gesehen hatte. Mobius 'sofortige Reaktion bestand darin, Sumitra anzurufen und das Verderben zu erklären. Er schrieb auch: „Nein, tut mir leid. Tippfehler. Hatte Vada zum Abendessen, nicht Vandana." Sofort sah Mobius zwei blaue Zecken. Er musste das Missverständnis schnell klären.

Bis dahin klingelte sein Handy. Es war Sumitra. Mobius griff ängstlich zum Telefon. Bevor er erklären konnte, platzte Sumitra heraus: „Mobsy, hast du Vada zum Abendessen mit Vandana oder nur Vandana zum Abendessen?" und fing dann an zu lachen.

Mobius, erleichtert, schloss sich dem Lachen an und sagte: „Du kennst Sumi. Ich bin jetzt allein. Vandana ist in der Satna-Kolonie."

Sumitra lachte noch lauter und antwortete: „Ich weiß, Mobsy Liebling. Ich habe heute Abend Vandana zum Abendessen angerufen. Hier, sprich mit ihr." Das Telefon befand sich übrigens im Lautsprechermodus.

Vandana kam an die Leitung und sagte nachdenklich: „Sir, ich weiß, dass Sie einen Fehler gemacht haben. Aber mussten Sie mich aus all den Kolleginnen in unserem Werk auswählen? Ich schäme mich wirklich vor Sumitra Madam ", und brach dann unkontrolliert lachend aus.

Mobius konnte sowohl Vandana als auch Sumitra unisono lachen hören. Mobius murmelte vor sich hin: „Du hattest heute Nacht eine gründliche Rasur, Mann. Sie müssen auf Algorithmen und KI (Künstliche Intelligenz) am Telefon achten."

Es war Zeit, auszusteigen und seinen Zug zu erreichen. Im 2-stufigen AC-Abteil am oberen Liegeplatz schloss Mobius die Augen und dachte einige Zeit nach, bevor er einschlief, und träumte von Junali und sich selbst, die an der Seite der Wagner-Gruppe kämpften. "Ayo Gorkhali" schrie beide, als sie ihre Bajonette in den Bauch ihrer Feinde stürzten.

Mobius 'turbulenter Traum wurde erschüttert, als er spürte, wie eine Hand sanft seine Schulter stieß. Es war der TTI. "Sir, wir werden den Bahnhof Satna in fünf Minuten erreichen."

Mobius murmelte in einem schläfrigen Stupor: "Danke."

"Sir", sagte der junge TTI. "Ich dachte nur, ich würde dich informieren. Es scheint, dass du einen schlechten Traum hattest. Ein Passagier erzählte mir, dass Sie mit sich selbst sprachen und zitierte einige inkohärente Sätze wie "Ayo Gorkhali." Ich hielt es für das Beste, dich zu diesem Zeitpunkt nicht zu wecken, da der Passagier die Angelegenheit nicht weiter verfolgte, und meine Mutter sagte mir einmal, ich solle niemals eine Person aus einem schlechten Traum aufwecken."

Mobius stellte sich schnell neu zusammen. „Entschuldigung für die Störung. Es war ein positiver Traum."

"Freut mich, das zu hören, Sir. Einen schönen Tag noch."

"Das Gleiche gilt für Sie, Mr. Ram Prasad. Jai Shree Ram ", lächelte Mobius, nachdem er auf sein Namensschild geschaut hatte.

"Jai Shree Ram, Sir", lächelte der TTI zurück.

Juli
Treffen der Sechserbande

Die Sechserbande saß entspannt auf den Rasenflächen des Woods Inn Resort neben einem Swimmingpool in Gandhi Nagar in Bhopal gegenüber Milinds Haus. Milind und Mandira hatten die Bande nach Bhopal eingeladen, um Mobius 'neuesten Plan zur Gorkhaland-Frage zu besprechen. Letzte Woche hat Mobius mit Sumitra den Spielplan angesprochen. Überraschenderweise trat Sumitra ihm nicht in den Hintern oder ermahnte ihn. Sie erklärte einfach, dass Mobius mit der Bande diskutieren sollte. Shiv und Chandrika kamen mit dem Zug von Jabalpur herunter. Mobius und Sumitra fuhren von Satna in ihrer Honda City herunter. Mobius beschloss, Junali und Manisha wegen der damit verbundenen Sensibilität fernzuhalten. Während er eine Stunde lang sprach, erkannte Mobius, dass er die begeisterte Aufmerksamkeit der Bande hatte. Alle waren verzaubert, und niemand sprach ein Wort, während Mobius sprach. Schließlich schloss er mit einer Runde Getränke, gekühltem Bier, Whisky und einer Reihe von Snacks, die von Tandoori-Hühnchen, gebratenen Fischschnitzeln, Aloo Chaat, Paneer Tikka und Papad reichen und von Milind im Resort arrangiert wurden.

Es herrschte eine fassungslose Stille, und dann begann Mandira zu klatschen, gefolgt von Shiv, Milind und Chandrika. Sumitra zeichnete Kreise mit dem Finger auf die Serviette unter ihrem Teller. Nach viel Anstupsen und Fingerstich von Mandira und Chandrika schloss sich Sumitra dem Klatschen an.

Shiv sprach zuerst: "Mobsy, dein Plan würde einen großartigen Film auf Netflix und Amazon Prime machen, aber trotzdem eine gute Idee. Du musst einige der leitenden Mitarbeiter der Gorkha-Armee ins Vertrauen ziehen. Wie sie vorankommen, wird eine knifflige Angelegenheit sein. Jedes Anzeichen von Unzufriedenheit in den Reihen der Gorkha könnte sich als schwerwiegender Verstoß gegen das Fehlverhalten der Armee herausstellen, was zu einem Kriegsgericht und der Einstellung des Dienstes führen könnte. Wenn etwas zu Ihnen führt, könnte es bedeuten, dass Sie von der Polizei verhaftet werden, weil Sie eine Agitation der Gorkha-Gemeinschaft angestiftet und die Sicherheit des Landes gefährdet haben."

Milind sprach als nächstes. "Guter Plan, Mobsy. Achte nur darauf, dass du nicht verhaftet wirst. Du musst manipulieren, damit niemand erraten kann, wer der Mastermind hinter dem Masterstroke ist. Übrigens, hast du deinen Hintern bisher von Sumi Didi treten lassen?" Er kicherte vor sich hin und fing dann an zu lachen. Alle begannen zu lachen, außer Mobius.

Chandrika unterstützt ihren Mann Shiv. Tolle Idee, Mobsy. Gehen Sie jedoch auf Nummer sicher und bleiben Sie auf der richtigen Seite des Gesetzes.

Shiv meldet sich zu Wort: „Mobsy, ich möchte dies nicht als KLPD-Situation darstellen, aber wenn man es sich anders überlegt, ist dies möglicherweise keine gute Idee für Ihre Sicherheit.

Chandrika zog eine Augenbraue hoch, verwirrt von dem unbekannten Akronym. "Was bedeutet 'KLPD', Liebes?"

Die Sechserbande warf Shiv einen schmutzigen Blick zu. Sumitra war der erste, der reagierte. "Ihr Doscos habt keine Etikette. Könnt ihr nicht mehr auf eure Sprache achten? Ich dachte, Mobsy wäre der einzige schlecht erzogene Mann unter uns, der von Mandy unterstützt wurde. Nun, wer wird auf Chandrikas Anfrage antworten?"

Mobius zögerte und wählte seine Worte sorgfältig. "Nun, es ist eine ziemlich grobe Phrase, Chandrika. Es ist nicht etwas, das wir in höflicher Gesellschaft verwenden. Sagen wir einfach, es ist ein Begriff, der ein Gefühl der Enttäuschung oder Enttäuschung vermittelt. Es ist am besten, nicht darüber nachzudenken, wirklich."

Shiv antwortet: "Danke Mobsy. Meine Zunge ist ausgerutscht."

"Es ist in Ordnung, Shivvy. Dein Timing war richtig, aber der Ort war falsch. Wir müssen vor Sumi Didi vorsichtig sein oder uns den schrecklichen Konsequenzen stellen ", sagte Milind und lächelte Sumitra an.

Mandira wechselte das Thema und sagte: „Dies ist mit Abstand die beste Lösung für Gorkhaland. Große Gehirnwelle Mobsy. Ich liebe dich dafür. Du warst dazu bestimmt, die Gorkhas von vorne zu führen. Ein wahrer Krieger." Sumitra warf Mandira einen schmutzigen Blick zu.

Mandira stand von ihrem Stuhl auf und erklärte: "Mobsy, Liebling, ich werde dich diesmal ohne Erlaubnis von Sumi umarmen und küssen."

Mobius sah Sumitra besorgt an.

Sumitra antwortete: "Mobsy ist alt genug, um seine eigenen Entscheidungen zu treffen."

Milind vermittelte: „Mobsy, Sumi Didi ist sauer. Lass dich von Mandy nur auf die Wangen picken."

In einer lebhaften Stimmung nach drei Stiften "Johnnie Walker Black Label" in ihm sagte Shiv: "Mobsy, Lippen sind in Ordnung. Keine Zunge, die sich in den Mund drückt."

Verlegen über das andauernde Gespräch, tadelte Chandrika: "Ihr Doscos seid ein schelmischer Haufen."

Mandira stand vor Mobius, umarmte ihn mit einer Wangenmassage, lächelte und sagte: „Ich möchte jetzt nichts Illegales tun. Vielleicht in der Zukunft."

Sumitra sprach vernichtend mit Mandira. "Dank einer Million Mandy. Du hast meinen Tag gemacht."

Shiv griff ein und sagte zu Mobius: "Dein Hintern ist dank Sumis gutem Willen vor plötzlicher Qual gerettet."

Mobius kommentierte wütend: "Hört auf mit dem Mist und lasst euch nicht von unserem Hauptziel ablenken."

Milind meldete sich zu Wort: "Zuerst holen wir uns das endgültige Urteil von Sumi Didi."

Alle warteten geduldig und schauten Sumitra an.

Schließlich sprach Sumitra düster: „Ich stimme dem Plan zu. Aber könnten wir Mobsys Mahlzeiten im Gefängnis aufteilen? Ich gehe zum Mittagessen. Mandy zum Abendessen und Chandrika zum Frühstück."

Milind und Mandira bissen sich auf die Lippen, um nicht zu lachen. Chandrika versuchte ihr Bestes, um ein gerades Gesicht zu behalten. Shiv lächelte und zeigte seine Vorderzähne.

Als Mandira sah, dass vier der sechs, einschließlich ihr selbst, jeden Moment in Gelächter ausbrechen würden, sprach sie: "Ist Hähnchen-Maggie-Nudeln zum Abendessen in Ordnung, Mobsy?"

Mobius sagte in einem ärgerlichen Ton: "Es schadet nicht, auch Pommes frites hinzuzufügen, Mandy!"

Nachdem alle herzlich gelacht hatten, behielt Shiv als Erster seine Gelassenheit bei. "Kommen wir zu einem ernsthaften Geschäft. Anstatt direkt mit hochrangigen Gorkha-Armee-Männern zu sprechen, lassen Sie uns zuerst ihre Antwort auf das Konzept dahinter sehen. Ich kenne einen Gorkha-Oberst persönlich. Ich werde ein normales Treffen in Delhi bei einem gemeinsamen Freund arrangieren. Ich werde das Thema ansprechen, ohne Mobsys Namen zu erwähnen, wenn wir nach dem Abendessen mit einem Whisky allein sind. Wenn er zustimmend nickt, werde ich mehr ins Detail gehen. Bei den ersten Anzeichen von Schock und Unglauben werde ich mich jedoch wie eine Austernmuschel auf den Grund der Mittelmeerküste stürzen, verwirrt aussehen und mich bei einem Zungenrutsch entschuldigen."

Milind erklärte: „Das ist eine großartige Idee, Shivvy. Wir müssen uns dem Thema sehr vorsichtig nähern und uns schnell zurückziehen, wenn es nach hinten losgeht."

"Leg deine Zehen zuerst ins Wasser, Mobsy, um seine Wärme zu testen. Es hat keinen Sinn, unnötig geröstet zu werden " , beschwichtigte Chandrika.

Sumitra meldete sich zu Wort: „Mobsy, ich glaube ernsthaft, dass du zuerst mit deiner Ärztin besprechen musst, da sie die Sache Gorkhaland offen unterstützt. Sprich mit ihr. Vielleicht gibt sie dir ein paar gute Ideen. Sie hat dich schon davor gewarnt, nicht auf die falsche Seite des Gesetzes zu geraten. Wenn du deine Ärztin auf dem Laufenden hältst, wirst du ihre bedingungslose Unterstützung haben."

Mobius spürte, dass Sumitra die Idee hätte ermutigender finden können, und beschloss, sich ihr anzuschließen.

Mobius wandte sich an alle und sprach: „Ich werde morgen mit der Ärztin sprechen und ihre Meinung einholen. Solche Dinge können nicht per E-Mail verschickt oder schriftlich festgehalten werden." Er fuhr fort und zeigte plötzlich auf Shiv und Milind. „Erinnern Sie sich an die Dosco Lt. General Vipul Shingal, Kommandant des Sudarshan-Chakra-Korps in Bhopal? Er hat letztes Jahr im Oktober ein Mittagessen für unsere Charge veranstaltet. Ich erinnere mich, dass ich ihm mein Buch über das Laufen präsentiert habe. Ich werde ihn unter dem Vorwand treffen, mit seinen Offizieren zu sprechen. Dann mal sehen. Da Milind in Bhopal ist, wäre es gut, wenn du mit mir kommst. Wir beide könnten ein gemeinsames Fitnessprogramm für die Offiziere machen."

Milind antwortete: „Sicher, Mobsy. Jederzeit."

August
Wichtiges Treffen mit dem MD

Mobius hatte um 10 Uhr ein Treffen im Büro des Geschäftsführers. Er war um 9:45 Uhr in der Lobby und wurde um 9:55 Uhr in die Lounge des MD gebracht. Als er in das weiche beigefarbene Ledersofa sank, dachte er über seine sechs Besuche im MD in den letzten zwei Monaten nach. Das Büro des Arztes wurde langsam zu seinem zweiten Zuhause. Der MD kam herein und sah in einem seidenen Odisha-Sari hinreißend aus. Mobius stand auf, um ihr zu wünschen. Wow, sie sieht noch mehr wie Kittu Gidwani aus, dachte er.

„Mobius, ich habe viel mit dir zu besprechen, aber sehr wenig Zeit. Also fangen wir an, sollen wir? Welchen Saft würdest du gerne nehmen, Orange, Mango oder Zitrone?"

"Was auch immer du nimmst, ich werde es tun", antwortete Mobius höflich.

Der Arzt hob die Gegensprechanlage auf und sagte: "Zwei Orangensäfte, bitte."

Die Geschäftsführerin machte es sich auf ihrem Stuhl bequem und sagte: „Mobius, lassen Sie mich Ihnen zunächst sagen, dass der Verwaltungsrat mit den Fortschritten zufrieden ist, die Sie bei der

Kontaktaufnahme zum Aufbau unseres Zementwerks im Bezirk Darjeeling machen. Aber bevor wir fortfahren, lassen Sie uns zuerst mit dem Trivialen fertig sein. Die Personalabteilung berichtete von einem Fall im Werk Satna, bei dem zwei Ingenieurinnen einander heiraten wollten. Ich nehme an, sie müssen für einige Zeit in einer homosexuellen Beziehung sein. Bevor wir ihre Dienste beenden, wollte ich mit Ihnen sprechen. Sie denken immer über den Tellerrand hinaus. Bitte lassen Sie mich Ihren Vorschlag haben. Seien Sie absolut offen. Was immer du sagst, bleibt unter uns, Mobius."

Nach einer Pause begann Mobius: „Ich kenne beide Frauen. Durch ihr Verhalten und ihre Körpergesten vermutete ich, dass sie Lesben waren. Aber dieses Gespräch über die Ehe ist etwas Neues und Unerwartetes. Eure Erhabenheit, um ehrlich zu sein, die Zeiten haben sich geändert. Die Art und Weise, wie Jugendliche handeln und sich verhalten, widerspricht jetzt der Logik. Die Fesseln der sozialen Moral sind gebrochen. Viele soziale und Verhaltensänderungen sind nicht mehr tabu. Die LGBT-Community wird langsam in unserer Gesellschaft akzeptiert. Wir müssen diesen speziellen Fall mit Sympathie betrachten. Ich weiß, dass dies ein beunruhigender Moment für unsere Mitarbeiter ist. Das drakonische Gesetz über die Strafbarkeit der Homosexuellen-Kultur wurde bereits aus dem IPC-Verhaltenskodex gestrichen. Es ist jetzt kein Verbrechen mehr, wenn zwei Homosexuelle oder Lesben zusammenleben. Die Ehegesetze wurden jedoch kürzlich im April dieses Jahres vor dem Obersten Gerichtshof diskutiert und diskutiert. Rund 50 Petenten hatten sich an das oberste Gericht gewandt, um die Legalisierung gleichgeschlechtlicher Ehen zu fordern, und argumentierten, dass die Verweigerung des Eherechts verfassungswidrig sei und ihre Grundrechte verletze. Es gab eine harte Ablehnung der Eheschließung zwischen Schwulen durch die herrschende Regierung aus dem Zentrum, aber der Oberste Gerichtshof war dafür und wollte eine Änderung des Sonderheiratsgesetzes vorschlagen."

Der MD fügte hinzu: "Wenn sie Erfolg haben, wird Indien nur das dritte Land in Asien sein, das gleichgeschlechtliche Partnerschaften nach Nepal und Taiwan erlaubt, nur fünf Jahre nachdem das Gericht Homosexualität entkriminalisiert hat." Der Geschäftsführer hielt inne und fragte dann: „Aber denken Sie nicht, dass wir uns als Unternehmen von einer solchen Kontroverse abwenden sollten? Am wichtigsten, Mobius, wer wäre der Ehemann und wer die Ehefrau? Wie würde das

Paar darüber entscheiden? Wenn sie ein einmonatiges Kind adoptieren, wer hätte dann Anspruch auf Mutterschaftsgeld zwischen den beiden gleichgeschlechtlichen Frauen? Außerdem könnten wir als nächstes in unserer Organisation zwei Männer haben, die die gleiche Beziehung wie Mann und Frau wollen. Was ist Ihre Meinung als Mann? Es wird gesagt, dass das HIV-Virus aufgrund von homosexuellem Verhalten aus Afrika stammt."

Mobius dachte tief nach und antwortete: „Ich persönlich bin gegen die Homo-Ehe. Wenn zwei Schwule zusammenleben wollen, ist das ihre Sache. Die Ehe zwischen gleichgeschlechtlichen Paaren wird jedoch in einer zivilisierten Gesellschaft zu einer allmählichen Verschlechterung der moralischen Werte führen. Meiner Meinung nach kann man jemanden, der eine gleichgeschlechtliche Orientierung hat, nicht zwingen, das andere Geschlecht zu heiraten. Wenn die Geschlechtsorientierung jedoch in erster Linie fleischlicher Natur ist, könnte dies zu einer Sodomie unschuldiger Personen zwischen Männern führen, was derzeit ein Verbrechen darstellt und als Vergewaltigung angesehen wird."

Der MD bemerkte: "Mobius, ich erinnere mich an den Schrei im Jahr 2018 über das wegweisende Urteil vom 6. September 2018, das das drakonische Gesetz gemäß Abschnitt 377, einem Relikt der britischen Kolonialherrschaft, des indischen Strafgesetzbuches, das "fleischlichen Verkehr gegen die Ordnung der Natur" mit 10 Jahren Gefängnis bestraft, niederschlug."

Mobius antwortete: „Ja, ich erinnere mich sehr gut an dieses Urteil. Es gab damals viele Feiern der LGBT-Community. Seitdem sind gleichgeschlechtliche Beziehungen im Land keine Straftat mehr. Das Gericht hatte bestätigt, dass niemand diskriminiert werden sollte, für wen er liebt oder was er in der Privatsphäre seines Schlafzimmers tut."

„Nichtsdestotrotz, Mobius, habe ich ohne weitere Verzögerung beschlossen, beide Frauen in getrennte Büros in Chennai und Delhi zu verlegen, um absichtlich Distanz zu schaffen, um jegliches Zusammenleben zu verhindern. Diese Entscheidung ist auch eine klare Botschaft an unsere Mitarbeiter und fordert sie auf, Zurückhaltung zu üben und sich an berufliche Grenzen zu halten."

"Danke für Ihre Freundlichkeit, Madam."

Der Geschäftsführer fragte: „Mobius, Sie haben etwas Wichtiges zu besprechen. Bitte mach weiter."

Mobius antwortete: "Die Gorkhaland-Bewegung hebt trotz unserer besten Bemühungen noch nicht ab. Manishas Tante Junali und ich mussten fliehen, um dem Polizeiraster in Kalimpong zu entkommen. Wir kamen in Sikkim an, nachdem wir am frühen Morgen den Teesta-Fluss überquert hatten, nachdem wir in der Nacht von Polizeihunden gejagt worden waren. Meine Eltern sind in dieser Angelegenheit angespannt, besonders mein Vater, der Gorkhaland für eine verschwendete Anstrengung hält. Meine Frau unterstützt mich widerwillig, und meine Tochter macht sich Sorgen um mich."

Der Geschäftsführer sagte: „Mobius, wenn du raus willst, sag einfach das Wort. Unsere Eingriffe in Zementwerke in diesem Gebiet werden fortgesetzt, auch wenn es kein Gorkhaland gibt. Du wirst immer alle Hände voll zu tun haben."

"Nein, Madam, ich bin kein Mann, der sich zurückzieht, und ich habe einen sehr gewagten Plan, wenn wir ihn durchziehen können, ohne dass jemand weiß, wer dahinter steckt", antwortete Mobius.

„Ich bin ganz Ohr Mobius. Mach schon."

Mobius sagte: „Ich habe zum ersten Mal von dieser Idee aus einer sehr ungewöhnlichen Quelle gehört, einem Gorkha-Kellner, der in der IRCTC-Lounge des Bahnhofs von Neu-Delhi arbeitet. Wenn wir die Gorkha-Soldaten anstiften, innerhalb ihrer Regimenter zu rebellieren, um sich der russischen Armee anzuschließen, könnte die Agitation die Regierung zwingen, Gorkhaland zu gewähren. Das Letzte, was die Regierung will, ist, ihre beste Kampfkraft in der Armee zu verlieren - das Gorkha-Regiment. Es muss diskret geschehen, indem einige der obersten Ränge des Gorkha-Regiments angestupst werden. Meiner Meinung nach wird nur ein Gerücht ausreichen, um Gorkhaland zu erschaffen. Meine Klassenkameraden in der Schule werden mir helfen, mit einigen der älteren Gorkha-Armee-Männer zu sprechen. Das Problem ist, wenn jemand quietscht, dass wir dahinter stecken, könnte das zu Verhaftungen führen."

Nach einem nachdenklichen Moment sagte der Geschäftsführer: „Mobius, obwohl die meisten diese Idee als lächerlich bezeichnen würden, denke ich, dass sie perfekt ist. Ihr Ansatz ist jedoch falsch. Wir müssen das Gerücht unter den Streitkräften verbreiten, ohne dass jemand weiß, wer dahinter steckt. Ich habe kürzlich einen jungen Mann, Aryan D'Silva, in unserer Unternehmens-IT-Abteilung rekrutiert, um uns bei unseren digitalen Anzeigen zu helfen. Er hat ein sehr ungewöhnliches Hobby. Er ist ein ausgebildeter Hacker. Es kann sich in jedes dreistufige Sicherheitssystem hacken, trotz intensiver Brandmauer eindringen und spurlos wieder herauskommen. Er arbeitete zwei Jahre lang in einem Unternehmen in Israel, wo er sich in einer Show der Tapferkeit in die israelische Verteidigungswebsite hackte, die angeblich eine der sichersten Websites der Welt ist."

Mobius fragte: "Wurde er verhaftet?"

Der MD antwortete: "Nein, im Gegenteil, der israelische Geheimdienst war beeindruckt und bot ihm eine stattliche Menge an, um ihnen beizubringen, wie es gemacht wird. Dies führte dazu, dass er sechs Monate lang einen Pflaumenauftrag im Geheimdienstflügel der israelischen Armee erhielt, wonach er unter Berufung auf Familienangelegenheiten nach Indien zurückkehrte. Die Wahrheit war, dass er Angst hatte, eliminiert zu werden, zumal er die Möglichkeit hatte, Notizen mit einigen der klügsten Hacker der Welt zu teilen und auszutauschen. Sein Vater hat bei mir Jura studiert. Wollte seinen Sohn in Sicherheit bringen und sprach mit mir. So habe ich ihm den Job angeboten."

Mobius rief aus: „Wow! Israelische Hacker gehören zu den besten der Welt, und er hat mit ihnen trainiert."

Der Geschäftsführer erklärte: „Mobius, lassen Sie mich das Denken und die Ausführung des Plans übernehmen. Legen Sie sich einfach hin. Kein Wort an irgendjemanden. Nicht einmal deine engen Freunde, deine Frau oder deine Eltern. Zwei Wochen Gerüchteküche auf den Webseiten der Armee sollten den Job machen. Wenn ich mich weiter mit anderen Regierungswebsites beschäftige, werden wir möglicherweise erwischt. Wir werden uns nur auf den militärischen Aufklärungsflügel der Armee konzentrieren. Mobius, ich werde gerade mit Aryan sprechen. Gib mir einen Moment."

Die Ärztin stand auf und ging in der Lounge in die Nähe des Fensters und kehrte nach fünfzehn Minuten intensiver Konversation mit Aryan mit einem Lächeln auf dem Gesicht zurück.

"Aryan sagte, es könnte in einer Woche erledigt werden und dass eine Woche ausreichend Zeit für Gerüchte ist. Er wird den Server in einer abgelegenen Stadt Maharashtra in Mahad aufstellen. Alle Hackerangriffe werden von dort aus durchgeführt. Er hat zuverlässige Freunde in Mahad, die dort einen Food Joint im Industrial Belt betreiben. Selbst wenn die Regierung es zurückverfolgt, wird es Zeit brauchen. Nach einer Woche wird der Server von dort verlegt und spurlos vernichtet.

Die IP-Adresse im Server ändert sich alle dreißig Sekunden und wird mit den 275 mittelständischen Industrien im Industriegürtel abgeschnitten. Selbst wenn die Regierungsspürhunde den Server bis zum Industriegürtel zurückverfolgen würden, wären sie mit der herkulischen Aufgabe konfrontiert, jeden Serverraum im Industriegürtel zu besuchen, was in Unternehmenskreisen für Aufruhr sorgen würde. Die meisten Branchen in Mahad haben ihren Hauptsitz in Mumbai in der Nähe."

Mobius fragte: "Was ist mit dem Food Joint, da die eigentliche Arbeit von dort aus erledigt wird?"

Der MD antwortete: "Gute Frage, Mobius. Das Food Joint befindet sich in einem zentral gelegenen Bereich innerhalb des Industrial Belt, wo mindestens dreihundert Arbeiter, sowohl Führungskräfte als auch Arbeiter, ihre Mahlzeiten einnehmen. Einige von ihnen haben Frühstück, Mittag- und Abendessen. Einige Outstation-Führungskräfte, die die Unternehmen besuchen, sitzen zu den Essenszeiten im Restaurant und erledigen ihre Arbeit von ihren Laptops aus."

Mobius rief aus: "Aryan ist ein wirklich kluger Kerl, der in so einem kurzen Moment an all das gedacht hat."

Der Arzt antwortete: "Lass dich in ein Geheimnis einweihen. Aryan arbeitete zwei Jahre lang in einem der Unternehmen - einem Kunststofftankhersteller - und baute seine IT-Abteilung auf. Deshalb weiß er so viel über den Ort."

The Masterstroke and Escape (2023)

21. August

Aryan D'Silva und der Geschäftsführer saßen im ersten Stock der Sahyadri Residency in Mahad. Das Zimmer war spärlich eingerichtet, aber mit dem natürlichen Komfort eines OYO-Zimmers in Höhe von 2500 Rupien pro Tag (nach einem Rabatt von 50 %). Serverausstattung und ein mittelgroßer Tisch mit zwei Laptops belegten ein Drittel des Raumes. Aryan und MD konzentrierten sich auf den Bildschirm und führten ein intensives Gespräch.

"Madam, wir haben unser Projekt gestern gestartet, und ich habe es geschafft, mich bei drei der größten Militär-Websites in Indien anzumelden. In der indischen Armee gibt es 7 Gorkha-Regimenter und 40 Bataillone mit 40.000 Gorkha-Soldaten. Darüber hinaus verfügt die Paramilitärs über 25 Bataillone von Gorkhas, die mit Assam-Gewehren dienen, die 25.000 Gorkha-Soldaten umfassen. Daher beträgt die Gesamtzahl der kämpfenden Gorkhas in Indien 65.000. Ich habe mich auch auf der Aadhar-Website angemeldet und alle Gorkha-klingenden Namen im Aadhar-Netzwerk zusammen mit ihren Handynummern getrennt und mit denen der Streitkräfte in Verbindung gebracht. Jetzt habe ich viele Handynummern, über die ich WhatsApp-Nachrichten senden kann."

"Aryan", unterbrach der MD. "Ich habe selbst ein paar Hausaufgaben gemacht. Berechnet man die nepalesischsprachigen Hindus in Darjeeling und Kalimpong, die 60 Prozent der Bevölkerung ausmachen, ergibt das eine beachtliche Zahl. Zusätzlich zu den Männern der Gorkha-Armee kannst du die Gorkhas, die in Darjeeling und Kalimpong leben, anzapfen und die Anzahl auf 2.50.000 beschränken. Ich habe stark in den Super-DHCP-Server mit 250.000 Endbenutzern investiert. Kennen Sie Aryan? Ihre Spezifikationen für den DHCP-Server und andere Geräte haben unsere Organisation um drei Crores ärmer gemacht."

Aryan antwortete frech: "Madam, in Dollar oder Rupien?"

MD nahm eine Keramik-Kaffeetasse in der Nähe und tat spielerisch so, als würde er sie nach Aryan werfen. Aryan wich dem Wurf aus und beide lachten. "Wenn es in Dollar wäre, Arier, wären wir bankrott gegangen", antwortet der MD unbeschwert.

Der Geschäftsführer fuhr fort: "Aryan, bitte erkläre etwas über den DHCP-Server."

"Gern geschehen, Madam", antwortet Aryan. „Dynamic Host Configuration Protocol (DHCP) Server sendet automatisch die erforderlichen Netzwerkparameter, damit Clients ordnungsgemäß im Netzwerk kommunizieren können. Ohne sie muss der Netzwerkadministrator jeden Client, der sich dem Netzwerk anschließt, manuell einrichten, was insbesondere in großen Netzwerken umständlich sein kann. DHCP-Server weisen Clients in der Regel eine eindeutige Internet Protocol (IP) -Adresse zu. Im Wesentlichen sind IP-Adressen die Art und Weise, wie sich Computer im Internet gegenseitig erkennen. Ihr Internet Service Provider (ISP) weist Ihren mit dem Internet verbundenen Geräten IP-Adressen zu, und jede IP-Adresse ist einzigartig. Wenn man bedenkt, dass jedes einzelne mit dem Internet verbundene Gerät über eine IP-Adresse verfügt, gibt es Milliarden von IP-Adressen, die sich ändern, wenn der Mietvertrag des Kunden für diese IP-Adresse abgelaufen ist. DHCP-Server konzentrieren sich auf die Lösung der ressourcenintensivsten Aufgaben, die die Verarbeitung von Terabytes an Informationen erfordern, die Durchführung von mehreren hunderttausend oder Millionen Transaktionen pro Minute, die Unterstützung der gleichzeitigen Arbeit von Tausenden von Benutzern und die mehrfache Skalierbarkeit von Ressourcen."

Der MD lächelte und signalisierte Aryan, anzuhalten und etwas Wasser zu trinken.

Aryan lächelte und antwortete: "Meine Kehle ist noch nicht ausgetrocknet." Dann fuhr er glücklich fort: "Ich denke, man kann mit Sicherheit sagen, dass wir jetzt in der Lage sind, alle Gorkhas auf unserer Liste mit einem sorgfältig formulierten Brief auf Englisch und Hindi auf einem Briefkopf der russischen Armee per WhatsApp zu benachrichtigen, in dem alle in Indien lebenden gesunden Gorkhas aufgefordert werden, sich der russischen Armee auf vertraglicher Basis für bessere Bezahlung und bessere Lebensbedingungen anzuschließen."

„Ausgezeichnete Arbeit, Arier. Besonders gut hat mir gefallen, wie Sie den Entwurf geändert haben; wir hatten den ersten Entwurf über

Gorkhas direkten Beitritt zur Wagner-Gruppe anstelle der russischen Armee vorbereitet."

»Das ist wahr, Madam. Ich musste die Änderung wegen des vorzeitigen Todes von Wagner-Häuptling Jewgeni Prigoschin bei einem Flugzeugabsturz veranlassen."

„Aryan, wir wissen beide, wer hinter dem Flugzeugabsturz steckt. Es war reine blutige Rache."

"Ich weiß, Madam. Aber warum uns den Kopf darüber zerbrechen, wenn wir uns an die Veränderung anpassen können."

"Weißt du, Aryan, ich habe zwei helle goldene Männer in unserer Organisation. Mobius Mukherjee und du."

"Ich habe Mobius bisher zweimal getroffen. Seine Laufabenteuer und seine Suche nach Gorkhaland sind legendär - ein wahrer Patriot Indiens. Wenn jemals Gorkhaland gebildet wird, verdient Mobius einen Platz im Ministerkabinett. Eure Erhabenheit, wissen Sie das? Einige seiner engen Freunde nennen ihn Mobsy."

"Ja. Ich kenne Aryan. Mobius hat ein paar Schulfreunde, die seiner Sache sehr treu sind. Sie geben ihm immense mentale Unterstützung. So auch seine Frau Sumitra, sechs Jahre älter als er und eine sehr reife Frau. Sie beschützt ihn wie eine Tigerin, die ihren Partner beschützt. Vor vielen Jahren verhielt sich Mobius seinem Chef gegenüber schlecht, und der Leiter der Personalabteilung des Werks bat ihn, das Unternehmen zu verlassen. Sumitra kam am nächsten Morgen verzweifelt in meinem Büro an, mit dunklen Ringen unter den Augen, und bat mich um Vergebung für ihren Mann. Mobius gefiel mir von Anfang an, ebenso wie die Bedürftigen. Mobius ist sehr wagemutig und voller Spunk. Er brauchte eine Frau wie Sumitra, um ihn zu zähmen. Mobius neigt dazu, mit seinen Ideen und Überzeugungen manchmal über Bord zu gehen. Polizeihunde verjagten Mobius einmal von einem Treffen in Kalimpong. Kletterte mit Manishas Tante auf einen Baum und versteckte sich nachts im Wald, um am frühen nächsten Morgen mit dem Boot entlang des Teesta-Flusses nach Sikkim zu entkommen. Nur ein außergewöhnlicher Mann könnte das überleben."

"Wow, Madam! Mein Respekt vor Mobius hat sich jetzt verdreifacht. Er war zweifellos ein mutiger, nüchterner Mann von Einfallsreichtum und immer unerschrocken angesichts von Rückschlägen. Erinnert mich an den amerikanischen Schauspieler George Clooney, aber mit schrägen Augen."

"Arier, du hast so recht. Er ähnelt George Clooney, bis auf seine Augen, die seine markanten Züge akzentuieren. Ja, Mobius ist zweifellos ein gut aussehender Kerl."

Nach einer Pause fuhr der MD fort: "Arier, wie schnell werden die Auswirkungen eintreten?"

Aryan antwortete nach einem Gedanken: „Ich werde die ganze Nacht daran arbeiten, die Software zu optimieren, um unseren Anforderungen gerecht zu werden. Morgen früh erhalten alle Gorkha-Männer und einige Frauen auf meiner Liste über WhatsApp die Einladung auf dem gefälschten Briefkopf der russischen Armee und laden alle Gorkha-Männer ein, sich der russischen Armee anzuschließen. Ich habe auch eine Klausel aufgenommen, dass sie nach einem Jahr in der russischen Armee dauerhaft bleiben werden. Das Schreiben hat die gefälschte Unterschrift des bestehenden Generalstabschefs unter dem russischen Präsidenten. Es wird zwei Versionen geben, eine in Englisch und die andere in Hindi, um ihr ein authentischeres Aussehen zu verleihen. Allen Gorkhas wird es so erscheinen, als hätte die russische Armee die übersetzte Version absichtlich geschickt, um mit ihnen zu kommunizieren. In Kürze werden Sie auf Fernsehkanälen und Zeitungen Nachrichten über die Ansichten der Gorkhas zu dieser Einladung sehen. Innerhalb von zwei Tagen erwarte ich, dass die russische Regierung dieses Gerücht entschieden widerlegt. Aber es wird nur das Feuer anheizen und die Zentralregierung und das Hauptquartier der Armee beunruhigen und stören. Es wird die Zentralregierung schließlich dazu bringen, den Status von Gorkhaland schnell positiv zu überdenken. Ich erwarte, dass die Befugnisse dies bis Ende dieses Monats oder früher bekannt geben. Je mehr sie verzögern, desto trauriger und verzweifelter werden die Gorkhas in den Streitkräften."

"Du bist ein Genie, Arier, in der Lage zu sein, unser Projekt in zwei Tagen abzuschließen, anstatt in unserer früher geplanten Woche."

"Madam, die Notwendigkeit ist die Mutter der Erfindung. Die Regierung wird jedoch sofort die israelischen Hacker anrufen, um die Angelegenheit zu untersuchen. Da unsere Algorithmen mit ihren übereinstimmen, ist es nur eine Frage der Zeit, bis ein weiser Kerl zwei und zwei zusammenfügt. Vergessen Sie nicht, Madam, das israelische

Cyber-Arms-Unternehmen NSO Group hat die Pegasus-Spyware für die Installation auf Mobiltelefonen mit iOS und Android entwickelt."

"Deshalb, Arier, verlagern wir die Basis morgen selbst. Wir fahren in einem privaten Fahrzeug in Richtung Mumbai, fünf Stunden von Mahad entfernt. Auf dem Weg zu einer abgeschiedenen Haltestelle begraben wir wie geplant den Server im Waldgebiet, nachdem wir alle Speicherkarten entfernt haben. Ich habe schon Leute, die daran arbeiten. Als wir Mumbai erreichen, fliegen wir nach Delhi. Ich werde Ihr Flugticket nach Kathmandu arrangieren. Wir haben dort ein Auslandsbüro. Aber du gehst nicht ins Büro. Du wirst zu einem Geist und verschwindest für alle praktischen Zwecke in der Luft, nur mit einem einzigen Punkt. Du wirst in einem sicheren Haus gut versorgt sein."

Aryan, etwas besorgt: "Und wie lange wird das dauern, Madam?"

"Bis die neue Staatlichkeitsankündigung gemacht wird, was, wie ich voraussage, etwa einen Monat oder vielleicht schneller dauern wird. Ganz offensichtlich wird die tatsächliche Staatlichkeit viel später eintreten."

Aryan sah erleichtert aus und sagte: "Hoffentlich wird Ihre Vorhersage wahr, Madam."

Der MD lächelte und sagte: „Aryan, du solltest mehr Vertrauen in deinen MD haben. Übrigens, Arier, du wirst die ganze Zeit Zeit zum Nachdenken haben, wenn du dich versteckst. Ich gebe Ihnen einige Gedanken für die Zukunft. Du kannst dein Denkvermögen darauf setzen."

Aryan lächelte und antwortete: „Ich gewöhne mich an diese Form des Denkens. Bitte machen Sie weiter, Madam."

Nachdenklich antwortete der Geschäftsführer: „Ich übertrage Mobius mehr Verantwortung. Wir werden sicherstellen, dass die Gorkha National Unity Front bei den Wahlen in Westbengalen gut abschneidet, um Manishas Anspruch als Spitzenreiter für den neuen Bundesstaat Gorkhaland zu projizieren. Die Popularität der Gorkha-Parteien ist sehr dynamisch. Wenn man die Partei gut projiziert, wird sie die Wahlen gewinnen. Ich übertrage Ihnen die Verantwortung für die IT-Abteilung, um Mobius und Manisha dabei zu helfen, die Gorkha National Unity Front auf Social-Media-Plattformen zu unterstützen."

Aryan antwortete: "Natürlich, Madam, es wird mein stolzes Privileg sein, dies zu tun. Wow! Jetzt verstehe ich, warum Sie der Geschäftsführer der fünftgrößten Zementgruppe des Landes sind. Was ich nicht verstehe, Madam, ist, wie Sie sich weiterhin darauf konzentrieren, Ihre Ziele zu erreichen."

"Ganz einfach, Arier, ich erlaube meiner linken Hand nicht zu wissen, was meine rechte Hand tut", antwortete der MD.

Lächelnd deutete der MD auf Aryan. "Schlaf etwas, Arier. Du hast eine lange Nacht voller Hacking vor dir. Ich gehe in mein Zimmer nebenan. Ich werde zwei Stunden schlafen, meine E-Mails einholen und in drei Stunden zurückkommen."

Aryan antwortete ungläubig: "Du musst eines Tages einen Marathon mit Mobius laufen. Du hast die Widerstandsfähigkeit, es zu tun."

Die MD machte das Siegeszeichen bei Aryan und zog in ihr Hotelzimmer. Nach einem Moment öffnete sich Arians Hotelzimmer, und der MD guckte hinein und trat ein. "Oh, übrigens, Arier. Hast du dafür gesorgt, dass alle Überwachungskameras im Hotel ausgeschaltet sind?"

"Nicht nur das", antwortete Aryan, "sondern auch unsere Namen im Hotelregister an der Rezeption sind getäuscht."

"Du bist ein scharfer Keks, Aryan", antwortete der Geschäftsführer und hinterließ eine Spur des "Louis Vuitton"-Duftes, als sie die Tür schloss.

25. August

Dringlichkeitssitzung des Premierministers

Der PM war in nachdenklicher Stimmung in seinem Büro. Der Innenminister, der Chef des Armeestabes und der Minister für Informationstechnologie sollten nun sein Büro betreten. Die letzten 24 Stunden waren chaotisch gewesen. Siebenundzwanzig prominente TV-Kanäle im ganzen Land, plus viele lokale, lüfteten fröhlich die Nachrichten über Gorkhas von den Gorkha-Regimentern in der indischen Armee, die nach Russland aufbrachen, um sich ihrer Armee für bessere Bezahlung und bessere Annehmlichkeiten anzuschließen. Sie wurden auch versprochen, nach einem Jahr vertraglicher Dienstzeit dauerhaft gemacht zu werden. Die Gesamtstärke der Gorkhas in Armee und Paramilitär (Assam-Gewehre) lag bei fast 65.000 - eine problematische Zahl. Diese Nachricht hatte kein Minimum an Wahrheit, aber er konnte nichts dagegen tun. Die besten IT-Mitarbeiter des Ministeriums für Elektronik und Informationstechnologie arbeiteten daran, wie das Problem entstanden ist.

Eine Flut von Aktivitäten war direkt vor der Tür des Premierministers, und das Trio trat ein. Der Premierminister deutete ihnen zu, sich hinzusetzen. Der Innenminister saß zwischen dem Chef des Armeestabs und dem Minister für Informationstechnologie. Eine vierte und fünfte Person, der Leiter des indischen Computer-Notfallteams, und sein persönlicher Sekretär saßen für die heutige Notfallsitzung etwas entfernt von den Kernmitgliedern.

Der Innenminister hustete und war der erste, der sprach. "Wir konzentrieren uns auf die Hacker, die die Militär- und Aadhar-Websites gehackt haben. Wir können den Ort, von dem aus alles begann, innerhalb von sechs Stunden lokalisieren."

„Warum nicht früher?", sagte der Premierminister schroff.

"PM Sir", erklärte der Minister für Informationstechnologie. „Sie verwenden israelische Software, die nur ihrem Land bekannt ist. Es kann die IP-Adresse alle paar Sekunden ändern. Es braucht Zeit für die Erkennung. Der zentrale Server wird sich wahrscheinlich etwa 169 Kilometer in der Nähe von Mumbai in einer Stadt namens Mahad befinden. Wir werden sie bald erreichen."

Der Premierminister bat den Chef der Armee um das Wort. Der Häuptling sprach offen: „Ja, PM Sir, die Nachricht über WhatsApp hat viele Gorkha-Soldaten erreicht. Sie alle überdenken jedoch. Unsere Think Tanks arbeiten an einer einvernehmlichen Lösung. Es gibt keinen Grund zur Sorge, aber wir müssen den Nachrichtenfluss eindämmen, weil er auch an die Gorkha-Bürger in Darjeeling und Kalimpong gerichtet wird. Ich habe keine Kontrolle über diesen Aspekt."

Nach einer Stunde endete das Treffen, und der Premierminister bat den Innenminister, zurückzubleiben. Sowohl der PM als auch HM waren allein. Der Premierminister sagte kurz und bündig: „Motabhai, die Zeit ist abgelaufen. Wenn Sie Hilfe von den israelischen Hackern benötigen, lassen Sie es mich bitte wissen; ich werde mit ihrer Regierung sprechen. Ihr Premierminister ist ein persönlicher Freund. Spüre sie auf und löse diese Angelegenheit sofort. Tu, was immer nötig ist."

Der HM erhob sich langsam von seinem Sitz. Der Premierminister winkte ihm, sich wieder hinzusetzen, und sagte ätzend: „Ich habe früher Ihre Predigten über Gorkhaland gehört. Ich habe etwas überdacht. Die Amtszeit der 17. Lok Sabha endet am 16. Juni 2024. Die indischen Parlamentswahlen finden zwischen April und Mai 2024 statt, um die Mitglieder der 18. Lok Sabha zu wählen. Beginnen wir so schnell wie möglich mit dem Prozess zur Geburt einer neuen Staatlichkeit. Wir werden genug Unterstützung dafür bekommen. Der neue Staat kann bis Ende 2024 gebildet werden. Es wird auch ein passender Start in unsere neue fünfjährige Amtszeit sein. Lass Gorkhaland unser Geburtstagsgeschenk für die Nation im Jahr 2024 sein. Ich weiß, Motabhai, dass du mich von ganzem Herzen unterstützen wirst."

"Natürlich, PM Sir. Ich hatte immer eine weiche Ecke für die Gorkhas. Ich werde den Prozess für eine neue Staatlichkeit sofort beginnen ", antwortete der HM und verließ den Raum mit gebeugtem Rücken, müde, aber lächelnd. An der Tür drehte sich der HM um und sagte: „PM Sir, ich denke, wir könnten innerhalb eines Monats bis Ende September eine Ankündigung in Bezug auf die Gorkhaland-Frage machen. Es wird die Gorkhas in der Armee beruhigen. Schließlich brauchen wir in dieser Hinsicht keinen unerwünschten Vorfall."

"Motabhai, du bist mein besseres Gewissen. Bitte fahren Sie fort. In der Tat, versuchen Sie, die Ankündigung früher zu machen ", antwortete der Premierminister mit einem Lächeln.

27. August
Mobius 'Flucht für Gerechtigkeit

Mobius ging mit seiner Tochter Ayushi in Richtung Venus Bakery auf der Rewa Road in Satna, als eine Unterinspektorin auf einem Motorrad neben ihnen zum Stehen kam. "*Namaste, Mukherjee Saheb*" (Grüße, Herr Mukherjee), lächelte der Unterinspektor Mobius an.

Mobius erkannte den Unterinspektor "Perky Boobs" als dieselbe Frau, die Ayushis Aussage im Krankenhaus aufnahm, wo sie sich vor vielen Jahren von einer selbst betroffenen Wunde am Handgelenk erholte.

"*Inspektor Memsaheb. Aap kaise ho?*"(Frau Inspektorin. Wie geht es Ihnen), antwortete Mobius.

„*Kuch gadbad chal reha hai aapke baare me. Tripathi aap keleye ladai kar rahe hai paruntu yeh CBI ka mamlahai. Yeh mamla Gorkhaland kebaare meh hai. Vorsicht, Raho.*"(Einige unheimliche Bewegungen, die dich umgeben, finden statt. Tripathi Saheb nimmt die Knüppel in Ihrem Namen auf, aber das CBI ist involviert. Etwas, das mit Gorkhaland zusammenhängt. Seien Sie vorsichtig).

„*Meh aapki maherbani kabhi nahi bhoolanga.*"(Ich werde dein Wohlwollen nie vergessen) Mobius lächelte sie inmitten einer nagenden Sorge an, die in ihm wuchs.

Der Unterinspektor lächelte Ayushi an und erkundigte sich kurz nach ihrer Gesundheit. Sie beglückwünschte Ayushi auch dazu, schlanker auszusehen als zuvor, was Ayushi eine Kleinigkeit peinlich machte, aber glücklich machte.

Sobald der Unterinspektor ihr Motorrad drehte und wegfuhr, hörte Ayushi aufmerksam dem Gespräch zu und sagte: „Bapi, lass uns schnell nach Hause gehen und Ma davon erzählen. Du musst so schnell wie möglich das Haus verlassen."

"Warte, Ayushi, lass mich mit dem stellvertretenden Kommissar Prakash Tripathi sprechen."

Ayushi nahm die Hand ihres Vaters und drückte sie. "Mach den Anruf nicht. Möglicherweise wird Ihr Telefon bereits abgehört, da es sich um eine CBI-Angelegenheit handelt. Tripathi Onkel wird zu uns durchdringen. Vielleicht hat er den Unterinspektor absichtlich zu uns geschickt. Lass uns sofort nach Hause gehen."

Mobius rief eine Autorikscha, und sowohl Vater als auch Tochter erreichten in fünfzehn Minuten ihr Zuhause in der Kolonie.

Ein geschlagener Sumitra erwartete ihre Ankunft vor der Haustür. "Mobsy Liebling, ich habe gerade einen Anruf von Assistant Commissioner Prakash Tripathi vor fünf Minuten erhalten. Es wäre am besten, wenn du dich so schnell wie möglich davon machst. Das CBI ist in Bezug auf Gorkhaland bei Ihnen. Ich habe deinen Rucksack mit deiner Kleidung, Toilettenartikeln, zusätzlichem Paar Schuhe, Hausschuhen, mobilem Ladegerät, Taschenlampe, Kompass und Jagdmesser gepackt. Prakash sagte mir, ich solle dir sagen, dass du alle deine SIM-Karten sofort loswerden und ein Geist werden sollst. Vermeiden Sie es, jemanden zu kontaktieren. Bleib einfach versteckt.

Vermeiden Sie es, zum Bahnhof, Flughafen oder Busbahnhof von Satna zu fahren."

"Gib mir dein Handy, Sumi. Ich muss mit meinem Arzt sprechen."

Mobius sprach schnell mit seinem Arzt. "Madam, ich bin in tiefer Scheiße. Ich wurde gerade informiert, dass das CBI hinter mir her ist. Muss gerade flüchten."

Der MD antwortete ruhig: „Mobius, hör mir sehr genau zu. Gehe außerhalb deines Kolonie-Tors. Fahren Sie mit dem Auto zu unserem Marketingbüro in Majdeep. Treffen Sie dort den Marketingchef Tapovardhan. Sie erhalten alle Anweisungen. Kinn hoch. Ich bin direkt hinter dir. Bewegen Sie sich. Mach dir keine Sorgen."

Mobius sagte zu Sumitra: „Der Arzt sagte mir, ich solle nach Majdeep ziehen. Sie beschützt mich. Ich muss los. Hier ist mein Handy. Ich entferne beide SIMS von meinem Handy. Wirf sie in den Hinterhof, nachdem du sie zerstört hast."

Mobius küsste Ayushi auf beide Wangen. "Kümmere dich um Ma, Pahadi-Prinzessin. Du bist jetzt ein großes Mädchen."

Mobius umarmte Sumitra als nächstes: "Tut mir leid, dass ich euch beide in Schwierigkeiten gebracht habe, Sumi."

Ayushi meldete sich zu Wort: „Bapi, küsse Ma und laufe. Ich wende mir den Rücken zu."

Sumitras Augen waren feucht. "Schau, Mobsy Liebling, vielleicht hätte ich dich besser unterstützen sollen. Das tut mir leid. Aber ich möchte, dass du weißt, dass ich bei deiner Suche nach Gorkhaland hundertprozentig hinter dir stehe. Lass jetzt nicht locker."

Sumitra küsste Mobius leidenschaftlich auf seine Lippen und sondierte kurz ihre Zunge in seinen Mund, wobei beide Hände fest um seinen Kopf gedrückt wurden.

Von hinten rief Ayushi: "Kann ich mich jetzt umdrehen?"

Sowohl Sumitra als auch Mobius schwangen unisono mit. "Natürlich, Pahadi-Prinzessin."

Bevor er zum Tor ging, sagte Mobius: "Okay, ihr Mädchen passt aufeinander auf."

Sumitra und Ayushi sagten unisono: „Ayo Gorkhali!"

Mobius antwortete: "Ayo Gorhkali!"

Ayushi rannte nach vorne, um ihren Vater zu umarmen, und flüsterte ihm ins Ohr: „Gib dich nicht deinen Gegnern hin, die hinter dir her sind. Tritt ein bisschen in den Arsch, Bapi. Ich bin mit dir durch dick und dünn auf Gorkhaland. Joy Baba Loknath!"

Mobius kam in Majdeep an und traf Tapovardhan, der erwartungsvoll auf Mobius wartete.

"Herr Mukherjee, ich habe ein Taxi, das Sie auf der Straße nach Khajuraho bringt. Es ist jetzt 18 Uhr. Du reist die ganze Nacht ohne Zwischenstopp und erreichst das Ziel um Mitternacht. Der Fahrer wird dich dorthin bringen. Ich habe ihn angewiesen, nicht mit dir zu sprechen. Sie werden sich auch nur mit ihm über Kleinigkeiten wie das Wetter unterhalten. Hier ist ein neues Handy mit Ladegerät und einer neuen SIM. Dort gibt es nur eine Nummer. Es ist Vandanas Schwester Rashmi, die derzeit in Allahabad lebt. Du hast sie getroffen, als sie ihre Schwester in der Kolonie des Satna-Werks besuchte. Sie wird jede Nachricht an Vandana weiterleiten, die das Notwendige tun wird. Kontaktieren Sie keine andere Person als Rashmi. Dies ist die strikte Anweisung des MD. Alles Gute. Die Ärztin hat Vandanas Schwester ausgewählt, weil Sie sich bei ihr wohlfühlen würden, da Vandana aus Ihrer Abteilung stammt."

Als Mobius das Auto betrat, sagte Tapovardhan: „Wir sind alle stolz auf Sie, Herr Mobius Mukherjee. Nur um Sie wissen zu lassen, Sie haben den Segen von allen von Durabuild Cement Limited für die Staatlichkeit von Gorkhaland. Wir alle wissen von euren Prüfungen und Bedrängnissen in den letzten vielen Jahren. Sie können sicher sein, dass jeder in unserer Organisation für Ihren Erfolg betet. Der Fahrer bringt dich zu einer privaten Residenz in Khajuraho. Von dort aus werden Sie Anweisungen erhalten." Sowohl Tapovardhans als auch Mobius 'Augen waren feucht.

Sumitra war mit Mobius 'Eltern in Verbindung.

Sumitra weinte. "Baba, ich weiß nichts über Mobsys Verbleib. Es ist alles streng geheim. Ich fühle mich so hilflos. Ich habe Mobsy sein ganzes Leben lang beschützt. Jetzt weiß ich nicht, was ich tun soll."

Baba antwortete: „Sumi, du bist wie Modesty Blaise. Sei stark. Keine Sorge. Unser Mobsy kann so hinterhältig wie ein Wiesel sein, wenn es die Situation erfordert. Du kennst Mobsy seit seiner Geburt. Er hat ein

Händchen dafür, aus kniffligen Situationen herauszukommen. Er hat es schon so oft getan. Ich gebe das Telefon deiner Mutter."

In einem beruhigenden Ton sagte Ma: „Joy Baba Loknath, Sumi! Keine Sorge. Baba und ich kommen nach Satna. Wir gehen heute Abend. Morgen früh sind wir um 6 Uhr vor Ihrer Haustür. Milind und Mandira haben vor ein paar Minuten mit Baba telefoniert. Sie werden auch morgen Abend bei dir und Pahadi sein. Shiv und Chandrika sind im Moment in Delhi. Shiv sagte mir, er würde zum CBI-Hauptquartier in Delhi gehen, um herauszufinden, was passiert ist."

Sumitra antwortete erleichtert: „Joy Baba Loknath, Ma! Mobsy hat einige Informationen vor mir versteckt. Er hörte sich die Nachrichten aufmerksam an, besonders wenn es ein Programm oder Nachrichten über den Beitritt der Gorkhas zur russischen Armee aus Indien gab. Wie Sie wissen, Ma, gibt es einen Zustrom von Bürgern aus Nepal für die Rekrutierung in der russischen Armee. Fernsehsender diskutieren auch über einen möglichen Abzug von Gorkhas aus Indien, um sich der russischen Armee anzuschließen. Ich habe das Gefühl, dass Mobsy irgendwie verbunden ist, wenn auch nicht verantwortlich."

Ma antwortete: „Was auch immer passiert, Sumi. Mobsy ist klug genug, um nicht in Mitleidenschaft gezogen zu werden, und ich bin sicher, dass er nichts Dummes tun wird."

In der Zwischenzeit erreichte Mobius Khajuraho um Mitternacht in einer privaten Residenz, wo die Besitzer, ein Ehepaar, ein Restaurant im Erdgeschoss ihres Hauses führten. Das Restaurant hatte ein Team von fünf Mitarbeitern, darunter der Koch und Helfer und drei Kellner. Der Besitzer nahm die Bestellungen persönlich, und die Frau saß an der Kasse. Ihr Sohn und ihre Schwiegertochter kamen jeden Monat für ein paar Tage aus Satna herunter, wo der Sohn in einem Zementwerk arbeitete.

Mobius wurde im Gästezimmer untergebracht und vom Ehemann aufgefordert, in seinem Zimmer zu bleiben und nicht ins Restaurant zu kommen. Am nächsten Tag wurden Frühstück und Mittagessen von der Frau serviert. Die Mahlzeiten waren kontinental. Besonders gefallen hat Mobius der Fischbrutzler mit knusprigem Gemüse und Kartoffelfingerchips auf einem Kohlblatt auf einem quadratischen Holzteller. Der MD sprach abends über das Telefon des Ehemannes mit Mobius.

"Hör zu, Mobius. Es ist gut, dass wir dich aus Satna rausgeholt haben, bevor morgen früh dein offizieller Haftbefehl von der Polizei kommt. Dein Freund von der Satna-Polizei hat deinen Haftbefehl verzögert. Es gibt nichts zu befürchten. Der Antrag auf Festnahme wegen Aufruhrs, den das Innenministerium von Westbengalen beim Innenministerium der Union eingereicht hat, ist fadenscheinig, basierend auf einem Video, in dem Sie die blutigen Kleidungsstücke der Gorkha-Läuferin auf der Howrah-Station gezeigt haben. Als Organisation, die ihre Mitarbeiter schützt, wird unsere Rechtsabteilung in Delhi die Angelegenheit vor dem Obersten Gerichtshof behandeln. Aber Sie müssen in Khujaraho eingesperrt bleiben - keine Anrufe außerhalb, mit Ausnahme der Nummer auf dem Handy, die Ihnen gegeben wurde. Deine Familie ist in der Kolonie sicher. Ich habe meine juristischen Personen und Sicherheiten angewiesen, bei jedem Verhör durch die Polizei oder CBI mit Ihrer Frau und Tochter bei Ihrer Familie zu sein. Das andere, was wir begonnen haben, wird bald vorbei sein. Bleib ruhig, Mobius, und genieße die Küche des Restaurants. Ich empfehle ihre Hammelsuppe, die mir gefallen hat."

Mobius witzelte: „Madam, ich bin schon in einer Suppe. Es gibt also nichts Besseres als Hammelsuppe!" Der Geschäftsführer entgegnete leichtfertig: "Schön zu sehen, dass Sie Ihren Sinn für Humor behalten haben, Mobius." Sie lachten beide.

Rückkehr aus dem Exil (2023)

11. Oktober

Mobius wusste, dass die Schelte in Ordnung war, als er sein Haus in der Wohnkolonie von Durabuild Cement Limited in Satna betrat. Das Firmenfahrzeug hatte ihn an diesem Morgen aus dem Restaurant in Khajuraho abgeholt, wo er sich in den letzten sechs Wochen im Haus des Restaurantbesitzers im ersten Stock versteckt hatte. Während dieser Zeit durfte er nicht aus dem stark vorgehängten Fenster schauen oder sein Zimmer verlassen, wie es die strengen Anweisungen des Geschäftsführers vorsahen.

Sein einziger Kontakt zu anderen Menschen war mit dem Restaurantbesitzer und seiner Frau gewesen, die ihm Mahlzeiten und Snacks brachten. Mobius 'ritterliches Gewissen konnte es der Frau des Besitzers nicht erlauben, sein Zimmer täglich zu putzen, also nahm er es auf sich. So verbrachte Mobius sechs Wochen damit, fernzusehen, zu essen, zu schlafen, sein Zimmer zu putzen und in seinem komfortablen Zimmer zu trainieren. Im Nachhinein ließ der Besitzer zwei 5 kg schwere Hanteln in Mobius 'Zimmer zurück, die er voll ausnutzte.

Das Fernsehen machte Mobius auf die Öffentlichkeitsarbeit im Zusammenhang mit dem Haftbefehl auf nationalen Kanälen aufmerksam. Manisha wurde im Fernsehen interviewt und von bestimmten politischen Parteien beschuldigt, Gorkhaland Ärger zu bereiten, eine Behauptung, die sie vehement bestritt. Sie kündigte ihre Absicht an, sich in dieser Angelegenheit an die Gerichte zu wenden. Der Firmenanwalt von Mobius erklärte offen die Unschuld seines Mandanten auf mehreren prominenten Nachrichtenkanälen mit Bildern und Videos von Mobius-Laufrennen und Bucheinführungen seines Laufbuchs, das von dem renommierten Athleten Milkha Singh eingeweiht wurde.

Mobius erkannte, dass der Haftbefehl und die anschließende Entlastung durch den Obersten Gerichtshof innerhalb von sechs Wochen erfolgt waren, dank des Eingreifens des MD und der Kontakte in den höheren Machtbereichen, sowohl in der Justiz als auch in der Presse und in den digitalen Medien. Mobius hatte keinen Zweifel daran, dass der MD ihn vor großen Schwierigkeiten gerettet hatte.

Mobius konnte Rashmi nur über ein Nicht-Android-Telefon kontaktieren, wo er Nachrichten an seine Familie weiterleiten und Feedback erhalten konnte, dass seine Eltern, Sumi, Pahadi und die Sechserbande in Ordnung waren. Das CBI hatte die Eltern von Mobius, Sumitra, Ayushi, Milind und Shiv, befragt, aber sie hatten aufgrund der sorgfältigen Planung des MD keine Informationen über den Aufenthaltsort von Mobius.

Als Mobius nach seiner sechswöchigen Abwesenheit nach Hause zurückkehrte, wurde er von seinen Eltern Sumitra, Ayushi und der Bande der Sechs begrüßt. Es war klar, dass das Management sie über seine Heimkehr informiert hatte. Die leitenden Sicherheits- und Verwaltungsbeamten, die vor seinem Haus warteten, gingen, nachdem sie ihn begrüßt hatten. Mobius war begeistert von den lächelnden Gesichtern, die ihn begrüßten. Ayushi war die erste, die ihren Vater umarmte und fragte, ob alles in Ordnung sei.

Mobius antwortete humorvoll: „Pahadi, mach dir keine Sorgen. Außer deiner Mutter kann mich niemand ausschalten!"

Nachdem sie Mobius umarmt hatte, drückte Sumitra ihre Besorgnis aus: „Du bist nicht verletzt, oder, Mobsy? Ich hoffe, du wurdest nicht gefoltert. Bitte antworte mir."

Mobius antwortete mit guter Laune: "Ich muss nur etwas Übergewicht von all dem kontinentalen Essen verlieren. Meine Haut könnte eine Bräune gebrauchen, wenn sie sechs Wochen lang nicht drinnen ist." Lachen und Heiterkeit erfüllten den Raum.

Mandy sagte: "Jetzt wissen wir alle, dass Mobsy gut geschützt war."

Shiv warnte: „Momentan weiß niemand, wo sich Mobsy in den letzten sechs Wochen verschanzt hat. Wir müssen es für Mobsys Zukunft geheim halten. Mobsy muss so tun, als leide er an vorübergehender Amnesie."

Mandira fügte spielerisch hinzu: „Mobsy wird keine Schwierigkeiten haben, ahnungslos zu handeln. Er ist ein Naturtalent."

Chandrika verteidigte Mobius: „Unser Mobsy ist der Intelligenteste unter uns. Daran soll kein Zweifel bestehen."

Sumitra nickte zustimmend und sagte: „Lassen Sie uns Mobsy eine Pause gönnen. Er hat viel durchgemacht."

Milind sagte: "Mobsy ist hier sicher und gesund, und das ist es, was zählt. Sein Verbleib in dieser Phase ist nicht unbedingt erforderlich. Wir alle wissen, dass der MD ihn standhaft und unerschütterlich beschützt hat."

Mobius ging vorwärts, umarmte seine Eltern und berührte ihre Füße. "Unser Baagh Bhai ist gesund und munter zurückgekehrt", wiederholte Baba mit einem von Manisha verwendeten Begriff und segnete seinen Sohn.

"Joy Baba Loknath!" Ma schrie mit feuchten Augen und zitierte eine Zeile aus Shakespeares „Der Kaufmann von Venedig". "Ein Daniel ist zum Gericht gekommen."

13. Oktober

Aryan's temporärer Zufluchtsort

Die antike Stadt Kathmandu, eingebettet in die Umarmung des Himalaya, diente Aryan D'Silva auf der Flucht als unwahrscheinlicher Zufluchtsort. Die engen, verwinkelten Straßen der Stadt waren voller chaotischer Energie, die die in ihren Falten verborgenen Geheimnisse verdeckte. Der Duft von Weihrauch verweilte in der Luft und vermischte sich mit dem lebhaften Geschwätz der Einheimischen und dem fernen Summen der Gebetsmühlen.

In ihrem eigenen freundschaftlichen Stil fand die Geschäftsführerin in einer bescheidenen Gastfamilie und einem Restaurant im Herzen von Thamel, dem pulsierenden Touristenviertel, eine Unterkunft für Arier. Die Gastfamilie mit ihrer verblassten Backsteinfassade und den kunstvoll geschnitzten Holzfenstern war ein stiller Zeuge der Geschichten derer, die innerhalb ihrer Mauern Zuflucht suchten. Der mit traditioneller nepalesischer Kunst geschmückte Empfangsbereich bot eine Fassade der Normalität, die die Turbulenzen in Arians Herzen verbarg.

Nachdem sie die sichersten Websites von The Defence of India gehackt hatte, wusste die Geschäftsführerin, dass Aryan D'Silvas Tage gezählt sein würden, wenn sie Ayran nicht schnell aus Indien verlegte. Und der beste Ort dafür wäre Kathmandu, ein ständig touristischer Ort, an dem sich das ganze Jahr über Nationalitäten verschiedener Länder versammeln. Die Ärztin hatte auch ihre Männer dort, um Aryan im Auge zu behalten.

Innerhalb der Grenzen seines Zimmers im ersten Stock des Gebäudes glänzte Aryan mit der erlesensten Küche und einer komfortablen, gemütlichen Gastfamilie. Das Zimmer hatte sogar eine Minibar, die täglich vom Besitzer aufgefüllt wurde, einem weithin gelesenen, verwitterten Gorkha und Everest-Summiteer mit einem freundlichen Lächeln, der ein Multi-Cuisine-Restaurant im Erdgeschoss hatte, das von Asiaten mit einem beträchtlichen Kundenstamm aus der indischen Gemeinschaft bevorzugt wurde. Alle Mahlzeiten von Aryan wurden in sein Zimmer gebracht, da der Geschäftsführer ihm verbot, auszugehen. Daher strömten die gedämpften Geräusche von Kathmandus Straßenleben durch das einzige Fenster, eine ständige Erinnerung an die Welt draußen, der sich Aryan nicht stellen sollte, um seine Anwesenheit geheim zu halten.

Aryan D'Silva war in den letzten sechs Wochen in seiner Gastfamilie untergebracht, war aber aufgrund des ausgezeichneten Essens, der Internetverbindung und des Fernsehers mit seinen 110 Kanälen glücklich. Plötzlich kam ihm eine Hindi-Phase in den Sinn. *'Jab Bhagwan detahai to chhappar phaad ke prisoners hai'* (Wenn Gott gibt, gibt Er reichlich).

Aryan fand Trost in der Anonymität, die die Stadt bot. Die hoch aufragenden Gipfel des Himalaya, die in der Ferne durch das einsame Fenster sichtbar sind, schienen sowohl ein Symbol der Zuflucht als auch eine Erinnerung an die gewaltigen Herausforderungen zu sein, vor denen die Staatlichkeit von Gorkhaland steht.

Während der sechs Wochen verbrachte Aryan seine Nächte damit, durch das offene Fenster im Herzen von Kathmandu zu blicken. Arians vergangene Ereignisse mit ihrer Verschmelzung von militärischem Geheimdienst, kulturellem Reichtum, politischer Spannung und dem allgegenwärtigen Blick auf die Berge schufen eine fesselnde Kulisse für den Blick aus seinem Fenster.

Im Bewusstsein, dass Mobius Mukherjee mit 53 Jahren doppelt so alt war wie er, erkannte Aryan, dass ihre Zwangslagen ebenso gefährlich waren. Trotz des Altersunterschieds fand Aryan einen tiefen Trost in seiner Verwandtschaft mit Mobius. Er betete inbrünstig zum

Allmächtigen, dass Mobius und seine engagierten Mitarbeiter, insbesondere Manisha, und ihre leidenschaftlichen Aufrufe an Gorkhaland bald die Antworten erhalten würden, nach denen sie suchten.

Gerade dann, als er über MDs Wohlwollen nachdachte, klingelte Aryan's Telefon. Es war der Geschäftsführer, der schnell auf den Punkt kam.

"Rate mal, was arisch ist. Gute und schlechte Nachrichten. Der israelische Geheimdienst kommt Indien nicht zu Hilfe. Sie haben alle Hände voll zu tun. Am Morgen des 7. Oktober 2023, gegen 6:30 Uhr IST, startete die Hamas einen Angriff auf Israel von mehreren Orten an seiner Grenze zum Gazastreifen. Der Angriff umfasste Boden- und motorisierte Infiltration in israelisches Territorium und Angriffe auf israelische Verteidigungsbasen und Zivilisten. Gegen 7:00 Uhr überfielen Hamas-Kämpfer viele Siedlungen in der Gaza-Peripherie Israels und verübten Massaker, unter anderem bei einem Musikfestival, bei dem mindestens 1400 Menschen ums Leben kamen. Dies wurde als der größte Terroranschlag in der Geschichte Israels beschrieben. Die Kämpfer aus dem palästinensischen Gebiet haben rund 240 Geiseln entführt, darunter ältere Männer, Frauen und Kinder. Die israelischen Streitkräfte haben in den letzten Tagen palästinensisches Gebiet betreten, um die Geiseln zu retten."

"Puh", antwortete Aryan. "Ich schaue mir die traurigen Details im Fernsehen an. Eine große Verunglimpfung der Menschheit. Bedeutet das, dass Sie mich jetzt aus Kathmandu herausbringen können, Madam?"

"Ganz sicher, Arier. In der Tat, je früher, desto besser ", antwortete MD ruhig. "Ich weiß, was du durchgemacht hast. Ihre Eltern und Geschwister wurden laufend über Ihre Situation informiert. Alles, was du sagen willst."

Aryan antwortete in einem erleichterten und humorvollen Ton: "Madam, können Sie mich adoptieren und mich vor zukünftigen Unruhen retten?"

Der MD schloss sich dem Geplänkel an: „Nein, Arier, das kann ich nicht tun, aber erzähl mir das Zweitbeste. Dein Wunsch ist mir Befehl."

Aryan sagte nach einiger Überlegung: „Ich habe immer daran gedacht, zum Everest Base Camp auf 5364 Metern zu wandern. Jetzt, da ich bereits in Kathmandu bin, würde die Wanderung nicht länger als 12 Tage dauern."

"Sicher, Kiddo", antwortete MD eifrig. "Fertig. Ich kenne alle großen Trekkinggruppen in Kathmandu. Sie können Ihre Expedition morgen selbst beginnen. Werde bald alle Vorkehrungen treffen und auch deine sichere Rückkehr nach Delhi."

"Sie sind das Beste, was in meinem Leben passiert ist, Madam", bemerkte Aryan. Seine Augen waren feucht und seine Stimme erstickte vor Emotionen.

"Whoa Boyo. Ganz einfach. Wenn ich darüber nachdenke, kann ich dich adoptieren. Es wäre eine willkommene Ergänzung, einen 27-jährigen Sohn zu meiner 25-jährigen Tochter zu haben."

»Das ist nicht nötig, Madam. Ich werde überleben ", antwortete Aryan lebhaft. "Ich habe auch meine eigene schöne Familie."

Gerechtigkeit auf den Hügeln (2024)

30. Dezember 2024

Die Bande der Sechs war im Wohnzimmer des Hauses der Familie Mukherjee in Bhopal verstreut. Ihre Augen klebten an dem 36-Zoll-LED-Fernseher von Samsung, der sich den Raum unter einem Paar Khukris teilte, die majestätisch die Wand schmückten. Die NTDV News übermittelte die Live-Vereidigungszeremonie des Chief Ministers und der Kabinettsminister des 30. Bundesstaates Gorkhaland in Raj Bhavan in Kalkutta. In einer seltenen Geste waren sowohl der Premierminister als auch der Innenminister anwesend. Der Tag war der 107. Jahrestag des Kriegsveteranen Victoria Cross Preisträger Havildar Lachhiman Gurung und Gründerpräsident der Gorkha National Unity Front. Es war ein passender Moment für den Gründungstag von Gorkhaland am 30. Dezember 2024.

Mobius lag bequem auf einem dreisitzigen Sofa zwischen Sumitra und Ayushi, seine Arme ausgestreckt, auf den Schultern seiner beiden Lieblingsfrauen ruhend. Mobius trug die traditionelle Gorkha-Mütze, die auf den Kopf gekippt war und mit einem silberfarbenen Metallsymbol eines Paares gekreuzter Khukris verziert war, die auf die Kopfbedeckung genäht waren.

Ayushi sah mit 24 Jahren im traditionellen Gorkha-Kleid prächtig aus. Sie trug eine helle und aufwendig gewebte Gorkha-Bluse, bekannt als "Gunyu", die die reichen Farben und traditionellen Muster der Gorkha-Kultur zeigte. Der "Gunyu" war mit zarten Stickereien geschmückt, die die Kunstfertigkeit der Gorkha-Handwerkskunst widerspiegelten. Ihr Rock, bekannt als "Cholo", floss anmutig zu ihren Knöcheln. Sein Stoff war ein Beweis für die textilen Traditionen von Gorkha, mit komplizierten Motiven, die Geschichten über das Land und seine Menschen erzählten. Um ihren Hals trug Ayushi eine glänzende Halskette aus traditionellem Gorkha-Schmuck. Eine silberne Kette hielt einen Anhänger mit einem Miniatur-Khukri. Es glitzerte unter dem warmen Schein der Lichter des Raumes.

An ihren Handgelenken trug sie silberne Armreifen, die mit ihren Bewegungen harmonierten. Ihr Haar war mit einer Reihe von

Jasminblüten geschmückt, deren Duft den Raum füllte und ihrem Ensemble einen Hauch von natürlicher Schönheit verlieh. Ayushi war eine Vision von Anmut und Tradition.

Schrie Ayushis Thamma (Mobius 'Mutter) von der anderen Seite des Raumes. "Du siehst jetzt jeden Zentimeter nach einer Pahadi-Prinzessin aus."

Mandira antwortete, damit jeder hören konnte: „Vergiss nicht jeden. Pahadi Princess ist auch mein Mädchen. Sie hat mein Blut in sich." Das brachte ein Lächeln aus dem ganzen Raum. Mobius 'Augen wurden plötzlich feucht. Erinnerungen an Ayushis Verzweiflung als Sechzehnjähriger im Jahr 2016 kamen ihm in den Sinn. Zwischen damals und heute war so viel passiert. Sumitra drückte Mobius 'Arm auf tröstende Weise.

In der Nähe von Mobius, auf dem Teppich sitzend, lag Mandira mit ihrem Hintern auf Mobius 'Füßen, sehr zu seiner Verlegenheit, aber Mandira weigerte sich, sich zu rühren. Milind und Atul saßen auf den Liegestühlen auf einer Seite des Raumes in der Nähe des offenen Balkons, so dass der erfrischende Duft von Regen den Raum durchdringen konnte. Mobius 'Mutter näherte sich dem Fenster, um es zu schließen, als sie sah, dass Milinds Gesicht eine leichte Regenstreuung erhielt. Milind stand auf, um Mobius 'Mutter zu helfen, und sagte: „Ayo Gorkhali! Du bist heute Morgen eine stolze Gorkha, Tante."

"Ja, Milind, Liebes. Ein großer Moment für uns alle. Ayo Gorkhali ", antwortete Mobius 'Mutter.

Auf dem Hauptsofa direkt vor dem Fernseher saßen Mobius 'Eltern, Baba und Ma, mit Chandrika auf dem Teppich in der Nähe von Mamas Füßen.

Shiv kündigte an: „Ein ikonischer Moment, Mobsy. Alle deine vergangenen ereignisreichen Jahre voller Mühen, Tränen und Unruhen haben Früchte getragen; Gorkhaland ist zu einer krassen Realität geworden!"

"Danke euch allen, Jungs. Ohne all deine Unterstützung hätte ich es nicht durchziehen können. Auf keinen Fall. Gleichzeitig hatte ich viel Unterstützung von meinem Arzt." Sumitra drückte leise die Hand ihres Mannes und deutete ihm an, zu der Angelegenheit bezüglich des Arztes zu schweigen. Mandira, Milind und Shiv sahen Mobius wissentlich an, und Shiv antwortete gutmütig: "Wir müssen von nun an über die Rolle des Arztes schweigen." Sumitra nickte zustimmend.

Die Vereidigung sollte in wenigen Minuten beginnen, als Mobius 'Telefon klingelte. Es war Junali in der Leitung. "Siehst du dir die Nachrichten im Fernsehen an? Du kannst mich in der zweiten Reihe in einem blauen Sari sehen."

Mobius blinzelte die Augen und antwortete: "Ja, das kann ich, Junali."

Junali drehte den Kopf zur Fernsehkamera und lächelte. Durch einen seltsamen Zufall zoomte die Kamera auf Junalis lächelndes, aufgerichtetes Gesicht.

"Leute, das ist Junali", schrie Mandira, und alle schlossen sich dem Chor an.

"Mach schon, Junali", forderte Mobius auf. "Wir können dich sehen und hören."

"Du bist in unserer Bande, Mobius", antwortete Junali. "Es wird eine separate Vereidigungszeremonie in Darjeeling durch den Gouverneur geben, und der Innenminister wird anwesend sein. Sie müssen dort am dringendsten anwesend sein. Vor drei Tagen hatten wir eine geschlossene Sitzung unter unseren Kabinettsministern, bei der wir die endgültige Liste des Ministerrats fertiggestellt haben. Wir verzichteten darauf, drei wichtige Portfolios hinzuzufügen, aber der Gouverneur bestand darauf, dass die Namen bei der heutigen Vereidigung in Kalkutta nicht vertraulich behandelt werden konnten, sondern offengelegt und ihm schriftlich mitgeteilt werden mussten. Manisha und ich diskutierten dieses wichtige Thema mit den wichtigsten Mitgliedern des Ministerkabinetts. Nach einer zweistündigen Debatte, die um Mitternacht endete..."

Es gab einen plötzlichen Aufruhr im Wohnzimmer, als Manishas Name bekannt gegeben wurde. Die Sechserbande stand auf und klatschte unersättlich. Auch Mobius 'Eltern standen auf und jubelten. Ayushi schrie: „Lang lebe Gorkhaland! Ayo Gorkhali!" Babas und Mas Augen waren feucht.

"Junali", sagte Mobius am Telefon, "zu viel Aufregung hier. Ich gehe auf den Balkon, um zu sprechen."

Mobius sprach: „Ja, Junali, mach weiter. Du hast etwas Wichtiges gesagt."

Junali fuhr in einem düsteren Ton fort. "Es ist der Wunsch des Ministerpräsidenten und der wichtigsten Mitglieder des Kabinetts, dass Sie..."

Ein Arm packte Mobius 'Schulter von hinten. Sumitra sagte: „Jeder schaut fern. Was redest du hier heimlich mit Junali?«, zwinkerte Mobius schelmisch zu und zog ihn zum Fernseher.

"Junali", schrie Mobius am Telefon. "Sumi ruft mich an, um Zeuge der Vereidigungszeremonie zu werden. Kann ich später mit dir reden?"

"Okay, Mobsy, aber hör dir die anhaltenden Nachrichten genau an. Es wird eine wichtige Ankündigung geben. Ruft dich nach zehn Minuten zurück", antwortete Junali.

"Was ist diese wichtige Ankündigung, Mobsy Liebling?" fragt Sumitra, der das Gespräch belauscht hat.

"Lass uns abwarten und sehen, Sumi."

Nach der Vereidigung von Manisha Rai als Chief Minister gab es eine Pause durch den Gouverneur.

"Bevor ich auf den Rest der Kabinettsminister schwöre, wird ein neuer Posten geschaffen, der die Zustimmung der Zentralregierung hat. Diese Person wird den Eid in drei Tagen in Darjeeling bei einer Vereidigungszeremonie zusammen mit dem Rest des Ministerrats ablegen, bei der auch der zentrale Innenminister anwesend sein wird. Dies steht im Zusammenhang mit den neuen parlamentarischen Regeln, die zuvor den Gorkhaland-Ministern im Zusammenhang mit dem Referendum vorgelegt wurden, das mit den zentralen parlamentarischen Regeln zusammengeführt wurde, nach denen das Westbengalen-Reorganisationsgesetz von 2024, im Folgenden als Gorkhaland-Gesetz bekannt, besagt, dass alle Kabinettsminister des Staates Gorkhaland einem Vater angehören müssen, der ein Gorkha-Bürger der Republik Indien ist, mit Ausnahme der beiden höchsten Ämter des Chief Ministers und des stellvertretenden Chief Ministers, bei denen entweder der Elternteil oder die Mutter ein Gorkha-Bürger der Republik Indien sein müssen. Diese beiden besonderen Posten gelten nur für Bengali, die eine Gorkha-Mutter haben."

Im Wohnzimmer herrschte fassungslose Stille. Mobius 'Eltern hielten sich erstaunt an den Händen. Mandira und Chandrikas Münder klapperten vor Ehrfurcht und Verwirrung, zusammen mit Shiv und

Mind, und hörten die Nachrichten aufmerksam auf die sorgfältig formulierte Rede des Gouverneurs.

Mit angehaltenem Atem sah Mobius Sumitra an und sagte: „Sumi, sag es mir nicht. Was zum Teufel ist los?"

Sumitra wirkte verblüfft und zog Mobius am Arm vor dem Fernseher. "Schau dir an, was der Gouverneur sagt."

Der Gouverneur fuhr eloquent fort: "Der Posten ist für den ersten stellvertretenden Chief Minister von Gorkhaland, Shri Mobius Mukherjee."

Im Wohnzimmer des Mukherjee-Hauses herrschte fassungslose Stille. Dann brach das Pandämonium los.

Shiv und Milind umarmten Mobius und hoben ihn auf ihre Schultern.

Mandira und Chandrika riefen einstimmig: „Es lebe seine Hoheit, Mobsy, Liebling, stellvertretender Chief Minister von Gorkhaland. Du bist der Beste!"

Baba und Ma standen auf, Tränen strömten aus ihren Augen.

Junalis Telefon klingelte: „Du musst jetzt die Nachricht bekommen haben. Herzlichen Glückwunsch, lieber Mobsy! Du hast für uns gekämpft; wir haben für dich gekämpft, um diesen begehrten Posten zu bekommen. Genieße den Moment. Fange an, deine Koffer mit der Bande der Sechs zu packen. Jeder ist zu deiner Vereidigungszeremonie in Darjeeling eingeladen. Manisha und ich werden am Abend mit deinem Baba und deiner Ma sprechen und sie persönlich einladen. Bimal Gurung, der diesen Posten wollte, hat letzte Nacht schließlich zugestimmt, dass du ihn in Gegenwart des Gouverneurs ersetzt hast. Das ist der Grund für diesen plötzlichen Ereigniswechsel. Bimal hat jedoch ein weiteres wichtiges Portfolio erhalten. Ich werde heute einige Zeit beschäftigt sein. Schenke der Bande der Sechs meine Liebe. Prost. Ich werde am Abend mit dir reden."

Mobius signalisierte seinen Freunden, ihn zu Fall zu bringen, und ging auf seine Eltern zu, um ihren Segen zu nehmen. In der Zwischenzeit sprang Ayushi auf ihren Vater zu und umarmte ihn mit ihren Armen um den Hals. Die silbernen Armreifen stimmten mit ihrer Bewegung überein.

Mobius bückte sich, erwischte Ayushi pünktlich und sagte: "Pahadi, du hast jetzt einen Vollzeitjob, der mir hilft, einen Staat zu führen."

Ayushi antwortete: „Sicher, Bapi. Ich war schon immer dein leidenschaftlichster Anhänger." Sie befreite sich sanft aus ihrer Umarmung.

Sumitra ging auf Mobius zu und küsste ihn leicht auf die Wange.

Mobius berührte ehrfürchtig die Füße seiner Eltern. Mit Tränen in den Augen murmelte Baba: „Mobsy, ich wusste immer, dass du zerstreut bist, aber nicht mehr. Ich grüße dich heute. Du bist wirklich das, was Manisha den "Baagh Bhai" von Gorkhaland nennt." Mobius umarmte Baba und dann Ma.

Ma, die das Gesicht ihres Sohnes mit ihren Handflächen umklammerte, sagte: „Liebe Mobsy, du hast unsere Vorfahren durch deine Taten stolz gemacht. Wir sind stolz darauf, deine Eltern zu sein. Joy Baba Loknath!"

„Joy Baba Loknath, Ma! Stolz, dein Sohn zu sein ", antwortete Mobius nervös, aber gelassen durch die plötzliche Wendung der Ereignisse.

Mandira ging auf Sumitra zu und umarmte Sumitra. Beide Augen waren feucht. Mandira rief aus: „Wir müssen Mobsy beschützen. Er ist jetzt stellvertretender Ministerpräsident. Also sind zwei Leibwächter besser als einer." Beide lachten.

Baba flüsterte seiner Frau zu und betrachtete Mandiras Eskapaden. "Pratima, unser Mobsy wird jetzt die bessere von zwei Welten haben."

Ma stieß ihren Mann an und antwortete: „Sei still, Prosenjit. Unsere Kinder werden es hören. Mobsy Darling wird das Beste aus drei Welten haben, nicht nur aus zwei. Sumitra, Mandira und Junali."

„Mobsy ist erwachsen und jetzt ein reifer Mensch. Es wird gut sein, treue Assistenten zu haben, die ihn bei seinem neuen Vorhaben unterstützen ", kicherte Baba und zwinkerte seiner Frau zu.

In diesem Moment klingelte Mobius 'Telefon, das sich im Lautsprechermodus befand. Es war der MD. „Guten Morgen, Mobius, und herzliche Glückwünsche an Sie! Ich werde an deiner Vereidigungszeremonie in Darjeeling teilnehmen. Wir haben viel nachzuholen." Die Sechserbande schaute in Mobius 'Richtung und lächelte wissentlich.

Über den Autor

Sanjai Banerji ist der Autor von drei früheren Büchern, Crossing the Finish Line (Running), The Mountaineering Handbook (Mountaineering), Nobody Dies Tonight (Fitness in the Covid-19 Pandemic) und einer Kurzgeschichte "Guardians of Nathu La", die in einer Anthologie mit anderen Autoren in Stories from India Staffel IV Band I veröffentlicht wurde. Er ist CSR-Berater und Lifestyle-Coach. Er hat mehrere Artikel, Kurzgeschichten und Fotobeiträge in Zeitungen und Zeitschriften veröffentlicht. Sanjai Banerji hat einen B.Sc (Zoologie) und einen MBA (Produktion) und ist in seinem Aufbaustudium Goldmedaillengewinner im Journalismus mit 36 Jahren Erfahrung in den Bereichen Stahl, Papier und Zement. Er ging im Dezember 2020 als General Manager - Corporate Image von Prism Johnson Limited in den Ruhestand. Sanjai begann 2008 mit 48 Jahren zu laufen und hat mehrere Halbmarathons und Ultrarennen in verschiedenen Terrains absolviert: Hügel, Wüsten, Wälder, Höhenlagen, Laufstrecken und Straßen. Justice on the Hills ist sein Debütroman.

www.ingramcontent.com/pod-product-compliance
Lightning Source LLC
LaVergne TN
LVHW041705070526
838199LV00045B/1212